力潮文创　少年绘

桃白百 著

兄弟不简单

要是有个姑娘愿意
做你女朋友.
　肯定幸福得要死.

桃白百

长江出版社
CHANGJIANG PRESS

图书在版编目 (CIP) 数据

兄弟不简单 / 桃白百著 . —武汉：长江出版社 ,2022.8
ISBN 978-7-5492-8433-7

Ⅰ . ①兄… Ⅱ . ①桃… Ⅲ . ①长篇小说 – 中国 – 当代 Ⅳ . ① I247.5
中国版本图书馆 CIP 数据核字 (2022) 第 137066 号

兄弟不简单 ／ 桃白百著 .

Xiongdi Bu Jiandan

出　　版	长江出版社	
	（武汉市解放大道 1863 号 邮政编码：430010 ）	
市场发行	长江出版社发行部	
网　　址	http://www.cjpress.com.cn	
责任编辑	罗紫晨	
印　　刷	北京盛通印刷股份有限公司	
版　　次	2022 年 8 月第 1 版	
印　　次	2022 年 8 月第 1 次印刷	
开　　本	880 × 1250mm 1/32	
印　　张	10.25	
字　　数	304 千字	
书　　号	ISBN 978-7-5492-8433-7	
定　　价	42.80 元	

CONTENTS
目录

Chapter 1

　　方默拿着手机，听着另一边噼里啪啦敲键盘打字的声音，微微蹙起眉头。

　　"你确定？"他问，"哪有那么巧的事情？"

　　"应该没错吧，"对面的键盘声依旧啪啪响，"你等着，我再套两句话试试！"

　　方默没吭声。

　　五分钟以前，邹瞬在电话里用一种极为"八卦"的语气告诉他，自己在网上偶遇了他的死敌。

　　方默不记得自己和谁结过深仇大恨，当下一片茫然。

　　直到邹瞬笑嘻嘻地吐出了那四个让他极为尴尬的字：校草大赛。

　　"就是因为不该那么巧，我才怀疑就是那个姓徐的，"邹瞬一边打字一边笑，"我把地址发给你，你自己看吧！"

　　方默心中也免不了好奇，装模作样拿着手机点头："那好吧。"

　　方默挂了电话，点开了邹瞬新发来的一个网页链接。

　　才看清标题，他就立刻扬起了眉。

　　【总有人想跟我做兄弟是一种什么样的体验？】

　　这个提问下面的回帖不少，答题者有男有女。其中有个别男同胞积极曝照，大肆自我吹捧，就差直说自己一身王霸之气震得小弟们低头就拜，让人怪尴尬的。

　　邹瞬让他看的是其中的一个回复，点赞和跟帖数都不多，也不知邹瞬是怎么翻出来的。

　　那个回复说，自己深有同感。

　　最近就因此而发生了一件尴尬的事情。

　　学校里每年一度的校草评选，他莫名其妙被推选为了候选人，本以为在一群各有特色的大帅哥之间毫无胜算，万万没想到，最后拿了个冠军。

原因无他，男生也能投票，也不知出于什么心理，大都投给了他。再加上少数女生的票，他竟以微弱的优势得到了校草头衔。

被一群女生在学校论坛吐槽并不如第二名帅气，使他心情十分复杂。

方默看完，笑了。

点开这则评论的回复区，很快他就在寥寥几条回复中找到了邹瞬的评论。这家伙说，可能是那些人故意想搞破坏，所以投了候选人里长得最难看的那一个，不如你发个照片，我帮你鉴定一下。

可惜被拒绝了。那人说，照片还是算了，他不上相，也不喜欢被人点评，反正他知道自己肯定不丑。

这番言论引来了若干路人的回复，大家都嘲笑他普通却自信。

这人对此并不在意，一笑置之。

才刚看完，方默收到了邹瞬发来的语音消息："是不是很符合？"

确实，这也太相似了。

方默一贯是个自我感觉良好的人。在他自己看来，这是对自己的魅力的客观认识和评价。

从懂事起，他就因为长着一张讨人喜欢的面孔而占尽便宜。人生二十年，听过的赞美无数。

进入大学的第一年，便在每年一度的校草大赛中获得了第一名。他后来才知道，大赛举办了五届，这还是第一次被大一新生摘得桂冠。

虽表面上云淡风轻不以为意，他私底下对此可是没少嘚瑟。

之后升上大二，本以为也会毫无意外地蝉联这项荣誉，却不料凭空杀出个叫许熙然的路人甲，坏了他的好事。

方默见过许熙然的照片。平心而论，许熙然确实不丑，身材高挑气质阳光，放在人群里也是较为出挑的那一款，给他投票的女孩子也不少。

在这样的前提下，最终统计，他的得票男女性别比例达到了惊人的 8.2:1，在前五名中绝无仅有。

就像邹瞬说的，有些男生看不惯这类评比，会抱着搞事的心态故意给长得丑的投票。许熙然显然不在此列。

他在回复里说，看到女生吐槽他长得不如第二名帅气，心情复杂。

而被迫成为第二名的方默本人对着他，心情也好不到哪儿去。

这点纠结还不好意思往外说，也就对着邹瞬嘲讽几句。

男生嘛，因为校草评比输给人家就心怀芥蒂，让大家知道了，蛮丢人的。

当然了，这并不妨碍方默趁着机会去逗逗他。

他打开电脑登录了账号来到这个帖子，开始编辑回复。

"哥们儿我信你，要是恶作剧也能投到第一，那这学校肯定完了。男生和女生的眼光本来就不一样，你拿第一就说明你确实比第二强！"

很快，他就收到了一条回复，点开一看，居然是邹瞬。

"看来这学校是真完了。"

方默忍着笑打字回复。

"你这莫不是同性间丑陋的嫉妒？"

估摸着邹瞬必然会因此气炸，方默回完赶紧截了图给他本人发过去。

"这是我，可别误伤友军！"

邹瞬立刻回了他一个问号的表情。

"钓鱼。"方默答道。

再刷新了一次，那人回了。

"哈哈哈，没这回事，人家是真的很帅，我比不了。我顶多也就中等偏上吧。"

方默一愣。

他原本的打算是套个近乎，骗这家伙说点膨胀的蠢话，好暴露出他的丑态。却不承想这许熙然完全不按常理出牌。

邹瞬发来了消息。

"钓鱼？就为了让他说你帅？"

方默尴尬地抿住了嘴唇。

算了，自己这番操作怪幼稚的，没什么意思。他刚想关闭页面假装无事发生，画面左上角亮起了一个小灯泡的图标。

他下意识地点开，是一条私信提示，来自许熙然的账号，内容就两个字和一个标点符号，却令方默瞬间呼吸停滞。

"方默？"

方默看着对话框里自己的名字，傻了。

十几秒后，新的消息跳了出来。

"我没认错吧，你是不是方默？"

在短暂的震惊和混乱过后，方默很快找到了原因。他在自己的资料里填过学校，历史头像中还有照片。虽说照片分辨率不佳且还是半侧面，可两相对照，要认出来不难。

方默欲哭无泪，为自己方才的一时冲动后悔不已。

在矢口否认和就此装死假装无事发生之间纠结了三秒钟，他硬着头皮发了一个网站自带的龇牙咧嘴笑得极为憨厚的表情包。

尴尬又不失友好。

许熙然很快发来了回复。

"哈哈哈，还真是你，我随手点开头像越看越像！你是不是也猜到是我？"

两人过去从未打过照面，没有任何面对面的交流。许熙然这话说得，仿佛默认他俩对彼此就该有所了解。

方默拉不下脸承认自己对他确实有过关注，斟酌过后，装模作样输入了回复。

"请问你是？"

对方却比他预料中更为坦荡。

"我是许熙然，你知道我吗？"

这时候再装傻就不合适了。方默硬着头皮强装自然。

"原来是你呀！好巧，我说怎么感觉有点熟悉呢。"

"哈哈哈，原来是我自作多情了，我还以为你特意来鼓励我夸我帅呢。"

许熙然在句子的中间加了一个扶额哭泣的表情包，看着还怪好笑的。

这人挺有意思。方默不自觉地变得轻松了几分，念在对方方才夸了他，他便也礼尚往来。

"但也没说错吧，你第一说明有更多人认为你最帅，这是客观的。"

"太抬举我了，跟你比，我就是一个路人。你不知道，看到投票结果我老尴尬了，我都没好意思投自己。"

"那你投我了吗？"

"我没投啊。"

"呵，原来你也不是真心觉得我帅。"

"啊这……"

一来一去，气氛倒还挺不错。

这让心怀芥蒂的方默不禁暗自心虚，却又隐约有几分愉快。

两人就这么聊了起来，话题逐渐发散，竟还挺投机的。

正当两人非常自然地打算交换微信，许久得不到回应的邹瞬发来了消息。

"人呢？到底钓什么鱼啊，你打什么主意呢？"

方默不好意思告诉他自己此刻与许熙然相谈甚欢，只能随口搪塞。

"没，干吗要在这种事上花心思，我都把网页关了。"

眼看无瓜可吃，邹瞬失落。

"你肯定是看人家夸你帅，虚荣心得到满足了。"

毕竟是他的死党，完全切中了要害。

他对着电脑清了清嗓子，因为有点害羞低着头不看显示器打字。

"那是废话，我本来就比那个姓许的帅。"

按下回车一抬头，他愣住了。

画面上显示在最前端的，赫然是他与许熙然的对话框。那句话，他发给许熙然本人了。

几秒钟后，许熙然发来了一串省略号。

方默顿时头皮发麻。

人在危急关头，往往能爆发出远超平日的智慧。他的脑子转得飞快，也不管合不合理，硬着头皮试图为自己方才的离奇发言"挽尊"。

"啊呀，手一快用错词了，是方大帅哥本来就比那个姓许的帅。"

按下回车时，方默因为忐忑而手指发抖。

不出意料，许熙然很茫然，回了一个满头问号的表情包。

方默舔了舔嘴唇，继续输入。

"你是不是看到 BBS 上有人这么说？"

方才许熙然正在感慨，说这投票结果充分说明自己不受女孩子欢迎，太扎心了。

"这种人就是唯恐天下不乱故意挑拨离间的，说不定背后是个不受欢迎心理扭曲的宅男呢！"

方默继续说道。

许熙然片刻后又有了反应，重点十分古怪。

"你这是对宅男有偏见。"

方默打了个哈哈，在心里暗暗松了口气。

太好了，看起来像是糊弄过去了。

邹瞬又发来了消息。

"好可惜啊，还以为你们能擦出点激烈的火花呢。"

看看，唯恐天下不乱的这儿就有一个。

Chapter 2

邹瞬不仅不是宅男，还很潮。

方默在他的脑袋上看到过至少四五种不同的挑染颜色的头发，每隔一段时间就会换。最近是浅银色的，一小缕一小缕藏在鬓角、刘海和后颈，搭配着他的耳钉和锁骨链，一眼看过去，和身边那些不修边幅的理科男生完全不是一个画风。

偏偏这家伙又长着一张纯良面孔，一脸天真无邪，甚至还有几分可爱，会让人不自觉产生好感。

可惜，这模样早就骗不了方默。他们太熟了，彼此私底下什么模样，早就一清二楚。

方默知道，邹瞬是闲着没事儿想看热闹。他巴不得许熙然是个不知天高地厚的狂人，在帖子里口出狂言，被方默收拾。当然了，到时候他肯定是会站在方默这一边的。

"你真无聊，"方默一点也不给他面子，发了一条带着浓浓鄙视的语音信息，"没空搭理你。"

邹瞬不以为意，冲他嘿嘿笑。

那边，方默与许熙然的对话在方默随口鄙视过宅男后终于告一段落。

两人加了微信，出于好奇，方默随手点进了许熙然的好友圈。

许熙然设置了一个月内可见，内容不多，可瞧着还挺让人迷惑。

最近的一条，是一张照片。照片里一只灰扑扑的小奶猫正在低头吃撒在地上的猫粮。猫咪后脑壳圆滚滚的，小尾巴朝天竖着，浑身毛茸茸的，可爱极了。看起来，许熙然应该是正在给流浪猫喂食。这原本该是非常温馨的一个画面，可照片上方配的文字却令方默丈二和尚摸不着头脑。

"要什么时候才能变成美少女来报答我？"

什么意思啊。

接下来的一条，也挺让人不知所谓。

那是一张晚霞的照片，拍得相当漂亮。远处天空橙红色的云霞层层叠叠，看着隐约有几分奇幻的美感。若非照片经过了特殊的后期处理，就是拍摄当天出现了特殊天象。

原本这张摄影作品是非常值得一个点赞的。可上面配的词依旧令方默茫然。

"异世界的大门要打开了？！"

最后那张倒是挺正常。一只手，拿着一杯奶茶。杯子上似乎画着个卡通人物，方默对这些不太了解，没细看。配词很简单，只有一颗红色的爱心。

方默觉得这大概是表示奶茶非常好喝的意思。

以杯子作为参照，许熙然的手掌显得很大，手指不粗不细但很修长，骨节根根分明。指甲剪得很短，边缘整齐且干净。

杯子上的图案怪怪的，手看着倒是舒服漂亮。

一个奇怪又蛮有意思、但以后应该不会有太多交集的人。

方默在心里这样为对方做了定位。

眼下正值假期尾声，无所事事的方默花了半天时间，把自己的行李整理了一遍。再过一周便要迎来开学，升上大三后换了新的校区，一切都将变得陌生，他打算提前几天返校先熟悉一下环境。

虽然随身行李倒是不多，快递包裹却是打包了两大箱。

里面的内容很纯粹，全是各式衣物。方默在这方面是一个非常有追求的人，每天出门前都要确保自己的每一根头发丝都完美无瑕。他虽对外表颇有自信，但也懂得人靠衣装的道理，不会允许自己一周内出现同样的服饰。只打扮还不行，就算不出门窝在寝室穿 T 恤，他也必须每天更换保证清洁。大学前两年，四人寝室他一个人的衣服就占了两人半的柜子。好在舍友原本东西就不多又大大咧咧，才没引发"战争"。

希望新舍友也都是好相处的人。如若不然，方默只能搬出去住了。

收拾得七七八八，刚想给邹瞬发消息问他返校安排，收到了一条消息。

发信人竟是许熙然。

方默带着疑惑点开对话框，愣住了。

"拜托，能不能帮我的第一条朋友圈点个赞？"

这类消息还挺烦人的，可偏偏又是举手之劳，碍于人情不宜推拒。方默撇了下嘴，刚要照办，许熙然又发了一条。

"求求你了，警察同志说点满二十个赞才能放我走。"

方默满头问号。他怀着好奇戳开了许熙然的朋友圈，看到的第一条信息是这样的。

"遵守交通规则光荣，违反交通规则可耻。我于 8 月 24 日下午七点半在 AA 路与 CC 路十字路口闯了红灯，这是一种非常错误的行为。经过警察同志的批评教育，我已经充分认识到了自己的问题。在此，我承诺永不再犯，牢记红灯停绿灯行，走路要走人行道，过马路要走横道线。也希望大家能引以为戒，做一个遵守交通规则的好公民。"

下面有一条他自己的回复。

"都别笑了！快点个赞啊！"

方默顿时笑喷了。他飞速戳了个小爱心，切回了对话框。

"好了。"

许熙然很快回复。

"谢谢谢谢谢谢，下次请你喝奶茶！"

方默边打字边笑。

"不用那么客气，先做一个遵守交通规则的好公民吧。"

对面发来了一个吐血的表情包。

五分钟后再打开许熙然的朋友圈，那段文字已经被删除。估计是飞快集满了二十个赞被放行后赶紧删除了。

方默笑了半天，突然意识到一件事。方才那段文字里提到的两个路名，听着似乎有点儿耳熟。他打开搜索引擎输入关键词后，发现那两条路就在他们学校附近不远处。

　　方默就读的大学有两个校区，一南一北分别位于城市的两个角落，都很偏僻。他是本地人，但住在市中心，无论去哪个校区都要横跨半座城市，费时费力。他在南校区上了两年学后，因为学校规划调整，他新学期就得搬到位于北面的新校区去了。那儿附近的路名他本不熟悉，只因为前几天才刚去过一次，才留下了些许印象。

　　方默与许熙然同校两年，分属不同的校区，过去从未打过照面。这么说来，等这学期开学，他们就在同一校区了。

　　两天以后，当方默与邹瞬结伴一同返校，本以为路上这无聊的家伙又会问起这一茬，所幸，自己是多虑了。

　　方默坐在汽车后座，看着副驾驶上的邹瞬两眼闪着星星侧着身一刻不停地对着驾驶座叨叨。

　　驾驶座上的男人大多数时候只是笑着点头，偶尔在恰当的时机给出回应，好让邹瞬继续没完没了又不至于尴尬冷场。

　　车一路从市区开到郊县又进入了大学城，历时一个半小时。方默觉得自己全程像一个多余的人。

　　终于下了车后，那男人又主动帮他俩从后备厢提行李。临道别时方默终于逮着机会表达了一下谢意，对方立刻笑着摆手。

　　"又不费事。你和邹瞬感情很好吧，经常听他提起你，"对方说道，"载一个人载两个人也没什么区别。"

　　"就是，"邹瞬在一旁搭腔，"不用放在心上！"

　　方默挑起一边的眉毛，盯着他看了一会儿，想吐槽不过忍住了。

　　"来回三个多小时，"在两人拖着行李箱往宿舍楼走的路上，方默忍不住感慨，"他还主动提出要送你。这是什么样的精神？"

　　邹瞬冲他嘿嘿笑："我们老板人真的很好吧！"

　　方默不置可否。

　　邹瞬最近在一家咖啡馆打工，方才那个男人是他的老板。方默过去曾听邹瞬提起过他，说是成熟稳重风度翩翩器宇轩昂，吹得天上有地下无，如今一见，大失所望。

对比邹瞬的溢美之词，本人简直普通得有些过分了。

也不知邹瞬这一腔崇拜之情从何而来。

"真希望我以后也能成为这样的人。"邹瞬小声感慨。

方默心想，不可能。哪怕接触很短暂，方默也能确认，方才那男人在十年前，绝不会像邹瞬这样爱凑热闹。

他们宿舍不在同一栋楼。两人顺着门牌摸索了一阵，先找到了邹瞬的寝室楼。刚要道别，方才还有些萎靡的邹瞬突然眼睛一亮，接着小声地"咦"了一下。

方默没来得及提出疑问，袖口被邹瞬轻轻拽了拽。

"你看那边，那个人，"邹瞬语气还挺兴奋，"那个人！"

方默茫然地回过头去，试图寻找邹瞬的视线焦点，接着很快也跟着"啊"了一声。

"许熙然，"邹瞬笑了，"那是许熙然吧！什么缘分啊，你说他认不认得你？"

方默没吭声。

他眨巴了两下眼睛。接着，正被他凝视着的那个人就侧过头来也看向了他们。

邹瞬怕打草惊蛇，赶紧移开视线假装旁若无人，可方默却依旧傻愣愣地看着那个方向全无动弹。几秒钟后，被他看着的那个人快步跑了过来，还对着他挥了挥手。

"我没认错吧，"许熙然一路跑到他面前，眯着眼笑了起来，"你是不是方默？"

方默呆呆地点了点头。

接着，他听见身边传来了邹瞬惊讶的声音。

✦ · Chapter 3 · ✦

方默一时间没有回应。

许熙然本人比当初看到的照片要更帅气一些，笑容爽朗，语调轻快："是我，许熙然。你没见过我的照片吗？"

邹瞬又叫了一声。

方默内心焦灼，因为尴尬而迟迟没有点头。

原本还一脸欣喜的许熙然很快笑容便开始僵硬："对不起，我是不是认错人了？"

他一边说一边微微后退，显然是觉得自己十分丢脸打算赶紧原路返回立刻消失。方默终于回过神来，赶忙伸手拉住了他。

"是我！"

气发丹田，声如洪钟。站在他旁边的邹瞬当即被吓得一哆嗦。

许熙然也被惊到了。但他很快再次恢复了笑容："我就说嘛，这也长得太像了。你怎么会在这里？"

他在说话的同时，还伸手在方默身上用力拍了两下。

"我……我们大三换校区，以后就在这儿了。"方默愣愣地回答。

"那好啊，以后我们就在同一个校区了，"许熙然笑道："有什么需要的尽管跟我提。"

就在此时，一直安静充当背景板的邹瞬终于开口："这位是……你朋友呀？"

方默还在犹豫该不该点头，许熙然已经冲着邹瞬伸出了手。

"你好，我和方默是……"他想了想，才继续说道，"应该说是网友吧？"

邹瞬也伸出手来，但视线却挪到了方默的脸上，表情精彩极了。

他肯定在疑惑，眼前这到底是哪一出。

巧合的事竟不止于此。当方默报过自己的宿舍楼号，许熙然惊喜地表示和他是同一栋，自己可以带他去。

再一次同邹瞬道别时，邹瞬趁着许熙然不注意，面目狰狞地对着方默狠狠比了两个大拇指。方默有预感不久后肯定会被他不停地盘问。

拖着行李箱，小心翼翼打量走在他跟前半步的许熙然，方默有些不知所措。

这许熙然可实在是热情又自来熟，完全不知尴尬为何物。

"我们真是太有缘分了，"许熙然依旧在感慨，"上个网遇上，学校那么大开学第一天又遇上，简直是奇迹啊。"

方默配合着点了点头，也没意识到走在他前面的许熙然压根看不到。

"你真人和在网上的感觉完全不一样嘛，"许熙然侧过头冲着他笑了一下，"在网上那么健谈，没想到现实中还挺内向的。是不是我太自来熟吓到你了？"

"没有没有，"方默赶紧摇头，"我就是……呃……"

就是非常尴尬，有点不知所措。

方默不算内向，却也不怎么外向，不是热衷交际的类型。他交朋友本就慢热，许熙然还是被他腹诽许久的假想敌，面对许熙然的坦诚热情，他抑制不住地感到心虚，浑身别扭。

想到待会儿邹瞬肯定要来打听，问他到底是怎么回事，为什么会和许熙然成了网友，他就一个头两个大。

早知道当天就该跟邹瞬提了，拖到现在才说，就变了味。

方默被这个突然从脑子里冒出来的词吓得一哆嗦。

因为严重分神，在进宿舍楼时方默不小心把箱子磕在了台阶上，发出了不大不小的噪音。

"没事儿吧，"许熙然非常自然地伸出手，握在了他行李箱的拉杆上说，"是不是很重啊，来我帮你。"

太热情了，太让人惭愧了。

"还好嘛，不重啊，"许熙然把箱子提上台阶后说道："你看着也不虚，是不是缺乏锻炼？"

就是这个人说的话好像有点煞风景了。

等走到了楼梯前，许熙然又问："要我帮你提吗？"

方默哪能再让自己丢人，赶紧一把抓起箱子："没事的，我能行。"

他毕竟不是个小姑娘，许熙然便也不再多说什么。两人向上走了一层，想到两人之间这诡异的气氛，方默心中不禁产生了一些猜想。

"你住几楼啊？"他问。

许熙然抬手往上指了指："四楼，我在四〇六。"

还好，不是同一间。这世上果然没那么巧的事，他的寝室在三〇一。

许熙然爬楼步子快，方默怕被看扁，提着箱子奋力跟上，两人很快到了三楼。

"有什么要帮忙的可以找我，你记一下我电话吧？"许熙然主动从兜里掏出手机，"附近有不熟悉想知道的都能问我。"

方默点头："好，谢谢。"

"对了，"许熙然在把手机塞进兜里以后，突然伸手拉住了他的胳膊，然后倾过身把嘴凑到了他的耳边，"我和你说，你们那层不知道是三〇四还是三〇七，有一个瘦瘦小小的姓刘的，怪瘆人的。"

方默不解："啊？什么？为什么？"

"总之就是……很奇怪，"许熙然舔了舔嘴唇，表情微妙，"阴沉沉的……"

许熙然轻轻啧了一声，重新拉远了距离："就是……唉，算了，当我没说吧。"

方默丈二和尚摸不着头脑，茫然地看着他。

许熙然有些尴尬地冲他笑了笑，伸手在他肩膀上拍了两下："去吧！有事找我！"

走了几步，方默回过神来，隐约猜到了许熙然方才想表达的意思。

这许熙然，看着还算高大，居然怕这些，难怪方才一副不好意思的模样，方默心中暗暗好笑。

三〇一在走廊的尽头。这里的宿舍都是四人间，但方默推门而入后只看到了一个人。

对方听见动静，立刻转过身来，接着，微微睁大了眼睛露出了有些诧异的神色。这对方默而言早就习以为常，还能立刻回复一个自觉无比迷人的微笑。他知道自己在人群中绝对是属于长得相当出彩的那一挂，就算是普通直男对待同性总也有辨别美丑的基础能力。

不过，这个看起来挺矮小的男生，刘海会不会太长了点？

"你好，我看门没锁就直接进来了，"他拖着箱子往里走，"我是这学期新搬来的，姓方，叫方默。"

对方闻言十分安静地从椅子上跳了起来，冲他伸出手来："你好，我已经听说了。我叫刘小畅。"

怎么现在的大学生都那么流行用握手打招呼了。

方默看着对方相对矮小瘦弱的身材，心中隐隐觉得有些不对劲。

待两人象征性地握过了手，他刚要把手收回，对方抬起头来，嘴角扬起一个几乎细不可闻的弧度。

方默眉头一皱，发现事情并不单纯。

姓刘，个子瘦瘦小小的，看起来有些阴沉。

方默默默往后退了半步，问道："应该还有两个人吧，都不在吗？"

"还没到呢，"刘小畅说话轻声细语，语调平静，没什么感情，"除了我，你们三个都是这学期新搬来的。趁现在没人，你可以先挑个喜欢的床位。"

方默拽着行李箱，毫不犹豫走向了另一边和他对角的位置："我就选这儿吧。"

若没有许熙然提前预警，他此刻绝不会如此小心防范。

在整理的间歇，他偷偷地瞄了一眼，发现刘小畅正安静地注视着他。

方默顿时起了一背的鸡皮疙瘩。

刘小畅皮肤生得极白，鼻子嘴巴都长得很秀气，若非那遮住了大半眼睛的过长刘海，完全能归到可爱的范畴中去。

可他整个人都散发出一股强烈的、令人不安的气息。

方默紧张兮兮整理了一会儿后，刘小畅突兀地开口："你怎么带那么多护肤品？"

方默飞快地看了他一眼，随口应道："多吗？"

不就是洗面奶加上水乳霜，面霜分一下日霜和晚霜。基础护理罢了。他还有三款不同功效的面膜和一支护手霜放在包裹里，还在寄来的路上。

他把洗面奶放进了浴室，其他的收拾了一下放进了抽屉里。倒不是担心别人随便使用，而是怕这些都堆在洗手台占用太多公共空间会招人烦。

"还挺精致。"刘小畅说。

方默没回话，继续整理贴身衣物。而坐在一边的刘小畅也不再开口，安静地上下打量他。

"……有什么事吗？"方默皱着眉回头。

"没有啊，"刘小畅也不知是真傻还是装傻，"怎么了，要我帮忙吗？"

"你这样看着我，我有点不舒服。"方默非常直白地说道。

他说话的时候直视着刘小畅的面孔，片刻后心中有了点别的想法。这个刘小畅，若是好好收拾，应该挺帅气的，是那种比较文弱的帅气。

莫非是因为阴气重？

刘小畅对他笑了笑，说出口的话却令人不适："没人说过你这样很女生气吗？"

方默当下皱起了眉头："没有。"

"真好，"刘小畅耸了耸肩，"长得帅就是占便宜。"

方默无语。

这人长得和小姑娘似的，居然说他女生气，简直反了。

就在此时，他兜里的手机振了一下。拿出来一看，是邹瞬发来的消息。

"你现在有空了吗？！"

那一个感叹号充分展示了他激动的心情。

方默看着屏幕，头痛。

这也不是很难解释的事情，不过是面子上有些挂不住，事到如今，老实交代也无妨。

和刘小畅在寝室里单独相处令他不适，于是他干脆去了厕所，关上门后给邹瞬打了个电话。

一接通，就听见对面的笑声。

"你给我老实交代！"

方默垂死挣扎："交代什么，你想听什么啊？"

"你那天还一副不屑和他说话的态度，居然暗中联手？！"

"什么啊！"方默说，"是……是他认出我了，私信我，就随便聊了几句。"

"就这？"邹瞬问。

"嗯，不然呢，"方默答道，"我们看起来很熟吗？"

"唉，没意思，"邹瞬兴致大失，"我看他那么热情，还以为你们已经很熟了呢。"

方默不置可否。

这几天他们基本没联系，可那天确实聊了不少，还挺热络。方默多少有几分应付的意思，从许熙然的视角看，应该还挺投机的。

对一个自来熟而言，这样大概就算是朋友了吧？

"他真人比照片帅嘛，"邹瞬感慨，"为什么投他的女生那么少？"

"你对这评选也太投入了吧？"方默忍不住吐槽。

邹瞬闻言笑出了声："你要是拿了第一，这事儿我已经忘了。"

方默无言以对。

"讲道理嘛，还是你比较帅的。"邹瞬说得还挺诚恳。

方默心想，我也这么觉得。

他向来自恋，自我感觉良好。所幸他的长相是偏精致的那一款，眉眼轮廓，帅气又清爽，故而完全不显油腻。

邹瞬以前嘲讽过他，说他之所以单身至今，可能是因为只看得上自己。

"反正就那样，在网上说过几句话，完全不熟悉，"方默避重就轻，"上了楼就分开了。"

"你们是不是住一栋楼啊，"邹瞬兴致勃勃，"要是有热闹可以看，千万别忘了叫我！"

他刚说完，门外隐约传来了一些声响，有点儿像是敲门声。那之后，方默听到了一个低沉醇厚的男低音。

"请问，方默是住在这里对吧？"

坐在马桶盖上的方默本人立刻站起身来。

许熙然？他怎么来了？

"先不说了，"方默压低了声音快速对着电话说道，"我有点事，晚点再联系！"

说完，还不等邹瞬有所回应，他便切断了通话。

等他冲出厕所，只见站在房门内侧的刘小畅正笑着冲外面打招呼。

"嗨，许帅哥好久不见，还记得我吗？"

门外，许熙然眉头紧皱，一脸严阵以待。

"来找我？"方默越过刘小畅冲着他喊。

许熙然的视线在他俩之间移动了一圈，谨慎地问道："你们两个，住在一个寝室？！"

Chapter 4

"我印象里他不是住在这一间啊，"许熙然皱着眉，"难道是我记错了？"

"新搬来那么多人，可能有调整过吧？"方默替他找台阶。

"也是，"许熙然点了点头，接着问道："他有没有对你说什么奇怪的话？"

方默稍稍犹豫了一下。

刘小畅方才的言论，有那么点阴阳怪气。一般而言，才刚认识，就算心里对他看不惯，也不会那么大刺刺说出口。

方默还从来没有被人说过"女生气"，至少当面没有，连带着后面那声"帅哥"也都显得不那么真诚，仿佛嘲讽。

男生就不能认真收拾自己了吗？偏见。

见他一言不发表情不善，许熙然当即展开了一些不妙的联想，露出了担忧的神色。

"你们宿舍的其他人呢？"他问。

"还没来呢，"方默叹气，"这两天就我和他两个人。"

"这么惨，"许熙然挺严肃的，"你要不干脆申请换个寝室？"

"……用什么理由啊？"

许熙然陷入了沉思："确实没什么正当理由。"

两人在说话间出了宿舍区，肩并肩往学校食堂的方向移动。

这个点去吃饭，稍微有点早了。许熙然原本是想过来看看他，顺便问问有什么能帮忙的，等到了点再带他去吃饭。万万没想到在他寝室里看到了意外人物，于是赶紧拽着他下楼问情况。

"你也不用太担心，"许熙然又说，"那些乱七八糟的传言也没人亲眼见过，不见得是真的。"

方默发现事情并不单纯："传言？什么传言？"

许熙然闻言，一脸纠结地砸了砸嘴巴："哦对，你以前不住这儿，没听说过……"

方默眨巴了两下眼睛："你详细说说？"

"算了……我是觉得有点扯，"许熙然说着摇了摇头，"也不太尊重人，不提了。"

方默心想，这人也不怎么尊重我。不过见许熙然不愿详说，便也不再追问。那些神神道道的东西，听多了瘆得慌，不听也好。

"对了，"许熙然想到了什么，非常自然地抬起手臂，揽住了方默的肩膀，"你要是半夜听到什么奇怪的声音或者觉得不自在，可以来我的寝室睡，我舍友还没来，有空床位。"

方默姑且点了点头，心想，应该不至于吧？

不过，许熙然这人看着就是一副阳气很重的样子，有他在，倒是挺安心的。

许熙然说完刚要收回手臂，突然小声"咦"了一下。

方默顺着他的视线扭头看了一眼，在道路的另一侧发现了一位熟人。

四目相对，就站在距离他们不到几米远的地方正瞪大了眼睛看着他们的邹瞬立刻挤出了一个尴尬且浮夸的笑容。

"这是你朋友吧？"许熙然问道。

方默眯着眼睛看着邹瞬："……算是吧。"

他俩面面相觑，站在原地，都没出声。邹瞬该是已经暗中观察一阵了，脸上带着明显的探究与好奇。

许熙然的手臂还搭在方默的肩膀上，两人紧紧地挨在一块儿，看起来怪奇怪的。这可和方默刚才在电话里说的不一样。

方默尴尬又无奈，此时此刻更不可能解释，只能硬着头皮承受邹瞬含义丰富的眼神攻击。

许熙然对他俩之间的暗潮一无所知，大大咧咧冲着邹瞬走过去，笑着开口："好巧啊，你也是这学期刚刚搬过来的对吧？"

邹瞬舔了舔嘴唇，模样还挺紧张，一副乖宝宝模样："是啊，我……我想去食堂，不太认得路。"

"那正好，和我们一起呗，"许熙然说着往前指了指，"就在那儿，我带你们去。"

邹瞬张了张嘴没出声，把视线挪到了方默脸上。

方默不希望他跟来，故意瞪他，躲在许熙然的视线死角偷偷比不雅手势。邹瞬看着，抿着嘴唇眨巴了两下眼睛。

"怎么啦？"许熙然见邹瞬一动不动，十分茫然，耐心解释道，"你不是要去食堂吗？我和方默也去食堂，我们正好一起啊。"

邹瞬低下头抬起手，开口时刻意地遮了一下嘴唇，像是在掩饰笑容："我突然想起来忘记带卡了，要先回寝室拿一下。你给我指个方向就行，我待会儿自己过去吧。"

学校食堂不收现金，消费只能刷每个学生实名的一卡通。被他这么一提醒，方默才想起来自己好像也没带。

"没事啊，我带着呢，"许熙然说，"刷我的吧。"

"……那多不好意思啊。"邹瞬说着又看了方默一眼。

"没关系的，你微信把钱转给我不就好了，"许熙然说着把手大刺刺往他肩头一搭，"走了走了。"

邹瞬盯着肩膀上那只手看了几眼后回头看方默，比画了一下口型：这不怪我！

方默无言以对。

十秒钟后，邹瞬冲着许熙然开口："你和方默……"

话音未落，方默强行挤进了这两人之间，走在了最当中的位置。

"嗯？"许熙然转过头，"怎么？"

"啊呀，"方默大声说道，"啊呀，我好像也没带一卡通。"

许熙然点了点头："那一起刷我的。"

"实在是不好意思啊，"方默冲着他笑，"今天真是太谢谢你了，帮了我那么多忙。"

"举手之劳罢了，又不费事，客气什么。"许熙然笑道。

为了彻底转移话题，方默赶紧又夸了他一通，说他人真是太好太热情太善良太让人感动之类的。

说到一半，身侧传来邹瞬幽幽的声音："我的妈呀，今天怎么这么冷呢，我突然起了一身的鸡皮疙瘩。"

"嗯？"许熙然离得稍远，没听清，"你刚才说什么？"

"咳，"方默大声咳嗽，微微侧过身强行阻断了许熙然看向邹瞬的视线，然后抢白道，"他说，他想买完饭打包回寝室吃。"

"啊，这样啊，"许熙然不疑有他，"这边食堂打包还挺麻烦的，要到专门的窗口另外买打包盒然后自己装。我待会儿带你去。"

邹瞬伸手偷偷在方默的胳膊上拧了一下："谢谢啊，麻烦你了。"

食堂距离宿舍区步行大约十分钟的路程。

此刻尚未到饭点，窗口没什么人。三个人点完了各自想吃的东西后许熙然统一刷了卡，又带邹瞬去买打包盒。

等方默和许熙然已经吃上了，邹瞬还站在一边一脸无语地给自己的食物打包。

"刚才没仔细看，我点的这些总共多少钱啊？"他问。

"我也没看，"许熙然说，"要不算了吧，也没多少，我请你们好了。"

邹瞬还没开口，方默抢话："这怎么好意思呢。"

"……我待会儿走的时候去窗口看一眼价格好了，"邹瞬瞥了方默一眼，接着才对许熙然说道，"晚点我把钱转你。"

许熙然这个人是真大大咧咧，见状便也不再推辞，而是从兜里拿出了手机："那你微信加我一下好友。"

邹瞬看了他一眼，也不知是想了些什么，咧嘴一笑："……要不你请我算了。"

许熙然一愣。他拿着手机待了一会儿才点头："哦，好。"

正当气氛逐渐古怪，邹瞬又冲着方默笑了笑，然后转头对许熙然说道："方默下次会替我请回来的。"

"你这个朋友还挺有意思的。"许熙然在邹瞬走后对方默说道。

方默不置可否。他姑且把这句话理解为"你这朋友有点奇怪"。

邹瞬确实是一个思维极为跳脱的人，脑子里总有许多奇怪的念头，一般人跟不上他的思路。这也是为什么方默想赶他走。他怕他在脑子里胡乱创作剧本又乱说话，无事生非。

方默转移话题没太多技巧，想着没谁不爱听夸，便又随口给许熙然戴起了高帽："你今天带我去寝室，提醒我注意刘小畅，现在不仅请我还请我朋友吃饭。我刚来就遇到你，真是太幸运了。"

"都是小事罢了，先不提这些了，"许熙然摆手，接着又说道，"你那个朋友……"

怎么这话题还带不走了呢？

方默无语，与此同时又有些好奇，想知道邹瞬到底什么地方令许熙然如此在意。

"他怎么了？"

"他……"许熙然欲言又止。

方默皱起眉头："他？"

"算了，"许熙然摇头，"没什么。"

方默越发在意："别说一半啊，你很在意他吗？"

许熙然犹豫了一会儿，点了点头："有点。"

方默惊讶地睁大了眼睛："为什么？"

"你能不能给我一下他的联系方式？"许熙然说，"我想找他帮个忙。"

"……"

"怎么了，是不是觉得不方便？"许熙然说，"你可以先问他一下，等他同意了你再给我就好，不急的。"

这话听着怎么就这么奇怪呢？

"有什么问题吗？"见他面色古怪，许熙然十分不解。

"你们是……以前有过交集？"方默说。

"没有没有，"许熙然摇头，"我今天第一次见他，是……想找他帮点帮……"

他说着，面颊微微泛红，神色间竟隐约有几分说不出的味道。

看得方默怪不安的。

"你不会是……有什么阴谋吧……"

他还没说完，许熙然大惊失色，音量都变大了："怎么可能，别开玩笑了。"

"你这扭扭捏捏的……"方默上下打量他。

许熙然恢复了那一副不好意思的模样，表情语气都显得极为别扭，和他一贯大大咧咧的形象截然相反。

他在方默的凝视下终于羞答答开口，说了一句在方默听来无比神秘的话。

"你知不知道那个《超幻想学园恋物语》？"

方默冲着他眨巴了两下眼睛："……啊？"

"呃，就是一部……动画作品，"许熙然扭着头不看他，"你不接触这些吧？"

"动画片儿啊？"方默说。

许熙然对他的说法不置可否，皱着眉头似乎是迟疑了一下，但没出声。

"我……我多少知道一点吧！"方默说得磕磕巴巴，"是日本的对不对？日本动漫！"

许熙然有些尴尬："稍微有点不一样吧，是动画片，不是漫画。这个是根据游戏改编的，只是游戏制作水平一般，并不知名……"

"啊？哦，这样啊！"方默胡乱点头，"我完全明白！"

许熙然的表情却更纠结了。他清了清嗓子，接着小声说道："算了，就是动漫。"

"可这和邹瞬有什么关系呢，"方默问道，"以我对他的了解，应该对这些不是很感兴趣的。"

"我给你看个东西。"

许熙然说完，低头对着手机摆弄了起来。片刻后，他翻转了屏幕，递到了方默面前。

手机上显示着的是一张卡通图片，最下方打这一个花里胡哨的LOGO。

【超☆幻想学园恋❤物语☆】

画面正中间，一个蓝色短发的卡通人物正看着镜头。

"像不像？"许熙然说，"是不是一模一样？"

方默不明所以："……像什么？"

"你那个朋友啊！"许熙然激动，"太像了！虽然画面上看不出来，实际连身高都很接近！"

方默盯着那个眼睛大小明显远超常人并且拥有不可思议发色的人物，努力分辨了好久，也找不到任何跟真实世界人类相似的点。

不过许熙然要说像，那就当他像吧。

"这是你喜欢的人物啊？"方默问。

"怎么可能。"

许熙然说着，伸手在屏幕上划拉了一下："这才是我喜欢的。"

出现在屏幕上的图片，把方默震慑住了。

这个女孩子乍一看倒是挺可爱的，只是服饰过于夸张。

"这是什么？"他伸出手指戳在了屏幕中下方。

许熙然啪的一下打掉了他的手："你干吗摸我女神！"

方默震惊了。

"……什么东西？"邹瞬在电话那头的语气明显很蒙，"你再说一遍？"

"超级学院，物语，恋爱物语……什么的，"方默尴尬，"哎！我一下子也记不清了。"

"没听说过，"邹瞬说，"那是什么玩意儿？"

"一个动画片儿，"方默说，"很精彩很好看的那种。"

"啊？"邹瞬更茫然了，"是电影吗？你想看找不到人陪？"

"不是不是，"方默清了清嗓子，"我问你啊，你对那个……COSPLAY有没有兴趣？"

对面瞬间安静了下来。

"COSPLAY，"方默硬着头皮解释，"真人扮演成虚拟角色那种，很酷的！"

"我知道什么是 COSPLAY，"邹瞬说："但为什么突然问我这个啊？"

"就是……那个……想找你帮个忙……"

许熙然说，他们学校里有一个名叫"后现代艺术发展与改革交流研讨会"

的社团，而他是其中一员。

名字听着挺高大上，着实让方默惊艳了几分钟。

但很快，他就在许熙然的言语间敏锐意识到这本质就是一个动漫社。

难怪许熙然在听到他随口吐槽宅男时，表现得那么不自然，原来是他对号入座了。

后现代艺术发展与改革交流研讨会报名了两个月后举办的 COSPLAY 比赛，眼下还缺一个男主角的扮演者。

许熙然说，他们社团里完全找不到这种类型的男生。可要让女孩子反串，又凑不出人手。毕竟这部动画里角色性别比例悬殊，社团里妹子不够用。而相比平平无奇的男主角，女生们就算反串也更愿意选择那些相对帅气有魅力的角色。

偏偏动画世界里所谓的平平无奇，类比到现实世界却又是远超常人的眉清目秀。

"我觉得邹瞬特别合适，越看越像，"许熙然说这些话的时候握着方默的手，一脸诚恳，说得情真意切，"你帮我问问好吗，我们能提供一切服装道具。虽然没有报酬，但这类活动本身很有意思的！"

方默本身不算一个特别好说话的人，对半生不熟的普通校友摇头说不本该是一件轻而易举的事情。

可也不知为什么，看着许熙然那双真诚的眼睛，他鬼使神差地点了点头。

"真的，特别适合你，可以说完全是为你量身设计的人物，"方默说，"我一看到那幅画，就觉得非你莫属。"

既然已经答应了，那就只能使劲儿忽悠了。对着邹瞬，他肆无忌惮没脸没皮。

"……"邹瞬没出声。

"所有服装道具都不需要你准备，你只要出个人就可以了。"方默继续劝说。

"可是……我对这种东西……"

"以前不感兴趣，不代表以后也不感兴趣啊，"方默循循善诱，"也许只是因为没有接触过才以为自己不喜欢。这种活动很有意思的，做一下新尝试不好吗？说不定就打开新世界的大门了呢！"

"你疯了吧？"邹瞬说。

"我没有，我是发自内心地觉得你应该去试试看。"

"有钱吗？"邹瞬问。

方默迟疑了片刻，问道："你要多少啊？"

"你想倒贴啊？"邹瞬立刻猜到了他的心思，"你冷静一点好不好？"

"那倒不是，我可以帮你转达，你开价合理一点也许人家愿意出呢，"方默讪笑，"不过……你应该不需要吧？"

"问题不在这儿，"邹瞬也大喊，"真的看不出来，那个许熙然长得人模人样，居然是个宅男？"

"呃……"方默内心也有过同样的感慨，"每个人都有自己的兴趣爱好，兴趣爱好是不分高低贵贱的。喜欢动漫说明这个人……这个人有童心嘛！多好！"

"你确定是童心吗？"邹瞬问。

方默确定不是童心。可要他老实承认那部动画片给人的感觉很微妙，他也开不了口。

当然了，用许熙然的话来说，这是一部有内涵有深度的作品。

面对一脸好奇地表示自己非常感兴趣的方默，他非常激动，滔滔不绝。

他说，这部作品表面上只是一部单纯的符合宅男幻想的动画，可在看似肤浅的外表下，内在却是硬核无比。剧情中对于人性、人际关系、社会学、伦理道德乃至生命的意义进行了深入探讨。故事中出现的每一个人物都有血有肉，剧情线丰富立体，短短十二集每分钟都是精华，值得深入挖掘和思考。配合上精良的制作，完全称得上是近年来排名第一的神作。

"你刚才说这东西叫什么来着，"邹瞬迟迟等不到他开口，主动说道："要不我先去搜来看看。"

"不用那么麻烦，"方默大声阻止，"帮个忙而已，哪好意思还浪费你那么多时间啊。这部作品很深奥很艰涩，都是一些社会学啊人性探讨啊之类的东西，特别特别枯燥！"

邹瞬又沉默了。

方默心虚："你之前不是说，有热闹一定要叫你吗？这多热闹啊……"

"默默啊，"邹瞬语调一变，"你好像不太对劲啊？"

"什么？"

"你为什么这么想帮他？"

"……"

方默答不上来。

许熙然这人很奇怪，当他笑着看向自己，用那副真诚又认真地模样开口，方默总会毫无意识被牵着鼻子走。

在内心深处，方默从未放下那一点竞争心理，时不时会暗自比较，琢磨着这个家伙到底是哪点比自己强，得出的结论是不过如此。

或许是对自己这样的想法感到惭愧，有些心虚，才会下意识地答应他的请求吧。

"我刚才就奇怪了，你为什么不想让我们交换联系方式？"邹瞬问。

"啊？"方默不解，"有吗？"

"不是吗？"邹瞬反问，"你那时候赶我走，不是因为嫌我碍事吗？"

方默一脸疑惑。

"行吧行吧，"邹瞬叹了口气，"应该不会占用很多时间吧？"

这个人好像误会了点什么。不过能让他先答应下来总不是坏事。

"放心，不会的！"方默胡乱打包票。

"要是你真的能如愿以偿，那我帮这点忙也不算什么。"邹瞬说。

"什么？"方默问，"你到底在说什么？"

邹瞬叹了口气："能帮到你就好。"

方默拿着电话歪着头，不明所以。

邹瞬对许熙然说，虽然自己对这类活动本身没什么兴趣，但对方既然是方默的朋友，那他看在方默的面子上，就当是卖方默一个人情，帮方默一个忙了。言下之意，是让许熙然感激和报答都认准方默。

许熙然在电话里把这些话转达给方默本人后，强调一定要再请他俩吃顿饭，吃好的。

方默心中泛起阵阵不安。邹瞬好像误会了什么。

感谢的话说完后，许熙然又问他："那个姓刘的在寝室吗？你回去以后没发生什么吧？"

刘小畅此刻就在距离方默不到两米的地方。他俩各自躺在自己的床上，一个打电话一个看书，都旁若无人。

"放心吧，要相信科学，"方默说，"我不虚的。"

"还不虚，你连箱子都提不稳。"许熙然说。

"我那是不小心好吧，"方默脸红，"我力气不小的。而且……这和力气有什么关系？"

许熙然笑道："他身材比你瘦弱得多，我相信你力气肯定比他大。怕就怕人家不动用武力，万一他真的能……"

"……能什么？"

方默紧张兮兮地从床上坐了起来。

"没没没，我瞎说，你别在脑子里想啊，"许熙然说，"反正……要是你不放心，随时来我这儿。"

晚了，方默已经放飞了想象力。

天已经暗了下来，窗外昏昏沉沉的，刘小畅低着头，过长的刘海彻底遮住了眼睛。

方默正偷瞄着那双眼睛倏地抬了起来，与他对视了。

就这么对视了半秒，刘小畅微微扬起嘴角，冲他笑了笑。

方默寒毛直竖。

因为害怕同寝室身材瘦小的舍友就跑去刚认识的新同学那儿住，听着丢人。

方默虽心里打鼓，碍于面子，并不打算退却。

直到刘小畅放下了书，打开了笔记本电脑。

从方默的角度看不见屏幕上显示的内容，却能隐约听见声响。刘小畅在看片子，耳机似乎没插好，声音漏了出来，也没发现。

那声音逐渐变得凄厉，随之响起的诡异音效听得人不寒而栗。

刘小畅被冷色光印得青白的面孔，看着屏幕，又一次露出了笑容。

✦· **Chapter 5** ·✦

许熙然差点就把手机掉进水里。

方默打来电话的时候他刚脱了衣服打开水龙头，浑身都是湿的。被铃声催着赶紧擦干手摸到手机按下接听后，对面传来了明显带着紧张感的声音。

"我现在能过来吗？"方默问他。

"啊？"许熙然不解，"可以是可以，怎么啦？"

"我来了再和你说吧，"方默声音很压抑，"你在四〇六对吧，我现在就上来。"

"等等等等！"许熙然赶紧阻止，"能过五分钟吗？我在洗澡呢，总得等我把澡洗完。"

挂了电话后许熙然洗了个战斗澡，胡乱往身上抹了些肥皂冲洗干净就算是完成任务了。他在男生中是比较爱干净的那一类，也正因如此，这是他今天第二次洗澡了，可以随便一点。

他不算洁癖，纯粹是因为方才出去走了一大圈又出了点汗，觉得就这么躺到床上不够清爽。

按照他今天原本的计划，下午去喂过猫咪后就不打算出宿舍了。夏天的尾巴还没彻底过去，外面天怪热的，去食堂吃饭不如在寝室泡面。

如今虽然计划被打破，但许熙然却依旧心情非常不错。

虽然在网上相识以来接触不多，但他对方默印象很不错。方默这人性格很不错，聊起天来也算投机。之前的校草投票，害他被揶揄调侃好久，方默是第一个温柔安抚还为他打气的人。

更何况，谁不喜欢看长得好看的人呢。方默的那张脸，看着实在舒服。

最让许熙然感动的是，方默之前明明吐槽过宅男，在了解了他的兴趣爱好后却没有任何排斥，对他表现得十分尊重。他方才在食堂里滔滔不绝，说到后来自己都有些尴尬了，方默依旧听得认真，还时不时提问几句，像是对这些很感兴趣。

现实中他们接触还不到一天时间，但许熙然坚信，方默会和他成为好朋友。

方默似乎是遇上了什么着急的事，说好五分钟，才过去了一半就已经把他的寝室大门敲得砰砰响。许熙然怀疑他是挂了电话就立刻冲刺上来的。

时间太赶，许熙然来不及把自己擦干，慌忙间只套了条裤子就赶紧跑去开门。

方默果然是跑上来的，还在喘。

"怎么啦，"许熙然往后退着把他迎进来，"后面有人追你？"

方默不吭声，闭着嘴快速摇头，模样看着却是十分紧张。

"什么事那么难以启齿啊，"许熙然开始担心起来，"是那个刘小畅？"

方默摇了摇头："可不可以给我喝杯水？"

许熙然赶忙给他接了一杯水。

"你不会是来借水的吧？"

方默仰着头一饮而尽，放下杯子时长长地舒了口气。因为喝得太急，不只嘴唇，他连下巴都变得湿漉漉的，好像还有水滴沿着皮肤往下打湿了领子。

许熙然又替他抽纸："擦一擦。"

方默接过，一边擦一边问道："你怎么湿漉漉的？"

许熙然笑了："你也太快了，我刚洗完，没来得及呢。"

说完，他从方默身边经过走进了浴室，拿起毛巾开始擦头发："你到底来干吗的呀，是因为刘小畅？"

方默跟了两步，站在浴室门口，苦着脸摇头："别提了。"

"他做什么了？"许熙然放下毛巾回过头，接着大惊失色，"你怎么流鼻血啦？！"

方默擦了一大堆鲜血淋漓的纸巾，脸上依旧红潮不退。

虽然知道不应该，但许熙然还是忍不住笑个不停："我刚才看你脸色就不对，是不是有点上火啊？"

"可能吧，"方默一副很无奈的样子，"我上来的时候跑太快了。"

许熙然一边笑一边走到他跟前，坐了下来："别仰头，坐着缓一会儿吧。"

方默按着鼻子，说话瓮声瓮气："这里的宿舍居然还有空调，我们以前那儿电扇都要自备的。"

"空调好是好。就是这几天我一个人住，电费没人摊，有点贵。"许熙然说。

"我和你摊吧？"方默赶紧说道，"让我住几天。"

"那个姓刘的到底对你做什么啦？"许熙然很担心。

方默幽幽地叹了口气："也没怎么。他捧着电脑看恐怖片，时不时看我一眼，还老是对着我笑。我鸡皮疙瘩都起来了。"

许熙然脑补了一下，也是一阵恶寒。

"那你就住我这里吧。那几个老哥还得过几天再来，床单被子都是干净的。"

方默感激地看着他："你又帮了我一个大忙。"

"你也帮了我大忙啊，"许熙然说，"礼尚往来嘛。"

方默抿着嘴笑了笑，接着转身，在这间寝室里打量了一圈。片刻后，他伸手指向了许熙然的床位："这个是你的吧……"

"咳，"许熙然又有点不好意思了，"很明显啊？"

他睡下铺，此刻床的正中央就放着一个等身抱枕。床边的墙壁上还贴着两张海报。从方默的角度看不见，许熙然在上铺的床底下也贴了一张。这样他每天早上睁开眼就能看见自己的女神了。

"这个画得好精致呀，"方默很感兴趣的样子，"我可以拿起来看吗？"

许熙然这方面没忌讳："可以啊。"

"我睡觉也喜欢抱个什么东西，"方默拿起了抱枕，认真看了一会儿，"咦，这个枕套怎么没……"

许熙然立刻冲过去，把抱枕抢了过来："没事没事，就是这种设计。"

饶是方默一直以来都很包容，许熙然还是不好意思把这些突然暴露在圈外人的视线里。

"吓我一跳，"方默说，"有条缝，我还以为坏了呢。"

"呵呵。"许熙然傻笑。

或许是为了缓解尴尬的气氛，方默清了清嗓子，说道："蛮有意思的，很有创意的一个设计。"

　　说完，见许熙然依旧不吭声，他又补充道："这女孩子蛮可爱的。"

　　许熙然突然来劲了："你也喜欢小遥这种类型的女孩子？"

　　"她叫小遥啊？"方默说完想了想，"……还行吧，挺、挺喜欢的。"

　　"她超可爱！"许熙然觉得方默或许会和他有更多的共同语言，"反正现在闲着也是闲着，你要不要看两集感受一下？"

　　方默一脸凝重盯着他的脸看了好一会儿，移开了视线："好啊……那，那就看看。"

　　他俩一口气看到了半夜，却只看了三集。

　　许熙然完全克制不住自己强烈的表达欲望，滔滔不绝地为每一个细节进行详细注解，看着看着就会按下暂停发表演说。等一整集播放完毕，还要进行大段的总结陈词，并且提出问题对方默的观影成果进行考核。

　　方默回答得牛头不对马嘴，但胜在态度极好。

　　眼看时间已经不早，他开始逐渐神志不清哈欠连天。许熙然倒是还有心让他再看一集，但又担心他此刻不够专注无法领会神作的精髓，只能作罢。

　　关了灯各自躺上床后，许熙然听着方默的哈欠声，后知后觉，开始不好意思："你是不是不喜欢这些？"

　　方默沉默了几秒，才说道："倒不是，我以前没接触过，挺新奇。"

　　"那，会觉得有趣吗？"

　　"你让我自己看的话，可能会感到无聊吧，"方默说，"配上你说得那些细节，就还挺有意思的。你好细心呀，懂得也多。"

　　"也没有，"许熙然不好意思了，"看多了，自然而然就……"

　　"你看过很多遍了？"方默说，"那再陪我看一遍不会觉得无聊吗？"

　　"不会啊，"许熙然说，"挺开心的。"

　　应该说是开心极了兴奋极了。这辈子第一次遇到上能听他叨叨那么一大堆还没有表现出不耐烦的人，许熙然几乎有些感动了。

"你还想看吗？"许熙然跃跃欲试。

"呃……明天再说吧，"方默打了个哈欠，"晚安。"

第二天他们花了一整天的时间，把剩下的九集也全看完了。

"比想象中的有意思，"方默说，"尤其是听了你说的那些以后，确实很有深度。我要是自己一个人看肯定就不会想那么多。"

"那么现在最关键的问题来了，"许熙然一把抓住了方默的手，"回答我一个问题。"

方默紧张起来："什么？"

"小遥是不是最可爱的？"许熙然问。

"……"

"难道不是吗，"许熙然激动，"她简直就是天使！"

"天使天使，是天使，"方默连连点头，只是语气多少显得有几分敷衍，"确实蛮可爱的。"

"唉，算了，"许熙然叹气，并不强求，"也不是每个人都能理解得了她的好。"

"我有一点好奇，"方默说，"按照你说的，她在剧情里代表的是感情中善意的哄骗对吧？"

"嗯，怎么？"

"但是，"方默说，"……你不会觉得这样不太好吗？"

"有什么关系，"许熙然大手一挥，"她可爱！我愿意被她骗！"

"……"

见方默露出了一言难尽的表情，许熙然再次叹气："唉，你不喜欢也好。没人和我抢女神。"

方默挑起一边的眉毛："抢女神？"

见他如此反应，许熙然也不想在这位新朋友面前表现得太过头了，于是轻轻咳嗽了一声后主动转移了话题。

"对了，你有没有发现自己有一个特征和小遥还蛮像的。"他说。

方默一下子瞪大了眼睛，身子还微微仰后仰了些许。他一副惊讶不已的模样，看着竟有几分可爱。

"这里，"许熙然笑着点了点自己右眼角，"都有一颗痣。"

"……"

晚上方默洗完澡以后又流鼻血了。

"你是不是水温开太高了啊，"许熙然洗完澡，赶紧给他拿纸巾，"赶紧擦擦！"

方默捂着鼻子，血流不止却依旧很关心他："你小心着凉，快把衣服穿好吧！"

许熙然一边套 T 恤一边说道："肯定是因为你洗澡时间又长水温又高，大热天的血液循环过快才会总是流鼻血。"

方默不吭声。

"你的脸还是有点红啊，"许熙然说着凑到他跟前，"会不会头晕？"

方默扭过头去："我没事！"

他说完深呼吸，接着似乎是做出了一个十分重大的决定："我想了一下，还是回自己寝室睡比较好。"

许熙然一愣："为什么啊？"

"我随便睡别人的床铺，总归不太好对吧？万一人家不愿意呢。"

"没事啊，"许熙然摆手，"我打过招呼了，他说可以。"

方默低着头皱着眉，想了一会后又说道："我怕刘小畅偷偷动我的东西。"

"不至于吧……"许熙然想了想，"那你先回去看看吧。要是还待得不舒服再上来也行。"

等方默磨磨蹭蹭真要下楼，许熙然长吁短叹。

"你真的要走啊，"他一脸不舍，"难得有人陪我聊这些。要不然你下去看一眼，没问题再上来吧？"

方默迟疑了。

许熙然见状赶紧继续怂恿："你和那个姓刘的待在一起不难受吗？还不如上来陪我。"

方默盯着他看了一会儿，笑了："你很需要人陪吗？"

这就让许熙然有点不好意思了。他咂了咂嘴，装出一副无所谓的样子："我是为了你考虑嘛，不领情就算了。"

说完见方默不吭声，他又补充道："反正你要是觉得无聊就上来。"

方默在走出许熙然的寝室后，立刻深深地叹了口气。

这个男生"宅"的程度超出了方默的预料，令他不知所措。可他那么期待那么真诚地说那些玩意儿，方默又实在不忍心打击他。

活了二十年，方默第一次发现自己竟是如此善良的人。

现在，他的承受能力到了极限，迫切需求呼吸一下新鲜空气。

除此之外，他必须下楼还有另一个原因。昨天冲上来时他只带了些许替换用的随身衣物，那大堆护肤品都在自己寝室里。洗过脸不涂点什么，皮肤紧巴巴的不太舒服。

昨晚准备这些再冲上楼只用了两分半钟，如今他出门后至少过了十分钟才重新回到自己的寝室门口。他脑子里依旧天人交战，祈祷刘小畅最好是不在寝室。

可惜，心愿落空。

推开门，还没看见人影，已经听到了诡异的声响。

此起彼伏的儿童笑声在寝室中飘荡，透出一股瘆人的气息。

方默鸡皮疙瘩全体起立，那声音戛然而止，紧随其后，是刘小畅说话的声音。

那居然是刘小畅的手机铃声。

刘小畅坐在床边，听见门口的动静，立刻抬头看了一眼，接着，冲方默微微一笑。

方默头皮发麻。

就和昨天的许熙然一样，这家伙应该是刚洗完澡，还光着膀子。

方默看着他平日隐藏在宽大外套下的肌肉线条，合不拢嘴。

"不需要，谢谢。"刘小畅温柔地说完，放下了手机，站起身来，视线始终落在方默脸上，"回来啦？"

方默默默后退，把门给关上了。

他站在原地大脑一片混乱发了会儿呆，面前的房门再一次从内侧被打开了。

他背后，伴随着奇怪音效的儿童笑声再次悠悠响起。

才离开不到半个小时，方默就重新敲响了许熙然宿舍的大门，还带着一大包行李。

"想通啦？"许熙然很高兴。

"你听我说，你听我说，你听我说，"方默情绪激动，"等等，你先让我喝口水。"

许熙然又去给他倒了一杯水。

方默仰头把水灌下去以后，长长地舒了一口气，接着一把拽住了许熙然的衣袖："那个刘小畅，真的很不正常！"

"欸？"许熙然没反应过来。

"而且，他肱二头肌有那么大！"方默一脸心有余悸，"我力气还真不一定比他大。"

"真的假的？"许熙然说着，突然竞争欲熊熊燃烧。

他撸起袖子，努力紧绷肌肉展示自己的肱二头肌："和我的比呢？比我还厉害？"

方默陷入了显而易见的迟疑。片刻后，他清了清嗓子，说道："你们体格不一样啊，就算肌肉发达程度差不多，装在你身上和他身上，视觉效果差距很大的，比例不同。"

这么说来自己应该也不算输，许熙然满足地放下了手："你也锻炼锻炼嘛。人家比你矮半个头你还怕，丢不丢人。"

方默皱着眉头看了看他："你平时有在锻炼吗？"

许熙然猛地站起身，原地跳跃做了一个投篮的姿势："我喜欢打篮球啊！"

方默被他突如其来的动作惊了一下，片刻后才说道："这几天没见你运动嘛。"

"最近不打，"许熙然重新坐下，"太热了。"

"……"

"那你今晚还是睡我这儿？"许熙然问。

方默看看他："……还方便吧？"

"废话，"许熙然笑道，"对了，刚才我们社长问我明天能不能带你的朋友去一下。我还没来得及联系他，要不你帮我问问？"

方默比了一个 OK 的手势："没问题。"

"明天？明天不行，"邹瞬竟一口回绝："我要打工啊。"

"真的一点时间都抽不出来？"方默问。

"明天有个同事请假，我得从早上八点干到晚上七点半，"邹瞬说，"后天不行吗？"

"你稍等我问问。"

方默说完回过头去："他问后天行不行。"

"应该可以吧？我们也没那么急。"许熙然说。

"后天可以，那就后天吧。"方默重新对着手机说道。

对面的反应比他想象中大很多："他就在你旁边？你们又在一起？"

"呵呵。"方默傻笑。

"等等，你们俩现在在哪儿？"邹瞬问。

"在……寝室，"方默怪尴尬的，"都这么晚了还能在哪儿？"

邹瞬的反应令他十分满意："这么晚还串门啊？"

方默还未回答，许熙然的声音从不远处响起："我洗澡了去了啊。"

邹瞬耳朵尖，听得一清二楚："什么情况啊？"

"我来临时借住两天。"方默说。

邹瞬没出声，隔着电话看不见他此刻的表情，也不知是又在想什么了。

"我们寝室有个很奇怪的人，神神道道的，我住着不舒服，"方默试图解释，"正好他寝室有空床铺，我过来避难。"

邹瞬的语调似笑非笑："那你怎么不来我这儿避难呢？"

方默心里咯噔一下。

确实，以他和邹瞬的关系，想要借宿，先问邹瞬方不方便更合理。

怎么自己稀里糊涂，就跑这儿来了呢？

"因为……因为近啊，"方默胡乱找理由，"方便。"

"行吧行吧，你说是就是，"邹瞬说，"祝你们相处愉快。"

"怎么啦？表情那么纠结，"许熙然，从浴室里探出半个身子，"你朋友说什么了？"

　　"……没什么，"方默尴笑，"你洗你的吧。"

　　许熙然想了想，走到了方默身前，问道："是不是有点太麻烦人家了呀？"

　　"啊？"方默愣了一下，"还好吧，你要是不好意思，到时候请他吃饭。"

　　许熙然点头："行。"

　　"还去洗吧，还愣着干什么？"方默说道。

　　"你明天有什么安排吗？"许熙然问。

　　"明天……没有啊，"方默刚说完，忽然意识到不妙，生怕许熙然又拉着他看动画片，赶紧补充，"打算在校园里逛逛，熟悉一下。"

　　"那好啊，"许熙然笑道，"我陪你。"

✦· **Chapter 6** ·✦

方默躺在床上，睡不着。

许熙然睡觉有声音。他不打呼噜，但是呼吸声特别沉。称不上吵，可在四下一片安静时，就变得有些明显了。

方默昨晚整晚都睡得很浅，休息得不怎么好。可惜累积的疲劳感并没能让他在今晚立刻入睡。

他躺在陌生的床上，听着不远处匀称的呼吸声，胡思乱想。

那部许熙然爱得要死的动画片，他其实没太大感觉。许熙然长篇大论说的那些东西，他也没能产生什么共鸣。可他却耐着性子听完了，没有表现出任何不悦。

他对许熙然喜欢的东西不感兴趣，他好像只是对许熙然这个人。充满好奇与探究，想要了解他。

许熙然认真讲述自己喜欢的事物时眼神带着光彩的样子让他感到有趣。

方默后知后觉，想起了当初两人在网络上第一次对话时，那个帖子的主题。

许熙然这个人，好像真的有一种奇特的人格魅力，会让人不自觉地想要靠近，想要与他交朋友。

晚上失眠的结果就是早上起不来。

许熙然昨天早上八点刚过就强行把他拽起来继续鉴赏神作。今天没了这任务，也就没打扰他休息。等方默睡到自然醒，已经临近中午了。

许熙然给他买了早饭，两个糯米烧卖。

方默起初很感动，洗漱完毕咬了一口，崩溃了。烧卖馅儿里除了糯米和肉末，还拌了不少香菇丁。方默讨厌香菇，完全接受不了那种奇特又诡异的味道，闻着就反胃吃进嘴里必然要吐。

饶是碍着许熙然的面子，他都没法坚强地把嘴里咬下的那一口烧卖咽下去。

许熙然耿耿于怀。

"我特地给你买的，你就这样对我，"他一脸委屈，"你不爱吃也别嚼了两口吐回去啊，这不是把剩下那个没吃过的也浪费了吗。"

方默没空理他，他在厕所疯狂漱口，想要赶紧洗干净嘴里那股挥之不去的令他作呕的香菇味。

许熙然见状不知从哪儿掏出了一颗水果糖："吃点别的就能把味道盖下去了吧？"

方默再次感动。他拆开糖纸把糖放进嘴里，半秒后"呸"一下把糖吐进了水斗里。

"你干吗！"许熙然大惊。

"怎么是杧果味的！"方默又开始倒水漱口。

"你也太挑剔了吧，"许熙然无语，"你到底有多少不吃的东西？"

他说完转身出了浴室，片刻后大声问道："要不要来点枇杷糖浆？"

方默吐掉了嘴里的水，茫然起身："啊？我又不咳嗽？"

许熙然拿着个瓶子走了进来："这个味道重嘛。我寝室里找不出别的了。"

两人一同下楼时，方默嘴里还残留着些许带着清凉感的糖浆甜味。

许熙然真是个好舍友，会主动给他带早饭，就算抱怨他挑食见他难受还是会替他想办法，太体贴了。

前几天他还庆幸自己与许熙然不住在一块儿，现在却暗自感慨，恨不得自己能干脆搬去和许熙然长住。

才刚走到三楼拐角，撞上个老熟人。

刘小畅穿着一件大号的套头带帽衫，衬得他身板瘦弱纤细，看着依旧像个弱不禁风的孩子。

"好巧啊，"他主动笑着同方默他们打招呼，"去吃饭吗？"

许熙然一脸探究把他上上下下打量了几遍，接着点了点头："嗯。"

"正好，我也去食堂，要不要一起？"刘小畅问。

方默与许熙然对视了一眼。

"我们……我们不去食堂，"许熙然有点紧张，快步往下走，"改天再聊。"

方默见状也赶紧跟上，却在和刘小畅错身而过时被一把拉住了。

他神经过敏，整个人一抖，说话声音都大得不自然："有事？"

"你这几天晚上不回寝室，是住在他那儿？"刘小畅问

方默下意识想回他"关你什么事"，话到了嘴边却又咽了回去。他瞥了刘小畅一眼后，故意装出一副若无其事的模样，一脸轻描淡写："嗯，是啊。"

许熙然回过身来："你不饿吗？快点啊。"

方默在下楼时回头瞄了几眼。

依旧站在楼梯拐角处的刘小畅的面孔被刘海遮住了小半，若有所思，也不知在想些什么。

许熙然下楼后立刻问他："你昨天真的没看错吗？就他这小身板？"

方默严肃点头，还比画："真的！腹肌一块一块的！"

许熙然将信将疑。

两人走出了宿舍区，他又说道："你说，我们这样，会不会很没礼貌？"

方默愣了一下："好像是有点。"

"他会不会不高兴？"许熙然又说。

"不高兴会怎样，"方默皱眉，"诅咒我们？"

许熙然听着先是笑了起来，很快又打了个哆嗦。

两人又对视了一眼。

"不至于吧！"方默用力拍他，"别自己吓自己了。"

许熙然无奈："明明是你自己说的。"

两人边走边聊，不远处传来一个声音。

"然哥？好巧呀！"

两人一同看过去。

来人看起来一身清爽，一头短发，眼睛很大，身上隐隐飘散出香水味。

"好久不见，"这人笑眯眯看着许熙然，全然没有理会站在他身旁的方默，

眼睛亮亮的，"然哥，你这学期选了哪些课呀？"

"一下子想不起来，晚点回去看了跟你说，"许熙然说完主动给方默介绍，"杨琳，跟我同专业的，低我们一级。"

方默冲着杨琳笑了笑，权当作是打了招呼。

杨琳看了他一眼，有些敷衍地扬了下嘴角，接着又兴冲冲地把视线投到了许熙然身上："然哥，你这是去吃饭？"

这态度，就让人不爽了。

眼见许熙然还想再同对方多聊几句，方默小声插嘴："我好饿。"

许熙然见状赶紧同对方道别，临走前还笑着主动说下次有空一起吃饭。

"你们关系很好啊？"方默问。

"挺好的，"许熙然点头，"小杨性格特别好，跟我合得来。"

方默心想，就刚才那样子，可真是一点也看不出性格好。

这杨琳，看着许熙然时眼睛都快发光了，崇拜之情溢于言表，而他方默，简直不值一提，眼神都不想给。

昨晚还承认许熙然挺有人格魅力的方默心里一阵憋屈。

自己怎么也是一表人才，居然还比不过一个宅男？

杨琳这么大一双水灵灵的眼睛，怕是白长了。

许熙然带他去的是一家广式茶餐厅。

入座后，方默还在心里犯嘀咕，许熙然已经拿着菜单开始向他介绍起来了。

菜单上有很多适合当作早饭的点心。如今时间临近中午，正适合方默两顿并一顿一起解决了。

"你除了香菇和杞果，还有什么不吃的吗？"他问方默。

方默想了想："我不能吃带壳的虾。"

"懒得剥？"许熙然问。

"不是，我对虾壳过敏，"方默解释，"不吃杞果也是因为过敏。就算只是杞果味的点心，我接触到那个味道心理上就会有特别痒痒的感觉。其实我不怎么挑食的，也就不爱吃香菇而已。"

许熙然闻言伸手指了指菜单上的虾饺："那虾仁可以吧？"

方默点头："可以可以。"

"那这个……"

"哦，萝卜我也不吃。"方默又说。

许熙然抬头看了他一眼："行，那……"

眼见他的手指往下指到了另一张图片，方默又说道："……榴梿味我有点受不了。"

"……"许熙然的手继续往旁边挪，"那这个？"

方默自己都开始尴尬了："我对螃蟹也过敏。"

许熙然又一次抬头看了看他，接着叹了口气："流沙包总可以吃吧？"

方默赶紧点头。

"乳鸽呢？"

方默再次用力点头。

终于下了单，他有点儿不好意思："我忌口是稍微多了点，不好意思啊。"

"没事儿，过敏也是没办法嘛，"许熙然单手撑着下巴看他，"你这样挺辛苦的吧？"

方默和他对视了两秒，低下头："还好啦，遇到能体谅的人就不辛苦。"

"没事儿，你挺适合和我一起吃饭的，"许熙然笑道，"我什么都不挑，去掉你不能碰的，剩下的我也都爱吃，哈哈哈。"

方默心中一动："那我们以后可以经常……"

他还没说完，突然又有不速之客。

"许熙然？"从餐厅门口的方向传来了一个软糯的女声，"你也在这儿吃饭啊。"

方默和许熙然一同回过头去，只见两个结伴的女生正向着他们的方向走来。

之后又是热热闹闹一阵寒暄。许熙然和姑娘们聊了两句，还主动询问要不要拼桌。可惜他俩进来时选的是双人座，店里剩余的空座位也没有四人座了。等两个姑娘离开后，今天一直在当陪衬的方默下意识回头朝着她们入座的方向看了一眼。

不巧和其中之一的视线撞了个正着。对方愣了一下，接着冲他笑了笑。方默也报以温和礼貌的微笑，心里却在腹诽。

许熙然这家伙，还挺受欢迎的嘛。

之前在网上还说什么没有女生缘，明明不少漂亮姑娘跟他熟络。

正想着，许熙然放在桌上的手机振动了一下。

他拿起来看了一眼，很快抬头往那两个姑娘入座的方向望去。片刻后，他的嘴角扬起了一个令方默感到十分莫名的微笑。

不是吧，当着他的面和美女眉来眼去，太过分了吧！

正欲开口试探，面前的许熙然放下手机，倾过身子靠近了他，压低声音说道："有一件事之前一直没问过你。"

面对许熙然近在咫尺的认真面孔，方默紧张起来："什么？"

"你有女朋友吗？"许熙然问。

方默默默移开视线："……干吗？"

许熙然笑了："没有对吧？"

方默不情不愿地默认了。

许熙然点了点头，又一次拿起手机，开始输入。

方默觉得有点不对劲："你在和谁说话？"

"你后面那个，长头发的，"许熙然边说边笑，"她想要你的联系方式。"

"……"

万万没想到，美女居然是对他有意思。

"长得帅真是能当饭吃，"许熙然感慨，"你应该知道她吧，校花，想追她的人至少有一打。"

方默飞快地回头看了一眼，心想，难怪那么漂亮。

校花和校草是一起选的，他作为当事人之一，对隔壁评选情况却是一无所知，并不关心。

"我把你微信推送给她，没问题吧？"许熙然问。

方默有点不好意思，犹豫了几秒，点了点头："行啊。"

许熙然低着头摆弄手机："是你喜欢的类型？"

"老实说，一般吧，"方默说，"问我要联系方式的女孩子太多了，先接触一下再说吧。"

许熙然的动作停顿了一下。他皱着眉头看了方默一眼："……这话我听着怎么这么不爽呢。"

"咳，"方默清了清嗓子，"问你要联系方式的人也不会少吧？"

"是不少，"许熙然说，"都是男的。"

"呃……可能是因为女孩子看到你容易紧张，你太帅了。"方默随口奉承。

"谢谢你啊，"许熙然哭笑不得，"别勉强自己了，我早就习惯了。"

方默认为自己扳回了一局，心情不错，问道："肯定也有女孩子喜欢你吧？"

许熙然耸了耸肩，没做回应。

"……那你有女朋友吗？"方默又问。

他觉得应该是没有的，毕竟这两天来也没见许熙然和谁有过频繁联络。虽然自己没谈过恋爱，但恋爱中的人该是什么模样，方默见过不少。

"我当然有啊，你不是知道吗？"许熙然说道。

方默震惊了："我不知道！"

"哦，严格来说不是女朋友。喏，"许熙然把手机桌面给他看，"是我的女神。"

画面上，一个黑色长发眼角有一颗痣的漫画少女正在比心。

方默无语了一会儿，伸手往后指了指："她漂亮吗？"

"当然啦，"许熙然说，"不漂亮怎么会是校花。"

"那如果她追你……"

"哈哈哈别逗了，人家哪看得上我啊，"许熙然摆手，接着拿起手机晃了晃。

"……"

方默心情很复杂。

许熙然虽然夸校花漂亮，但明显对人家一丁点儿意思都没有。

这个人，好像压根对活人不感兴趣。

方默想到杨琳，不由得幸灾乐祸。

一同吃过了饭，许熙然又拉着他在学校里转了一圈，带他熟悉了图书馆、礼堂、体育馆、篮球场、便利店、咖啡馆、饭店等的具体方位，还请他喝了一杯奶茶。

方默看着奶茶杯子上那个曾经被他忽略的动漫少女，心中百感交集。

校花和校草，本该是天作之合。

看看这个许熙然，是不是有点多余了？

许熙然对他的心理活动毫无察觉，正高兴地哼着歌。

他请方默喝奶茶是另有目的。加上今天这一杯，他的集点卡再盖两个印章就满了，可以兑换一个亚克力钥匙扣。

"太甜了，我每次喝都甜得头晕，倒了又浪费，"他对方默说，"你喜欢吗，喜欢的话我明天再请你。"

方默叹了口气："你明天请邹瞬吧，他喜欢甜的。"

吃过晚饭方默回了自己寝室，接到了邹瞬的电话。

刘小畅不在，方默心情轻松了许多，邹瞬的语调听起来却显得有些沉重。

"怎么啦，打工遇上不高兴的事情了？"方默问道。

邹瞬沉默了一会儿，幽幽开口："我可能干不长了。"

方默惊讶："怎么啦，他要开除你？你干什么了？"

"怎么可能，我这种优秀员工，他可稀罕了。"邹瞬说。

"那为什么呀？"方默不明所以，"是你自己嫌交通不方便？"

"当然不是，"邹瞬说，"老板说，他正在考虑，可能要把店关了。"

"你不是说你们店生意挺不错，"方默不解，"好好的，为什么不做了呀？"

邹瞬叹气："好像跟他家里有关……我们也没那么熟悉，不方便问太细。我好难过呀。"

"呃……"方默犹豫了会儿，安慰道，"你也不缺钱吧？本来不就说开学以后要减少打工时间吗？"

"这是两回事，我喜欢这家店的氛围。"邹瞬说。

"……"

方默很想安慰，可惜找不出合适的话。

"老板怕我生活费不够,还帮我介绍别的打工,"邹瞬说,"我稀罕这些吗?"

方默没问过他在那家咖啡店打工时薪有多少,那数字对邹瞬而言肯定不值一提。他家条件好,身上穿的戴的全都是叫得出名字的牌子,十八岁以前,从来没为钱产生过任何烦恼,是个小少爷。

最初会去咖啡店打工,是因为跟家里闹了矛盾,被断了生活费。那也不过短短几个月,他父母狠得下心,爷爷奶奶知道宝贝孙子受苦却是万万舍不得。

手头再次宽裕,邹瞬却没动过辞职的念头。原因很单纯,喜欢那家店的氛围,还对老板颇为崇拜。

那个年过三十的男人方默只见过一次,看外形普普通通。邹瞬说,他处事冷静,成熟得体,极有风度,对他们这样虽已成年心态上却还依旧像个半大孩子的学生而言,有一种独特的魅力。

"不过,他对你真的很好啊,"方默说,"还惦记着给你介绍打工,他不知道你不缺钱吗?"

"我今天告诉他了,"邹瞬声音萎靡不振,"让他不用担心我。"

方默惊讶:"你怎么想的呀!"

邹瞬是个挺会扮猪吃老虎的人,以方默对他的了解,理应装出一副惨兮兮的模样,告诉老板,若是他关了店自己就会因此失去经济来源,求老板从长计议。

邹瞬没吱声。

方默叹了口气。

"他看我难过,说请我吃饭。"邹瞬又说。

"那不错啊。就算以后没了雇用关系,你们也可以联络吧?"

"然后,他就要回老家了,"邹瞬说,"我好舍不得啊。"

"……"

"我也不好意思跟他说,老板我很崇拜你,怕他觉得我奇怪,"邹瞬继续说道,"我希望自己也能稳重一点,向他学习,别那么咋咋呼呼的。"

"……你也知道自己咋咋呼呼。"方默没忍住,吐槽了一句。

邹瞬又说不出话,只叹气。

"放心吧,他对你那么关心,应该是觉得你挺讨人喜欢的。现在网络那么发达，离得再远也一样可以联络嘛。"

"……他泡的咖啡特别好喝，我以后就蹭不到了，"邹瞬说着，心情愈发低落，"他教我拉花，我也还没学好。"

方默长长地叹了口气："别难过了，明天请你喝奶茶。"

邹瞬一口气喝了两大杯。

许熙然终于换到了他朝思暮想的钥匙扣，喜不自禁，欣赏了一会后小心翼翼收了起来。接着，他又高高兴兴给方默也买了一杯，领了一张新的集点卡。

"你不是已经有了吗？"方默不明所以。

"只有一个啊，"许熙然说，"这个收起来珍藏，我还想要一个拿来用。"

方默皱起眉头，没吭声。邹瞬咬着吸管看着他俩，也不说话。

许熙然喜滋滋带着他俩去了社团活动室。

原本方默今天不跟着也行，可一来想陪陪邹瞬，二来对这活动本身有几分好奇，三来不想待在寝室，所以凑个热闹。门一打开，他和邹瞬立刻吓了一跳。里面热火朝天，并且乱七八糟。

以他过去对"二次元"片面的了解，原以为会看到大排大排的书架、各式各样的漫画书，或者是电子游戏设备，再配上几个看起来奇形怪状要么戴着厚眼镜片要么穿着卡通 T 恤要么满脸青春痘的可怕男子。

没想到屋里绝大多数都是女孩子，而且是看起来还怪不错的女孩子。

姑娘们或站或坐，都在忙着手工活。还有一个趴在地上的，正用丙烯颜料在布料上画花纹。

许熙然刚开口同众人打招呼时，应者寥寥。一直到有人抬起头，发现他身边还带着两个陌生男子。

邹瞬肉眼可见的崩溃。

他被一群女生围在中间，本该是羡煞旁人的待遇。可他却是神色慌张，视线找不到落点，整个人拘谨至极。

"真的好像，太合适了！皮肤那么好，到时候上妆也很容易吧！"

姑娘们叽叽喳喳，显然是对他满意至极。

原本就不算高大的邹瞬眨巴着眼睛，把自己缩得小小的。

方默应该也很想救救他，可惜自身难保。姑娘们热情又大胆，主动问他有没有兴趣也参与进来。

"不了不了，我对这些一窍不通，我就是陪朋友过来的。"方默连连摇头。

"我不是陪你一起看过了嘛。我给你讲解那么多，怎么能算不懂，"许熙然当面拆台，"你至少也是半个专家了。"

方默扶额："但这里面也没适合我的角色吧……"

他这就是胡说了。虽然恋物语里绝大多数都是女生，但这部动画中长相帅气有人格魅力的男性角色也能数出几个。也因此，喜欢这部动画的女生不在少数，加上人设出彩，是近来 COS 圈中的大热门。许熙然很确定自己在和方默共同鉴赏的那晚强调过这一点。

以方默的外形，驾驭其中某些角色轻而易举。

许熙然见他明显抗拒，便也不再多嘴。可惜，在场有人和他持不同意见，并且思路更过分许多。

"有啊，怎么会没有，"有个姑娘笑道，"你长得那么帅，你要不也来试试看？"

方默当场愣了："不了不了，我看看就好。"

他说着默默后退，躲到了墙角。

许熙然想了想，笑了。他跟到方默身边，和他说悄悄话："真的不试试吗，我也觉得你挺合适的。"

"你神经病！"方默甩他眼刀。

"你别激动啊。我们社里有个小个子男生，之前也抵死不从。被这群姑娘逼着尝试了一次，"许熙然说，"现在乐不思蜀了。你也要小心点咯。"

"你说的那个男生……不会是你吧？"方默警惕地看着他。

"都说了是小个子，"许熙然赶紧否认，"我比你还高一点吧？"

"那……他是不是那个？

"当然不是，"许熙然立刻看懂了，"就是喜欢镜子里的自己嘛。"

方默震惊了，直男这种生物真是深不可测。

"你怎么不试试？"他问许熙然。

许熙然竟遗憾地叹了口气："试过，不太好看，就算了。我是少数体验一次就把自己劝退的。"

方默沉默了。他在安静了片刻后，默默地往另一边缓慢地挪了几步，试图和许熙然拉开距离。

终于从活动室出来时，邹瞬整个人都恍惚了。

他安安静静地飘下了楼，接着一把拉住了方默，开口时满脸严肃语气坚定："你必须请我吃饭。吃贵的。"

方默连连点头："好的好的，你说了算。"

许熙然在旁边插嘴："我请你吧。我今天就可以请，你想吃什么？"

"不，"邹瞬毫不犹豫抬手拒绝，"我要和他单独吃。"

许熙然愣了一下，眨了眨眼，似乎想说什么不过最后咽回去了。

"行行行，"方默心中有愧，又念在他原本就心情不佳，为了安抚他还伸手在他肩膀上拍了拍，"我请你我请你，吃好的，地方你挑。"

邹瞬特别夸张地叹了口气："太可怕了，我这辈子没被那么多女孩子围在中间这样叽叽喳喳过。我头都晕了。"

方默在心中暗暗想着，其实还好了。你要是看过那部动画，才能理解什么叫真正的头晕。

如今回忆，依旧呼吸不畅。

正当方默沉浸往事之中时，邹瞬的手机铃声响了起来。他低头看了一眼，接着原本毫无生气的双眼立刻亮了起来。在接听前，他还特地稍稍走远了两步。

才说了没几句，他转过身两人打了个手势表示青山不改绿水长流就此别过。

邹瞬拿着电话跑远以后，现场又只剩下了方默和许熙然两个人。

"我有一个问题，可能不太礼貌。"许熙然对方默说。

"什么？"方默好奇。

"你们俩关系很好对吧？"许熙然说。

方默迟疑了一下，谨慎地点了点头。邹瞬是他进入大学以后关系最铁的朋友，说是死党也不为过，是可以随意开玩笑不用顾忌对方会往心里去的感情。

人和人相处，很讲究气场。他跟邹瞬喜好相差甚远，却莫名投缘，相处起来尤为轻松愉快。

许熙然看了看他，若有所思。

"怎么啦？"方默很疑惑。

许熙然微微皱着眉，沉思了好一会儿，摆了摆手："算了，没什么。"

话说一半对好奇心强烈的人而言无异于酷刑。方默立刻追问："到底想说什么，直说不行吗？"

许熙然迟疑片刻后，问道："对了，我们班花后来有联系你吗？"

他明显在扯开话题。

"有啊，"方默点头，"昨天晚上聊了两句，我感觉还行，不知道她怎么想。"

事实是聊了两句，无疾而终。

那姑娘可能是想欲擒故纵，主动加了他的好友后隔了许久才打招呼，说话客客气气，几句以后就借故道别了。方默特地看了她的朋友圈，她跟他聊天的前半个小时刚发了自拍。

确实很漂亮，而且看着挺舒服，清爽利落，笑容自然大方，是方默能欣赏的类型。他有点想给那张自拍点个赞，犹豫了会儿，还是作罢。

许熙然也有她的微信，看到了，也许会过来揶揄自己。

若真喜欢人家，最后能成，被取笑倒也无妨。可方默心底里，对恋爱这件事并没有那么迫切的向往。

他虽自恋，对自己的外表极为满意，却又不那么愿意和一个人仅仅因为外表产生的好感就在一起。

归根结底，他对那女孩儿美丽的外表极为欣赏，除此之外，却并无太多感想。

许熙然闻言冲他笑了笑："要是成了，你可得请我吃饭。"

"……真能成再说吧，"方默叹了口气，"我不太擅长和女孩子交流，昨天她和我聊了两句就不理我了，说不定是我不小心说错了什么话把她吓跑了。"

许熙然深以为然，立即点头："女孩子确实挺难对付的，琢磨不透。"

方默小心翼翼地瞄了他一眼："相比之下，还是小遥这样的……"

他还没说完，被许熙然一把搂住了肩膀："兄弟，你懂我。"

方默哭笑不得，偷偷为眼前这个宅男感到悲哀。

在他无语之时，许熙然再次发表宅男宣言："但朋友妻不可欺，感情再好小遥还是我的，你懂吧？"

方默不懂。根据他的观察，按照这个标准小遥在全世界至少有几万个老公。许熙然此刻的小心眼毫无意义。

回到寝室以后，方默得知了一个不知道算不算好的消息。

他们寝室剩下的两位成员终于姗姗来迟。这样一来，方默就不用和刘小畅单独相处，也不用遭受许熙然的精神摧残了。

两位新舍友外表普普通通，性格看着都还不错，不难相处的样子。其中之一在见到方默后连呼帅哥，令方默心情十分愉悦，对他好感倍增。

大概是嫌人太多太吵闹缺乏气氛，刘小畅连恐怖片都不看了，整个寝室表面和乐融融。

这样的和谐持续了大概四十八个小时。

一直到一个室友惊讶地指着方默的电脑屏幕大喊"原来你喜欢这个啊！"

方默当时正在看许熙然发给他的视频剪辑。

画面上，小遥一脸害羞低着头，脚尖在地面上蹭啊蹭，双手手指缠在背后，一副扭扭捏捏的模样。

许熙然这人也是有点毛病，又要抗拒有人和他抢老婆，又忍不住反复宣扬他老婆的可爱。大概是因为能忍受这些的人在世上已是绝无仅有，于是他一天能主动找方默八次。

方默大多时候极为敷衍，只在嘴上随意应付，并不点开看。

今天手一滑，酿成大错。

想到自己当初居然是输给了这样一个宅男，方默内心悲痛万分。

更悲痛的是，他终于也被人当成了宅男。

"我和小畅昨天还偷偷琢磨呢，你长得那么帅，还那么喜欢保养，买那么多衣服，也没女朋友……"舍友大笑，"原来你喜欢这些东西啊！"

方默瞥了一眼斜对面正靠在床上玩手机的小刘同学。

这个阴沉诡异的男子不为所动，头也不抬，若无其事，仿佛完全没有听见自己的名字。

"哇，这个女的……"室友大呼小叫，"看不出来，你的口味还挺重！"

方默无言地看了一眼屏幕。画面已经切换，右下角的 QQ 图标正在跳动，点开后是许熙然刚发来的消息。

"萌吗？萌不萌？是不是超可爱！"

方默心想，是啊，我也觉得这口味真的好重。

◆ · Chapter 7 · ◆

开学一个星期以后，方默已经成为一个远近闻名的宅男。

他外形抢眼，本就容易给人留下印象。同寝室那两个看起来没什么心眼的舍友嘴巴不是一般的大，又自来熟，嘻嘻哈哈什么都能往外面抖。一来二去，声名远播。许多方默压根不认识的人，都知道三〇一有个大帅哥喜欢看动画，痴迷萌萌的"二次元"美少女。

又过了一个星期，之前每天都会主动找话题同方默聊上几句的班花，悄无声息了。

方默简直哭笑不得。

他在无奈之余，反复琢磨两件事。

为什么许熙然这个真正的宅男，反而周围的接受度如此良好，完全没有人因此对他产生过度关注，还对他评价颇为正面。

为什么喜欢他的班花在认定他是宅男后立刻抽身而去，而他与许熙然不过萍水相逢，在见识过许熙然各种神奇"操作"后却依旧愿意奉陪呢？

可能是因为这个时不时让他无语的男生，确实也有一些令他欣赏的地方。

比如，当方默在宿舍区门口与许熙然偶遇，打算约他一起去食堂吃午饭时，许熙然一边点头一边从随身的书包里掏出了一小袋猫粮。

"陪我绕个路行吗？"他问方默，"带你去看一个小可爱。"

方默眼睛一亮，连连点头。

他跟着许熙然沿着住宿区走了小半圈，来到了一个小花园。

许熙然才刚走近，立刻就有一只灰扑扑又圆滚滚的小猫咪竖着小尾巴喵喵叫着跑了出来。方默认得它。在与许熙然正式见面前，他曾在许熙然的朋友圈见过这小家伙的照片。

如今大半个月过去，原本的小不点已经成长了不少，曾经尖尖的小尾巴也变得纤长又柔软了起来。

许熙然把猫粮小心翼翼地倒在了花坛边缘，小家伙立刻埋头猛吃。

"可不可爱？"许熙然问方默。

方默没回答，他正在忍受内心的煎熬。他想摸它，可它好脏。待会儿要去吃饭，下不了手。

"你这是什么表情，"许熙然茫然地看着他，"是在紧张什么呢？"

方默为了忍耐双手握拳："它叫什么名字？"

"没起名，"许熙然说，"又不能正式养它，起了名感情太深，也不太好。"

方默瞥了他一眼，心中一动："不如叫它小遥。"

许熙然愣住，竟脸红了。

难得见这人不好意思，方默有些来劲，继续逗他："你给它起了名字，就算不带回去养，那也算和你有了特殊纽带……不对，你们用那个词叫啥来着……羁绊对吧？你们就有了羁绊。说不定它为了报答你，会半夜变成美少女来找你呢。"

许熙然闻言，竟幽幽叹了口气。

"那还是算了，"他说着，悲伤地摇了摇头，一副看破红尘的模样，"我前几天才发现，它是公的。"

方默笑喷了。

"我就说了，"许熙然继续说道，"我这个人只受同性别欢迎，不分物种的。"

方默舔了舔嘴唇，转过头去，忍笑。

"算了，"许熙然转身，"走，吃饭去。"

他们两个专业不同上课时间不同，这段时间以来见面的机会并不多。

难得一起吃顿饭，许熙然看起来挺开心的。他们聊了会儿彼此的课程，方默随口提起了自己这学期的一门选修课。

"那个教授，每一次，肯定都要叫我起来回答问题，"他长吁短叹，"我想逃个课都不敢。"

许熙然闻言立刻皱起眉头："哪个教授，姓什么？"

方默回忆了片刻："……不太记得了。"

选修课而已，他原本只打算去混日子，每次都挑边角位置坐。那教授只在第一堂课时点过名，之后时常有人缺课也全然不在意。可他对方默实在关照过度，让方默不敢造次。

"是不是戴一副细框眼镜，大概这么高，看起来还蛮儒雅的？"许熙然问。

方默回忆了一下，点了点头："是吧。你也上过他的课？"

许熙然长叹一口气："又来了，又一个受害者。"

"啊？"方默不解，"这人怎么了？"

"也不是什么大事，"许熙然说，"徐教授有点……喜欢捉弄人吧。"

"你的意思是？"

"他以前带过我们的专业课，"许熙然说，"我那时候也每天被他叫起来回答问题。"

"……"

"是不是吃饱饭没事干让你念课文，老长一段，"许熙然一副往事不堪回首的模样，"或者故意问一些还没教过的特别难的问题？"

方默猛点头："对对对对对！"

"他的老毛病了，看谁长得顺眼就捉弄，"许熙然摇了摇头，"而且专盯着某一个人。"

"我就觉得他好像针对我似的，可是态度也不算差，客客气气的，"方默想了想，开始担忧，"他会不会在成绩上刁难人啊？"

"那倒不至于，"许熙然说，"至少没刁难过我。他可能就是上课无聊，想找点乐子。"

被当成乐子的方默无言以对。

"找女孩子怕影响不好，所以才专盯着男生吧。"许熙然继续说道。

"……这是不是性别霸凌的一种？"方默问。

许熙然笑出了声："不知道，你很困扰吗？"

有一点，但也不至于太为难。

"你下次上他的课是什么时候？"许熙然突然问他。

"我看看啊，"方默拿起手机，"下周一，下午两点。"

许熙然也拿起自己的手机看了一会，接着说道："正好那天我有空，我陪你去吧。"

晚上洗过澡躺在床上，许熙然收到了方默发给他的消息。

"你这么够朋友，还不让我请你吃饭，我过意不去。"

许熙然笑了。

方默指的应该是他说要陪自己去上课的事。就为了这个特地请吃饭，许熙然认为没必要。

在许熙然看来，方默这人虽看着精明，但特别老实。明明长着一张帅气的脸，为人却相当本分。他俩一起行动时，许熙然能明显感觉到女孩子们投来的热情目光，可方默本人却始终浑然不觉，视若无睹。

给人的感觉呆呆的。

虽然两人相识的时间不长，但许熙然对他好感颇深。许熙然一贯人缘好，身边不缺同性友人，可方默却给他很不一样的感觉。交朋友嘛，彼此关心帮助，都是应该的。

不过方默已经提过许多次想请他吃饭，总客套也显得生疏。

"那我们去吃学校里新开的那家店的麻辣烫吧？"他这么回复道。

第二天许熙然的课一直持续到晚上六点半。这时间很不科学，上到最后老师学生全都饥肠辘辘的。

临近下课时，他收到了方默发来的消息。一张照片，照片里毛色有些灰扑扑的小猫咪正低头把脸埋在猫粮堆里。紧随其后，方默又发来了一句话，"圆满完成任务！"

许熙然给他回复了一个小遥比心的表情包。

他今天抽不出空去喂猫，担心小家伙会饿着，于是拜托方默代劳。昨天方默刚见着那小猫时眼睛瞪得老大双手紧紧握拳一副备战状态，许熙然还以为他不喜欢这类小动物，原来是自己多虑了。

大约过了十分钟，方默再次给他发消息："我在你们楼下等你。"

许熙然有些惊讶。他恰好坐在窗边，赶紧转头向下搜寻起来。很快，他就在距离教学楼不远处的绿化带前找到了那个熟悉的身影。

方默这个人，真的挺显眼的。他在男生中不算特别高挑，但胜在腿长，而且脊背总是挺得很直，身形特别挺拔，就算看不清脸也能带给人一种视觉上的享受。

与他同班的校花在评价方默时用了一个词，玉树临风。她在夸赞过后又哀叹连连，这么一个大帅哥怎么会喜欢那些东西，难怪会和许熙然感情好。

"我不做无用功了，"她说，"爱你们的动漫人物去吧！"

许熙然没好意思告诉她，方默会喜欢这些全都是被他给带的。为了挽回兄弟在姑娘面前的形象，他还帮着说了几句，表示方默只是刚接触这些，中毒不深，最适合有个美女从天而降挽救他于水火之中。

说这些的时候许熙然心如刀割。毕竟好不容易能有个聊得来的同好，千金不换，就此割舍目送他走向现实人生难免悲痛。

可惜校花也没领情。

"还是算啦，我觉得他对我不是很感兴趣，"她摇头叹气，"我不习惯单方面那么主动。"

毕竟她也是个享受惯了被异性追求的漂亮姑娘。

许熙然暗自感慨，方默果然过于憨直。前些日子听他的意思，明明对人姑娘是有些想法的。看来是不会聊天，把人劝退了。这许熙然就帮不上忙了，他也不知道要怎么和现实中的姑娘培养感情。

此刻，十分吸引人眼球又有些傻乎乎的方默正在与他相隔直线距离十多米的地方呆呆地站着。视线里的方默在原地小范围地走来走去，片刻后又掏出手机对着脸左右照，还伸手打理发型。

许熙然了然。

这老兄，嘴上说过来找自己，其实另有所图。虽然心中难免唏嘘，但许熙然觉得做朋友这种时候还是该帮一把。

他自作主张，偷偷给坐在他斜前方的班花发消息。

"待会儿有约吗？"

班花很快回头看了他一眼。

许熙然冲她笑了笑，然后又发送了一条消息。

"有人想请你吃晚饭。"

在看到他身边站着的姑娘后，方默的眼睛立刻瞪大了一倍。

"还是你请客，"许熙然笑嘻嘻看着他，"不介意吧？"

校花有点儿不好意思："啊呀，没事儿，也不用那么客气……"

方默估计是因为紧张，半天没吭声。一直到气氛变得尴尬了起来，他才挤出了一个笑容，然后点了点头："好啊，那我们走吧。"

许熙然暗自琢磨着自己这个电灯泡是不是该找个借口主动消失了。就在此时，老天爷给了他创造了一个机会。不远处突然出现了一个熟人。

"杨琳，你也刚下课啊？"许熙然抬手冲着那个正站在路边的人打招呼。

杨琳立刻跑了过来，很有礼貌地同他还有同行的其余两人打招呼。

"我被朋友放鸽子啦，本来约好一起吃饭的，现在在犹豫是去食堂还是回寝室叫外卖。"

"要不……"许熙然心中灵光一闪，"你们本来约了哪儿啊，我陪你去吧？"

身侧立刻有一束灼热的视线射了过来。许熙然用余光瞄了一眼，果然是方默。他偷偷抬起手，在方默背后轻轻拍了两下，暗示自己只能帮到这儿了，接下来要靠他自己努力。

杨琳面露喜色："啊呀，这不好意思吧……不过学长你要是愿意陪我去那就再好不过啦！"

许熙然笑笑，转头看向身边两位："那我先撤啦，你们俩去吧。"

方默看看他，又看看杨琳，张着嘴一副不知道要说什么才好的拘谨模样。他身边的校花有点害羞，低着头笑着不吭声。看来这两位都已经领会了他的意图，是时候功成身退了。

许熙然一边往前走一边笑着问："你们本来说好去吃什么呀？"

杨琳不知为何也跟着那两人一起害羞起来了："那边新开的那家麻辣烫店。"

许熙然一愣。接着，在他身后的方默大声开口："哇，那可真是巧了，我们也打算去那里吃晚饭呢！"

杨琳回过头看向了他："欸？"

"那就一起吧？"方默说着，大刺刺向前走了两步，挤到了许熙然和杨琳之间。

气氛很古怪。

四个人各自挑选完了自己要吃的东西，结账时遇到了点小麻烦。

原本说好了方默请客，但现在多了个人，而且还是和方默没什么关系的人。让方默顺便也请杨琳，许熙然觉得尴尬，可只让杨琳自己出钱，许熙然也尴尬。最后，他拉着杨琳排在了方默他们前面，然后主动回头说道："我把我和杨琳的那份付了啊。"

方默还没开口，杨琳抢话："学长你也太客气。那这样吧，下次我请你好了。"

许熙然冲他点头："行。"

等入座时，又遇上了点尴尬。当方默第一个入座，紧随其后的许熙然面对他的眼神示意，不知道自己该选哪一边。是让方默和校花面对面好，还是并排坐好呢？

正在犹豫，走在他身后的杨琳若无其事从他身边经过，一屁股坐在了方默的旁边，然后出声招呼："你们都站着干什么，坐呀。"

这下没得选了，许熙然老老实实坐在了方默的斜对面，和杨琳脸对着脸。

麻辣烫还在煮，桌上无人开口，气氛尴尬。方默拿着筷子，一下一下敲着桌沿，发出"嗒、嗒、嗒"的声响。他面无表情，也不知是不是在紧张。

校花明显不知所措，犹犹豫豫想开启话题，却又不知说什么才好，只能坐在那儿傻笑。

许熙然恨铁不成钢。他想给这两个傻子创造点契机，可惜自己也缺乏恋爱经验，一时想不出要怎么活跃气氛，愁得很。

杨琳对他们这些小心思一无所知，笑着对许熙然说道："学长，下次我请你吃小北门那边的烧烤吧？"

许熙然立刻有了灵感，赶紧转头问坐在他旁边的校花："你们女生平时是不是很少吃这些啊？"

他指望着方默能稍微机灵一点。若姑娘说喜欢就赶紧说下次再请她，若她不喜欢就问问喜欢什么然后也表示下次请她。

"我不挑啊，"校花说，"我都吃的。"

许熙然赶紧看了方默一眼，暗示他说点什么。

方默板着脸，不吭声，甚至也不看他们，盯着自己手里的筷子。

他今天这模样实在古怪，许熙然后知后觉，怀疑自己是不是有什么地方会错了意，让他不高兴了。犹豫了片刻后，他摸出手机，在桌子底下编辑了一条消息。

"怎么啦？"

按下发送，方默桌上的手机亮了一下。方默皱着眉头盯着屏幕看了好一会儿，又抬头飞快地瞥了一眼许熙然。

片刻后，许熙然收到了一条回复。

"这个姓杨的有问题。"

许熙然不明所以。他一脸茫然地抬起头，冲着方默扬起了眉毛，试图传达自己的迷惑。

方默却故意躲开了他的视线。

他扭着头看向墙壁，神色纠结，一副有苦难言的模样。

许熙然越发好奇。他刚要再编辑消息追问，坐在他对面的杨琳开口了。

"学长，怎么啦？你们俩打什么哑谜呢？"

都坐在一张桌上，他们这么挤眉弄眼的，必然会引起其余两人注意。校花虽未开口，看神情也是疑惑不解。

就在此时，背后响起了服务生叫号的声音。他们的麻辣烫出锅了。许熙然坐在外侧，立刻起身："杨琳陪我一起去拿吧。"

等他俩端着四碗麻辣烫回来，桌上的气氛依旧沉闷诡异。方默还是一副心情不佳的模样，完全不开口。校花受了冷落，也有了点小脾气，板下了脸。

许熙然一个头两个大。

方默现在这副样子，肯定和杨琳有关了。可许熙然思来想去，完全琢磨不出这两人能有何交集，杨琳又是怎么得罪了他。虽说和杨琳认识的时间久些，但这段日子以来他毕竟同方默走得更近，心中难免有所偏向。

放下碗后，他先是硬着头皮说了几句"趁热吃"之类的场面话，接着再次摸出手机打算向方默问清内情。

刚摁亮屏幕，发现有一条未读消息。是方默在他离开的这一分钟里新发送来的。

点开快速扫过那行文字后，许熙然微微蹙起了眉头。

"这人刚才故意绊我，好像对我有意见。"

许熙然立刻抬头，恰好坐在他对面的人也正在看他。

"学长，你碗里的这个丸子看起来好好吃啊，"杨琳冲许熙然笑，"我用鹌鹑蛋和你换好不好？"

许熙然盯着杨琳的脸看了好一会儿，才点了点头。杨琳笑着冲着他的碗伸出勺子，刚把丸子舀起来，许熙然突然站起了身。

"小杨，我们换个座位行吗，"他说，"我觉得里面有点闷，你那边离门口近一点。"

杨琳不明所以，愣了一下后也站了起来："哦，好啊。"

等两人重新入座后，杨琳有些疑惑："其实也差不多嘛……学长你要是觉得不舒服我们吃完赶紧回去吧？"

许熙然随意应了一声，然后侧过头看向了如今坐在他身旁的方默。

方默垂着视线，正安静又认真地吃碗里的粉丝。

在桌底下对面两人看不到的位置，许熙然用手背轻轻往方默身上拍一下。意思是，没事儿有我在呢。

他觉得方默应该是明白了。

因为虽然还是低着头专注粉丝，但他的嘴角明显地向上扬了起来。

许熙然心中突然涌起了一丝成就感。

"杨琳怎么绊你来着，"许熙然在回寝室的路上问方默，"什么时候的事情啊？"

方默低着头蹙着眉："刚进去的时候。还有，后来拿菜，这人故意用胳膊肘挤我，把我从你旁边推开。"

许熙然不解："啊？会不会是你误会了？人比较多，不小心撞到了什么的……"

方默抬头看了他一眼："那就当我瞎想呗。"

"我不是这个意思，"许熙然安抚他，"就是觉得……你们无冤无仇的……你们有过节吗？"

方默撇了下嘴："压根就不认识。"

"不应该啊，"许熙然琢磨了起来，"杨琳这个人一直是蛮热情友善的……"

"行了行了，我胡说，好了吧？"方默不高兴了。

"不是，我是想说，平时还挺好相处的人突然反常，总该有些理由，"许熙然摸着下巴，"……有没有可能是想要引起你的注意？"

"啊？"方默呆住。

"很多女生不都喜欢这样的套路嘛！"许熙然右手握拳，敲了一下左手掌心，"你看，这样一来成功吸引了其他人的注意力，你被闹得连校花都没心思搭理了，是不是？"

方默张开嘴，一脸痴呆地看着他。

"我的推理还有点道理吧！"许熙然说。

方默嘴唇动了动，却没出声，很快便紧紧抿在了一起，还扭过头去，像是无言以对。

"我有依据的！"许熙然扳起手指头，"你回忆一下，杨琳说约了麻辣烫的时候，是不是已经知道你们本来就要去麻辣烫了？"

"你好像记错了……"方默嘀咕。

"是吗？"许熙然眉头一皱，很快又舒展开，"还有一件事也很不自然，杨琳刚才是特地绕过我坐到你旁边的。明明对面的那个座位才更近啊。"

方默又低下了头，也不知是在想什么。

"不知道你注意到没有，"许熙然说，"我们换过座位以后，我偷偷留意了，杨琳瞥了你好几次。"

"……没留意。"方默摇头。

"那，还有一件更重要的事情，你是不是也没发现？"许熙然问。

"什么？"

"校花不开心啦，"许熙然提醒方默，"有你这么晾着人家的吗？"

方默安静了一会儿后，浅浅地叹了口气："我觉得我和她也不是很有共同语言，和她聊天压根不知道该说些什么才好。"

"就随便聊啊，没话找话呗，"许熙然替他着急，"还要别人教你吗？"

"我不喜欢那样啊，"方默说，"我比较喜欢像我们这样，很自然就有话可以说的感觉。为了聊天而聊天，累不累啊。"

许熙然深以为然："说得也是。其实我也觉得和女孩子很难聊得起来。"

方默侧过头看他："和我呢？"

"你又不是女孩子，"许熙然笑道，"我要是跟女生也能像跟你一样聊得来，早就脱单了。"

方默先是笑了笑，很快又摇起了："你这话就不对了吧。你不是有老婆吗？"

"……也是啊，"许熙然待了片刻后连连点头，"口误，口误。"

"快，向小遥道歉！"方默说。

许熙然光顾着笑，没回话。

像这样无所顾忌，又接得上梗，不用担心冷场，随便聊什么都挺开心的。

刚回到寝室不久，许熙然收到了杨琳发来的消息。

"今天谢谢学长请我吃晚饭啦。下周一有空吗？我请你去吃烧烤吧！"

许熙然琢磨了一会儿，决定还是用比较委婉的方式拒绝。

"抱歉，我周一约了人。麻辣烫又不贵没必要特地请回来的。"

他一直以来都对这个热情又乖巧的后辈印象颇佳，但此刻，看着杨琳发来的看似礼貌且得体的消息，心中却涌起了许多不自在。没想到在他面前那么正常的一个人，还挺能作的。

他不敢保证自己的分析一定正确，但方才无疑是因为杨琳的关系，才让他苦心撮合的一对天作之合陷入了僵局。而且，很明显的，方默不高兴了，这让许熙然这个主动把杨琳招呼来的人产生了些许负罪感。

没过多久，杨琳的消息又来了。

"学长，有一件事我很在意，不知道方不方便说。"

看到这种问题，是个人都会产生好奇心。于是许熙然立刻回了一个问号。

片刻后，杨琳发来的消息让他皱起了眉头。

"方默学长和你关系很好吧，好像经常看你们在一起？"

这话问得可真奇怪。很显然的，这家伙对方默真的很在意。

"是，怎么？"许熙然问。

"我以前没见过他嘛，你们认识多久啦？"杨琳又问。

这也问得太细了。

"为什么那么关心他？"许熙然问。

"没什么呀，好奇罢了。"杨琳答道。

许熙然有点不舒服。他快速输入了回复。

"我知道你的意思，也知道你们今天都做了什么。都认识那么久了，有些话说得太明白了大家面子上都不好过，你自重吧。"

按下发送后，对面陷入了沉默，长时间没有回应。

倒是方默在几分钟后给他发来了若干张照片，都是那只小猫咪在吃猫粮的特写。

"刚才喂它的时候拍的，本来想吃饭的时候给你看，没找到机会。今天说好请你最后也没请上，下次再补吧？你先想想吃啥。"

许熙然立刻回复。

"那正好，周一我不是要陪你去上课吗？下了课去吧。"

按下发送后，消失许久的杨琳终于发来了回复。

"我明白了，谢谢学长。"

◆· Chapter 8 ·◆

直到周一再次见到方默，许熙然才后知后觉地意识到，杨琳所谓的明白，可能明白错了。

他向方默转述了两人聊天的内容，原本只是想让他安心顺便邀个功。可方默在听了以后却陷入了沉思中。

片刻后，他提出了一个猜想。

"你说，会不会是你误会了呢……"

"那你说个更合理的解释？"

"还蛮明显的吧，"方默无奈，"杨琳那天的反应，比起对我感兴趣，更像是……想跟你搞好关系。"

许熙然大惊。

"不至于吧，我们的相处模式一直很普通呀。"

方默盯着他的脸看了几秒，半晌后，幽幽叹了口气，笑了。

"……怪可怜的。"他说。

许熙然依旧回不过神："有根据吗？"

"眼神、表情、肢体语言，"方默说，"就差在脸上写'我好崇拜许熙然'了吧？"

"我怎么没看出来，"许熙然失笑，"你别逗了。要真是那样，招惹你做什么呀？"

"看我不顺眼呗，"方默耸了耸肩，"嫌我碍事吧。"

"你也没做什么吧。"许熙然说。

方默微微皱着眉，一脸无辜地看着他。

"算了不想了，"许熙然挠头，"算了不想了，我话都说出去了……等等！"

"嗯？"

许熙然表情纠结："你说，杨琳会不会嫉妒我？"

"不……不会吧？"方默微微歪了下头。

许熙然想了想："我现在解释的话，好像也有点奇怪。"

方默点头："你还想主动跟这位真诚又可爱的后辈联络吗？"

"啧，"许熙然叹气，"算了，反正我们年级不一样交集也不算多。"

"嗯嗯，"方默点头，"人生在世，难免会被别人误解。勇敢做自己就好。"

他这鸡汤炖得突兀，把许熙然逗乐了。

"是啊，我们方大帅哥被人当成宅男，不也过得潇潇洒洒。"

方默有些无语："你也听说啦？你难道不知道是谁的错吗？"

"我以为你确实挺喜欢啊，"许熙然说，"难道你不喜欢？是我安利得不够努力，还是小遥不够可爱？"

两人说笑间走到了教室门口。这门课选的人不少，安排在了大教室。但因为点名不严格，总有不少缺席的，座位完全不紧张。方默拉着许熙然坐在了一个从讲台看非常不显眼的角落。

"我有一个疑惑，"方默在坐下以后对他说道，"你陪我上课，徐教授就会放我一马吗？"

许熙然眨巴了两下眼睛。

"好像不会吧，"方默皱着眉上下打量他，"你特地过来不会是想看我笑话吧？"

"不识好人心！"许熙然哭笑不得，"我是这种人吗？"

方默若有所思，并不回话。

"我亲身经历过嘛，有很多经验可以分享给你，"许熙然认真地指导他，"你要让他明白，你对他这样的取乐行为感到有些不快，但也要注意表达的尺度，不能拂了他的面子。我待会儿观察观察，实在不行，下了课我去说说，我们当初关系还不错的。"

方默抿着嘴唇，有些纠结地看向他："你怎么对我那么关心啊？"

许熙然笑嘻嘻地凑过去："感不感动？"

方默把视线挪开了："你是不是有什么阴谋？"

许熙然疑惑了一会儿，接着抬手对着他的脑袋一敲："你欠揍吧？"

方默缩着脖子捂住脑袋："你真的没有吗？"

"神经，"许熙然笑道，"我看你就是皮痒了。"

"唉，"方默长长地叹了口气，"我刚才还认真地思考了一下。万一你真的有阴谋的话，我该怎么办才好。"

"我拜托你不要瞎想好不好！"许熙然头皮发麻。

方默闻言闭上了嘴，但片刻后又忍不住嘟囔："不行，我想都想了，得说一下。"

"你……好吧，你打算怎么办？"许熙然也有些好奇。

"不知道。"方默说。

许熙然一愣。

空气突然安静了几秒。就在此刻，上课铃声响了起来。

徐教授同许熙然记忆中没太大差别。四十上下的年纪，保养得相当不错，穿着考究身材毫无走形，对比其他同龄男性气质更为出众。加上谈吐不凡，言语风趣幽默，是很容易被二十来岁的大学生们所仰慕的类型。许熙然当初在苦恼的同时也曾对他心怀敬仰。

徐教授在课程前半截完全没有朝他俩的方向看过。一直到他把内容讲完了大半，开始挑学生起来回答问题。

拿着点名簿随意抽选了几个学生以后，他果然喊出了方默的名字。教室里立刻扬起了一阵轻笑。

徐教授也跟着笑："你们不想听他念吗？"

有大胆的女生立刻附和："想！"

许熙然无语，这果然是一项所有人喜闻乐见的课上娱乐休闲活动，和他当初没两样。

方默一开口，徐教授立刻循着声音看了过来。抽前几个学生回答问题时，他一直站在讲台前没有挪过，此刻却缓缓踱着步子向方默所在的角落走了过来。

他俩坐在教室后靠墙的座位，许熙然在方默的里面。徐教授走近的过程中视线一直落在方默脸上，从许熙然的角度看过去，他眉眼唇角带着明显笑意，一副对面前的学生颇为欣赏的模样。

徐教授提的问题不难，稍微听过课的都能回答，只是麻烦，要对着书本念好长一段。方默认认真真念完最后一句，抬起头来看向徐教授，示意自己答题完毕。

徐教授笑意满满点了点头，刚要转身回到讲台，突然愣了一下。

不经意间，他和许熙然对视了。

许熙然赶紧冲他点了点头，见他转身离开，在桌子底下拉了方默的胳膊一把。等方默下意识倾过身子，许熙然凑到他耳边小声说道："他每堂课都这样让你念书啊？"

"是啊，"方默无奈地点头，"每次一大段。"

许熙然又抬头时，徐教授居然还在看他，还对他笑了笑。课堂上突然安静，难免显得不自然。徐教授很快清了清嗓子，再次打开了课本。

"你有派上什么用处吗？"方默轻声嘀咕。

"咳，"许熙然低头，"等下课再说。"

下了课，徐教授很快就收拾东西离开了。

"我确定了，你就是来看我笑话的，"方默一边整理一边骂骂咧咧："你老实说刚才有没有跟着一起笑？"

许熙然舔了舔嘴唇："有吗？没有吧，应该没有。"

方默甩他一眼，又叹了口气："亏我还请你吃了顿饭。"

"没有吧，"许熙然说："你请的是校花，我那份是自己买的。请美女吃饭是你的福分，你得感谢我，知不知道？"

"我谢谢你嘞。"方默说。

两人边走边拌嘴，才刚过了拐角，居然迎面就撞上了方才已经离开的徐教授。

原本许熙然是有想过去找徐教授聊几句的。

他可以委婉地告诉徐教授，我这哥们脸皮薄，您每次这样叫他起来，他有点不好意思，要不下次还是别了吧。他还想过徐教授会如何回应。

徐教授很有可能会告诉他，这是为了锻炼方默。那他就顺着打个哈哈，替方默谢谢徐教授。

反正意思传达到了，以徐教授的为人，下次应该不会继续刁难了才对。

"好久不见，"徐教授主动对他说道，"你没选我的课吧，特地过来旁听？"

这是个好机会，许熙然试着开口："我陪他过来的。"

"我们待会要一起去吃饭，"方默说，"所以……"

他在说话的同时抬起手来，松垮垮搭在了许熙然的胳膊上。那姿势稍显亲昵，但对普通同性友人而言也不算过分。

徐教授安静地看着他手的落处，片刻后视线再次落到许熙然的脸上。他点了点头，说道："一般这样陪着上课的，不是兄弟就是闺密。"

两人一愣。

"挺好，"徐教授笑道，"去吧。"

终于走远后，许熙然还未开口，方默抢在他之前抱怨了起来。

"你到底来干吗的呀，像个傻子似的戳在那里。"

"我本来准备好台词了呀，"许熙然抬手瞎比画了两下，"被你打断了！"

方默皱着眉："我又没捂着你的嘴，你倒是说呀？"

本来是要说的，被徐教授那句话给震慑住，忘了。

"他的意思是说我们要么是兄弟，要么是闺蜜？"许熙然问。

"你傻呀，"方默用力拍他，"他是在开我们玩笑，故意要我们！"

好像确实是这么个味道。

但仔细想想，又好像没错。见他表情纠结，方默皱起眉来。

"你自己要跟来，跟来啥用没有，还嘲笑我，笑完了还嫌弃我？"

"我哪儿嫌弃你了？"许熙然冤枉，"别乱说啊。"

"嫌弃和我像闺蜜。"

许熙然喊："你这是中了徐教授的奸计。"

两人说着，都笑了起来。

方默看了他一眼，接着又是摇头又是叹气："我这么帅，跟我当兄弟也不委屈你吧。"

"……"

"你就知足吧。"

"……你啊，"许熙然哭笑不得，"你贱不贱啊？"

他说完还是忍不住笑了起来。夸张是夸张了一点，但方默受欢迎也是事实。随着两人逐渐熟络，这家伙在他面前言行日渐奔放。

"我都不嫌弃你，你还嫌弃我，像话吗？"他在分别前这么对许熙然说。

这家伙的脸皮越来越厚了。

许熙然当然不觉得反感，关系好的朋友才能当面互相吐槽开玩笑。对比初识时那副拘谨的模样，方默如今的反差让许熙然有一种"我俩关系很铁"的真实感。

方默对外明显做不到这样。

这个人有点窝里横。他嫌弃许熙然在和徐教授面对面时净发呆不吭声，可他自己也没好到哪儿去。在不熟悉的人面前，方默显得有一点点自闭。

想来，他俩认识的时间也不算很长，却不知为何像是已经做了很多年的兄弟。

这就叫所谓的一见如故吧，许熙然想。

"没、没有吧，"方默坐在距离宿舍区不远处曾经喂过猫的小花园长凳上，扭头看着黑漆漆的矮树丛，"也没有天天和他混在一起。"

晚上八点半，这个角落灯光昏暗，视线模糊，适合隐藏尴尬。

"你们是一起吃的晚饭吧？"邹瞬说。

"……顺路罢了，"方默说，"在食堂吃的。"

"顺路？"邹瞬笑嘻嘻地打量着他，"你们专业不一样，为什么会顺路，你们选了一样的选修课？"

"差，差不多吧……"方默说。

"哦，还一起上课了，"邹瞬说，"说形影不离也不为过吧？"

"你到底想问什么呀，"方默挺尴尬的，"好像我做了什么见不得人的事了。"

"我才奇怪呢，"邹瞬说，"既然不是见不得人的事情,你干吗遮遮掩掩的？"

因为不好意思，还因为邹瞬那副兴致勃勃仿佛人类观察一般的态度，让人很想回避。

方默早就意识到了，自己喜欢跟许熙然待在一块儿。

可要他开口承认，拉不下脸。前不久还那么看不上人家，甚至还怀着莫名的敌意和竞争心理，才过了没多久，居然发自内心要跟人称兄道弟了。

再仔细想想，就算是现在，他也依旧对许熙然有着那么点不服气。

之前杨琳的事情，令他老大不爽。杨琳对他的敌意如此明显，摆明了看他不顺眼，仿佛总和许熙然待在一块儿的他是个什么多余的脏东西。

真是想不通，这个宅男到底哪儿比他强呢？

"他总要来找我，我这个人比较善良。"方默大言不惭。

这话的前半句倒也不假。

许熙然闲来无事，便会专程来向他安利动漫知识。方默一度疑惑，这家伙加入的那个动漫社里人也不少，男女都有，其中不乏可爱的漂亮姑娘，那些东西为什么不找个同好说呢，那样应该会更尽兴。

这个问题的答案，他昨天晚上刚刚弄明白。

许熙然在当初两人结识的那个网站上发过不少帖子，其中绝大多数都与动漫相关。方默随便翻了翻，脑壳疼。

许熙然和一个与他同样狂热的小遥的粉丝为了剧情中某个只有短短两秒的镜头争得死去活来，就为了论证角色当时眼神中惊讶和恐惧哪种成分更多一些。双方各执一词，洋洋洒洒数千字，长篇大论你来我往没完没了，到最后谁也没能说服对方。

这些东西，许熙然若是对着方默叨叨，方默必定左耳进右耳出，做出一副认真聆听的样子连连点头，表示原来如此可真是有道理，你可太细心太有见解了。

哪个男生会不爱听呢。

方默在他眼中是一块璞玉，能随意打磨，过程快乐无边。

"我发现一件事。"邹瞬一脸神秘。

方默不想配合他，偏偏又耐不住好奇，问道："什么？"

"当初他在那个帖子里说的话，恐怕是真的。"

方默回忆了一下，那个帖子的标题好像是，太受同性欢迎是一种什么样的体验。

"你这是在亲身印证他说的话呀！"邹瞬笑道。

言下之意，是方默已经彻底被他的人格魅力所折服，成为被吸引的同性之一。

方默当然不愿意承认，反驳道："又不是我上赶着要跟他凑在一块儿，我是看他找不到人倾诉太可怜，敷衍他一下罢了。"

"那你可真是个大善人，"邹瞬说得言不由衷，"怎么没见你对别人也这么好？"

"别人也没像他这样总缠着我呀。"方默说。

"说得好像你很好亲近似的。"邹瞬连连摇头。

他俩太熟悉太了解了，要糊弄过去，根本不可能。

方默对不感兴趣的人有多冷淡，邹瞬怎么会不知道呢。校花那么漂亮，主动接近，都被他吓跑了。

要不是有意识地想要跟对方好好相处，以方默的性格，连敷衍都做不到，更不会刻意挑对方爱听的说。

"他肯定得有些人格魅力吧？"邹瞬又说。

方默想了好一会儿，没说出来。

"你就嘴硬吧。"邹瞬耸肩。

"也不是……"

方默摇了摇头，又张开嘴，却还是什么都没能说出口。

他能很轻易地说出许熙然的许多缺点。他有点傻，又不自知，还时常自我感觉良好，沉迷一些说出来就令人觉得无语想要退避三舍的爱好，神经粗到不可思议。但这些全部加在一起，也没法引起方默的半分反感。

当他想起那些，只会忍不住想笑。

就是这个笨蛋，会迁就他的口味，关心他的安危，自作聪明地给他帮倒忙，又在许多普通人都会忽略的细节替他着想。他特别温柔，特别善良，特别好。

那天许熙然狗屁不通的所谓推理，所有理论全都站不住脚，唯一能说明的，是许熙然偏向他。

方默对杨琳的态度感到不服气，而许熙然则根本不信会有人这样看待方默。

他们才认识多久呀，就足够许熙然付出这样单纯无杂质的善意。

这样的人同性缘好，再正常不过了。热情，真诚，爽朗，谁会不喜欢跟这样的人交朋友呢。

方默不知道这些算不算是人格魅力。说起来都太过微小了。若要絮絮叨叨告诉邹瞬，我乐意跟他在一起是因为他对我说他什么都吃所以我们最适合在一起吃饭，他在我漱口想要洗掉香菇怪味时立刻为我找糖，他随身携带猫粮，他大大方方说这点小事不用客气的模样令人愉快，他笑起来满脸阳光……那一定会显得很不知所谓，还会非常矫情。

"我懂了，"邹瞬又装模作样，"你是被打开了新世界的大门，开始爱上动漫了。"

"开玩笑，"方默为了虚张声势，音量都变大了，"那些东西我看到就脑壳疼，正常人谁会喜欢啊！"

邹瞬当然不信，笑嘻嘻说道："那是……"

方默飞快地伸出手，用手臂一把勒住了邹瞬的脖子，装出一副凶巴巴的样子："什么？你想说什么？"

"没没没，我啥也没想说，"邹瞬挣扎，"快放手有人往这边看了凶手就是你……"

"看什么看，有什么好看的，"方默依旧大声，"没看过帅哥吗？"

他说完头一抬，愣住了。

真的有人在看，而且那个人他还认识。

相隔不到三米的道路边，一双熟悉的大眼睛正微微挑着眉注视着他。

是杨琳。

在呆滞了几秒后，方默触电似的松开了钳制着邹瞬的手臂。

邹瞬终于获救，骂骂咧咧低头整理自己被扯歪了的领口："大庭广众你在干吗啊？"

方默压低了声音狠狠地说道："你给我闭嘴。"

"啊？"邹瞬一愣。

他抬起头，顺着方默的视线望向那个依旧站在原地皱着眉头看向他俩的路人，片刻后终于意识到不对劲。

"这人你认识啊？"他问方默。

方默未立刻回答，杨琳也不出声。两人对视了几秒后，杨琳眨了眨眼，一脸意味深长从上到下又从下到上把两人来回扫视了几遍，笑了。

之后，也不等方默出声，转过身去，脚步轻快地离开了。

一般这种没路灯的小花园，晚上若有两个人挤在角落，十有八九是在谈情说爱。正常情况下其他人远远看见了就不会靠近。方默就是看上了这一点，才肆无忌惮。

万万料不到这杨琳那么无聊，发现有人还特意往里探头探脑。

这人之前就曾给许熙然发些意有所指的消息，如今方默背后诋毁许熙然的爱好被当场抓获，天知道会在许熙然面前怎么搬弄是非。

"这人就是你说的那个杨琳？"邹瞬歪着头，"长得倒是蛮可爱，就是那表情怎么阴阳怪气的。"

"那绝对是不安好心的表情，"方默一个头两个大，"是不是听见什么了要去告诉许熙然？"

"哦，你很担心啊？"邹瞬问。

方默抿住了嘴唇。

"你看你紧张得，"邹瞬笑了起来，还啧了几声，"怕什么呀，你先下手为强呗。要搬弄是非，有证据吗？没有吧。你现在立刻马上去找许熙然，跟他说你又遇上这个人了，抢在前面把这事儿说一遍，从对你有利的角度说,快去！"

方默心想，他和邹瞬是亲友而不是仇人，真是太好了。

以后还是别在邹瞬面前虚张声势了，没用。

回到宿舍楼，方默直接冲去了许熙然的寝室。

开门的是许熙然的舍友，一见着他立刻笑着打招呼。这些天来，方默勉强也算是和许熙然的舍友们混了个脸熟，虽然名字还没记住，可见着脸都能认得出。那些人也都记得他，知道这位帅哥就住在楼下，和许熙然一样都是动漫的爱好者。

才刚分别没多久的许熙然见他过来一脸惊喜，笑着招呼他赶紧过去。

"我正想给你发消息呢，大新闻！"他把方默拉到身边，让他看自己的笔记本电脑屏幕，"恋物语终于要出第二季了！"

屏幕上一张大图，小遥作为高人气角色站在靠中间的位置，双手比心笑容温婉。画面下方全是日语，方默一窍不通。

"哇，那真是太好啦，"他干巴巴地说道，"什么时候才能看到啊？"

"应该快了吧，"许熙然沉浸在兴奋中，"前几个月就听说在筹备了，我好期待啊！"

"嗯嗯，我也是。"方默面无表情点头。

许熙然笑着回头，刚要说什么，露出了略带疑惑的表情："你怎么啦？"

"啊？"方默愣愣地反问。

"是不是发生什么事了，"许熙然看着他的脸，"你本来找我是想做什么？"

这人还真是神奇。平时缺根筋，思路总跑偏。可每每方默有心事，都瞒不过他的眼睛。这大概就是人们所说的粗中有细吧。

正在纠结该如何开口，许熙然的手机响了一下。方默就坐在他身侧，偷偷瞄了一眼屏幕。一条新发来的消息，发件人姓名处显示两个大字。

——杨琳。

眼见许熙然就要点开，方默情急之下大喊一声："就是这个人！"

不只许熙然，寝室里其他所有人都向他的方向看了过来。

"啊？"许熙然惊讶中带着几分关切，"又怎么了？"

周围还有三个无关人员正竖着耳朵，方默开不了口，满脸纠结。许熙然见状，立刻站起身来，拉着他走出寝室来到了走廊上，还关上了房门。

"发生什么事了？"他问。

"我们刚才遇上了，就在之前喂猫的地方，"方默说，"当时我和邹瞬坐在那里面聊天……"

"等等，"许熙然打断了他，"这大晚上的，你们两个跑去那种地方聊天？"

"有什么问题吗？"方默反问，"随便找个地方说话，顺便看看猫呀。"

许熙然皱着眉，沉默了几秒后点了点头："然后呢？"

"然后……"方默边说边琢磨，"然后你的学妹就突然出现了，意味深长地盯着我们看……"

见方默欲言又止，许熙然很配合地问道："再然后呢？"

"没了，就这么走了。"方默说。

许熙然一脸痴呆："啊？"

"就这样。"方默说。

"……所以？"许熙然摸不着头脑，"重点呢？"

"重点就是，我猜想她很有可能回来你面前搬弄是非，"方默说，"你看，这不是来了吗？"

"这有什么好搬弄的呀，"许熙然茫然极了，"我怎么听不懂呢？"

"我那时候在和邹瞬开玩笑呢，"方默装模作样叹了口气，"他说我现在已经彻底变成一个宅男了，整天就和你混在一块儿……"

许熙然眨了眨眼，似乎是有点想笑，忍住了。

"那我听着……很没面子啊，我本来一个大好青年，就此人设崩塌……"

"有你说的那么夸张嘛，喜欢这些又不丢人，"许熙然不乐意了，"偏见！"

"问题是，我只是在你的熏陶下稍微有点涉猎，我就反驳他，"方默说，"他还不依不饶地开我的玩笑，我就跟他抬杠呗。"

许熙然双手抱胸，点了点头："我懂了，你背后说我坏话，被听见了。"

"我没有！"方默大声反驳。

"我跟你开玩笑呢，"许熙然笑了起来，"就这些，到底有什么好搬弄的呀，小学生吗？"

"我哪知道啊，"方默摊手，"问你那位可爱的后辈去。"

许熙然边摇头边摸出手机："我看看啊，杨琳和我说了些什么。"

方默也赶紧把脑袋凑了过去。

屏幕上那行文字看起来阴阳怪气。

"然哥，有一件事，你可能会不高兴。但我觉得还是有必要让你知道一下。"

许熙然抬头，和方默对视了一眼，接着低头输入。

"既然知道我会不高兴那还是别说了吧。"

"噗——"方默当场就笑喷了。

"别笑了你，也不想想我多尴尬！"许熙然拽他。

消息才刚发送过去不到半分钟，回复就来了。

"他是不是已经和你说了什么？"

许熙然和方默又对视了一眼。

方默有那么点心虚，表面上依旧强装镇定："这人想做什么呀！"

在他俩迟疑之际，新的消息又来了。

"我不说了，学长你自己看吧。"

紧随其后，是一张照片。

画面很暗，但大致内容尚可辨别。

虽然都看不清脸，但身上的外套，正是方默如今所穿着的那一件。

许熙然目瞪口呆地抬起头，看向方默。

"你和邹瞬到底在那儿干吗啊？"他问。

✦· **Chapter 9** ·✦

　　万万没想到，在他俩留意到之前，杨琳已经偷偷拍下了照片。

　　那照片因为光线不佳以及人物正在打闹，画质粗糙，连身材都看不清晰。可偏偏方默自投罗网，此刻身上还穿着同一件外套。大学男生对穿着讲究的不多，如今这样的气温通常都一件 T 恤了事，少数在外面搭一件衬衫。

　　方默不一样，他非得穿点特别的。眼下他身上的这件浅色外搭上装饰着几根渐变的带子，长长短短向下垂，因为拍摄时的动作在画面中甩得动感十足。好看，且无比显眼。

　　眼见许熙然看向他的表情满是惊诧和难以置信，方默蒙了。

　　他可是真的太冤枉了。

　　他待在那儿不吭声，许熙然很快眉头全扭在了一起。

　　"不是！"方默呐喊。

　　他情绪激动之下完全没有控制音量，把许熙然吓了一跳。

　　"角度，是角度问题！"方默又委屈又生气，"这个人有毛病啊！故意把照片拍得那么奇怪！他既然站在旁边就该知道我们当时是在打闹！这是刻意污蔑！"

　　许熙然被他的语气和音量说服了一些，可还有些不解："到底是什么角度能让你们俩看起来那么奇怪……"

　　情急之下，方默做事不过大脑。他毫无预警伸出手来，一把将许熙然拽过来，用胳膊扣住了他的脖子。

　　许熙然惊慌失措，刚要挣扎，还没得及动作，方默用力收紧了手臂："我当时就是……"

　　"你干什么！你干什么！"许熙然大喊着试图挣脱。

　　他力气终究是比邹瞬要大上些许，而且挣扎得也比邹瞬认真许多，很快就要摆脱方默的钳制。

"当时他也像你这样……"方默解释到一半，停下了。

因为他们身后原本紧闭的寝室门，咔嗒一声，打开了一条缝。缝里露出了一上一下两双眼睛，还传来了第三个人的声音。

"让我看看，快让我看看！"

方默和许熙然用诡异的姿势扭头看去。

"他们到底在干什么？"门缝里的原本的那两双眼睛被往下压了一截，最上方出现了第三双。

空气安静了几秒后，方默和许熙然分别向两边快速弹开了。

"你看，"方默冲着许熙然尬笑，"我们俩现在不也夜深人静待在这种地方聊天，对不对？这多正常，没什么奇怪的。"

"……对不起，"方默心虚，故而诚恳无比，"是我不好。"

他哭笑不得地骂了一句脏话："那你用语言表达不行吗？就算要比画先打声招呼也好啊！"

方默缩着脖子："你看，你现在被室友误会了着不着急？那我被这么误会了，肯定也着急啊。将心比心，你能懂的吧？"

例子都是现成的，听起来全在情理之中。许熙然无奈至极，唉声叹气。

"对不起。"方默只得再次重复。

此时，许熙然的手机再次振动。杨琳等待半天毫无回应，耐不住寂寞又发来的消息。

"学长，照片看到了吗？"

这人居心叵测，告完了状没立刻收到反馈，还想过来打探情况。

许熙然低着头看着手机，沉默不语。

但方默现在已经不慌了。他原本还担心自己说的那些话被许熙然知道了会不高兴，原来杨琳压根没听见。那张照片，拍得再真都是假的，杨琳搬起石头砸自己的脚了。

他问许熙然："你不赶紧回复吗？"

按理说，许熙然既然相信他，肯定得帮着他反驳几句吧。想到杨琳看到回复后尴尬的样子，方默心中一阵暗爽。

可许熙然却有不同的看法。他皱着眉一脸苦哈哈："你说，她会不会是对我们也有误解啊？"

方默僵住："哈？"

"你看刚才的对话，"许熙然把对话框往上拉，"什么叫'我会不高兴'？杨琳会不会误会？"

方默瞪大了眼睛，再次重复："哈？"

"我现在要是跟杨琳说不用多管闲事，这人会怎么想我啊？"许熙然说。

"呃……"

许熙然扶额："丢人啊。"

方默愈发汗颜了。他蹲在许熙然面前仰起头："这还真是不好意思……"

许熙然单手撑着额头，从指缝里露出一只眼睛盯着他看了一会儿，接着轻轻叹了口气。他坐直了身子，非常顺手地在方默的额头上弹了一下："请我吃饭！"

方默一边往后缩一边忙不迭答应："行啊，想吃什么都行，都听你的。"

许熙然再次摇头叹气，拿起了手机，苦思究竟该如何回复才能把这破事儿给解释清楚。琢磨了片刻后，他突然抬起头，问了一个不相干的问题。

"你为什么会那样靠着邹瞬啊？"

方默心里咯噔一下。

"那叫靠吗，我在勒他脖子，"方默在现实的基础上添砖加瓦，"我刚才说了吧，我们在抬杠，说着说着就动手了呗，就闹着玩嘛。"

这答案挺合理的，许熙然听后点了点头，若有所思，并不开口。

"想什么呢？"方默问。

"你们肯定是说到我了。"许熙然说。

方默眼神游移。

"说我什么了？"许熙然问。

"……没说你坏话。"方默说。

许熙然眯着眼睛，继续看着他，等他的下文。

方默没辙了，别别扭扭地开口："他问我们为什么总爱凑一块儿。就是……你看徐教授说我们像闺蜜对吧？他也说了差不多的，我就教训教训他嘛。"

许熙然又不吭声，表情似笑非笑，像是想到了什么有趣的事情，与此同时还有那么点尴尬。

许熙然舒展了一下手臂，"算了，随他们去吧，自己舒坦最重要。"

他感慨完毕正要起身，手机又震了一下。

杨琳再次被无视，好像对许熙然不回复的原因产生了重大误解，不甘寂寞，又发来了消息。

"什么玩意儿？"一边伸长了脖子的方默在看过后问道。

许熙然也同他一样好奇，也不顾至今的长久沉默，立刻发送了一个问号。

杨琳飞速地发来了回复。

"上次我们一起去吃麻辣烫的时候，他暗地里一直针对我，态度奇奇怪怪的，好像对我很有意见。"

许熙然当场蒙了。

而方默情不自禁翻了一个白眼。

两人低着头看着手机沉默了几秒后，方默觉得自己应该说点什么。

之前一次尚可归类为误会，这一次杨琳明摆了是在泼他脏水。他理应表现得更为愤怒一些。

才刚要酝酿情绪大骂几句，许熙然却在他之前开口了。

"这人有病吧？"他话语不算激烈，语气却明显带上了愤怒。

方默嘴才张开，又闭上了。他把视线挪到了许熙然的脸上。这儿光线不佳，他坐在许熙然身旁，只能看到他的侧脸。所幸他们此刻靠得很近，方默依旧能清晰地捕捉到他紧皱的眉头。

许熙然生气了。

他不再回复消息，而是干脆点开对方的信息界面，拨了个电话过去。

方默紧挨着他，能大致听清楚对面的动静。杨琳秒接，开口时语气倒挺冷静，也不知是不是在强行克制。

"然哥，我刚才发给你的……"

"看了，"许熙然打断了他，"方默招你惹你了，你至于这样污蔑人家吗？"

对面立刻安静了。

"多大仇？"许熙然继续说道，"你什么心态？有什么目的？"

"我……"

"他是什么样的人我再清楚不过，"许熙然说完，又问道，"你到底想干吗？"

他的语气少见的严肃。杨琳显然没料到这个结果，蒙在那儿一句话都说不出来。

"为什么不吭声，"许熙然继续问道："你现在人在哪里，回寝室了吗？"

见他突然表示关心，杨琳终于回过神来。

"我在寝室……然哥，你听我说，我……"

"行，我听你说，你出来我们当面说，"许熙然说，"我现在就在你偷拍照片的地方，你过来，我等着。"

杨琳又傻了。不只她，方默也被吓了一跳。他可不想跟杨琳当面在许熙然面前对峙，太愚蠢了。

"算了，都那么晚了，"他伸手拉许熙然的胳膊，"你别气了，我没那么放在心上的。"

许熙然侧过头看了看他。

"他在你旁边？"电话里传来杨琳的声音。

方默斟酌几秒后，对着许熙然打了个手势，主动从他手中接过了电话，然后清了清嗓子。

"我在，"他对着电话那一头的人说道，"我看到你发的消息了，我那天有做什么会让你误会的举动吗？"

"你……那天……"杨琳明显尴尬至极，"也可能是我多想了吧，不好意思。"

"没事，"方默一副无比宽容全然不计较的架势，"既然是误会，那大家都别放在心上了吧。那么晚了，也没必要多跑这一趟，我会替你好好劝劝他的。你早点休息。"

他说完，还不等杨琳应声，直接切断了通话，把手机递了回去。

许熙然看着他，拿回手机后依旧一脸不悦："你怎么也不骂两句，这不是贼喊捉贼吗？太恶劣了。"

"……算了，我也没什么损失，"方默叹气，"倒是你，怎么突然那么生气啊。"

"你不觉得火大？"许熙然还是一副不怎么高兴的样子，"我最烦这种小人了。"

方默小心地问道："是在替我生气？"

"你脾气真的太好了，"许熙然长叹了口气，"有人这么搞我，我肯定不会那么轻易算了。"

确实是该不高兴的。

可方默此刻心情却比自己预料中轻松许多，比起介意杨琳的所作所为，他更想好好劝劝许熙然，让他别那么在意了。

你看看你，替我把气都给生完了，搞得我都不知道该干吗了。

"你怎么还笑啊！"许熙然不满。

"算了算了，"方默拍他肩膀，"就当小孩子不懂事。"

"我真的最烦这种人，"许熙然说着站起身来，"满肚子全是见不得人的小心思，谁遇上谁倒霉。"

他说完回过头看向方默："不早了，我都困了。我们回去吧？"

两人一前一后往宿舍移动时，方默一直低着头。

他后知后觉，感到心虚。

从初识到现在，他对许熙然也说过许多言不由衷的话，这是两面派的行径。若许熙然知道了他的那些腹诽，肯定会不高兴。

当然，许熙然不会知道。他只对邹瞬说过，而邹瞬是他能绝对信任的人。

可他依旧不安。

许熙然太真诚了，这份真诚越是纯粹，便衬得他越是虚伪。

许熙然对他的沉默产生了误解，主动开口安慰："我们不和小人一般见识。想开点，明天请你喝奶茶。"

"你就是自己想集点，"方默吐槽完毕，纠结了一会儿，说道，"你这个人好像也有点点双重准哦？"

"啊？"许熙然扭头，"我有吗？"

"你觉得小遥可爱，被她骗也愿意。现在又说讨厌小心思多的人，"方默说，"小遥小心思不多吗？"

"这能一样吗，"许熙然不高兴了，"善意的谎言和恶意的污蔑，怎么可以相提并论。你侮辱我老婆了。"

方默还是低着头，不看他也不出声。

许熙然继续为自己的女神解释："小遥哪次撒谎是恶意的，有吗？没有吧。她有故意背后中伤别人，见人说人话见鬼说鬼话？她有虚情假意吗？她那么善良，出发点都是为了别人好。这不叫见不得人的小心思，这是可爱的小心思。"

"……哦，"方默点了点头，"那如果她也……"

"不可能，"许熙然立即打断，"她不是那种人。"

"……"

"那些小人行径，小遥这种善良的女孩子是绝对不会做的，"许熙然强调完毕，又伸手在方默身上拍了一下，"罚你回去再看一遍，好好品味我女神的人格魅力。"

方默抿紧了嘴唇，没出声。

他后悔了。

当晚，他躺在床上，反思这段时间的经历。

若是当初没有心血来潮去回帖就好了，那样就不会阴差阳错地结识许熙然，也不会莫名其妙跟他变成好兄弟。

这本身不是坏事，坏的是他心里那说不清道不明的小纠结。

即使是现在，他依旧放不下幼稚的比较心理，总是克制不住要腹诽许熙然的言行，有些单方面争强好胜的意味。

一点也不光明正大，不敞亮。

只在这一点上，他好像真的比不上许熙然。

第二天许熙然果然请他喝了奶茶。不仅请了他，还请了邹瞬。因为邹瞬的COSPLAY服装雏形有了，需要他过去试一试。

方默作为陪同，和许熙然一起坐在活动室的角落，看着邹瞬再次被一群女孩子围在中间不知所措的模样，既心疼又想笑。

邹瞬的服装还挺简单，是一套制服。款式相比现实中的校服自然是要更为繁复些许，但整体剪裁还算简单，是由社团里一个刚开始学习服装设计的大一女生制作的。

她手艺还不够精纯，细节上瑕疵不少，得改。邹瞬换了不怎么合身的衣服，可怜兮兮地站在那儿，被那拿着卷尺和粉笔的女生从头摸到脚仔仔细细标记了一遍需要修改的部位。

见他那副僵硬的模样，方默不禁在心中有了些感慨。一到陌生的异性面前，邹瞬就跟换了个人似的。若是跟邹瞬不熟的人见着了，恐怕会以为这是一个容易害羞的纯情少男。

正暗自发笑，坐在他旁边的许熙然突然问道："你和邹瞬认识多久了？"

许熙然平时不怎么八卦，也很少会问别人的私事，难得会对方默的交友感兴趣。

"两年多吧，我们是大一的时候认识的，"方默说，"那时候军训，我和他都嫌太晒，偷溜的时候躲到了同一个角落里。"

这是一段还挺有趣的回忆，后来两人双双被逮住，大热天的被迫加训，结下了革命友谊。

"你们感情很好吧？"许熙然又问。

"很好啊。"方默点头。

可以说是死党吧。要不然，方默当初也不会好意思去拜托他来参加这种活动。

"我们以前在旧校区虽然不是同一栋寝室楼，但也离得蛮近的，"他说，"我们兴趣爱好比较接近，所以经常一起玩。"

许熙然闻言，陷入了沉思。

"你怎么突然那么关心他啊？"方默问。

许熙然没有回答他的问题，又问道："他除了你还有别的走得特别近的朋友吗？"

"有吧，"方默说，"你别看他现在在这些女生面前那么拘谨，其实关系好的女性朋友还是有几个的，男生也有。不过我和他们都不熟。"

相比邹瞬，他才是比较没朋友的那个人。

许熙然又不吭声，依旧是一脸若有所思的样子。

"到底怎么了呀？"方默忍不住问道。

"那，你以前除了他，还有跟谁走得特别近吗？"许熙然问。

"没有吧，我这人不是很爱热闹的。"方默说。

他刚说完，身前不远处传来了一阵非常刻意的清嗓子的声音。

两人一同扭头，只见邹瞬不知何时已经站在了他们附近。

"是不是打扰你们啦？"他在问话的同时微微歪了歪头，还挑起了一边的眉毛，视线落在方默脸上，语调带着明显的不怀好意。

许熙然心中一片坦荡，自然不以为意。他笑着问邹瞬："你们那边好啦？"

"还没呢，她说要用别针临时改一下，让我等等再试一次，"邹瞬说着，坐在了他们旁边，"我待在这儿不打扰你们吧？"

方默无语至极，瞪了他一眼。

这两人也是有趣，邹瞬觉得他跟许熙然不一般，许熙然觉得他跟邹瞬不一般。方默觉得他俩的脑回路才是不一般，也许该多相处相处，没准会有很多共同语言。

"打扰也没办法，"邹瞬说着叹了口气，"我是带着任务过来的。"

"任务？"许熙然好奇，"她们让你做什么？"

"那边两个姐姐让我帮忙劝一劝方默，"邹瞬回身示意了一下，接着笑嘻嘻地看向方默，"她们希望你也可以参与进来，去 COSPLAY 一下男二，就是银头发的那个。"

方默连连摆手："不了不了，我对这些不行的。"

他看过动画，对剧情人物还算了解。所谓的男二号戏份不多，但挺抢镜，设定上是一个十分神秘的人物，特点之一是长得高且帅。也算是方默最喜欢的角色了。

可对于 COSPLAY 本身，他当初劝邹瞬时说得一套一套，实际本身毫无尝试意愿。除了奇装异服太过尴尬外，像邹瞬那样被这群叽叽喳喳的女生围着，方默也消受不了。

没想到从来都站在他那一边的许熙然居然也帮着邹瞬劝："我也觉得你很合适，不如试试看吧？"

"就是啊。尝试一下嘛，就算以前不喜欢，不代表以后也不会喜欢。也许试一下就打开新世界的大门了呢？"邹瞬把当初方默哄骗他的那一套话术搬了出来，"挑战一下新的领域不好吗？刚才她们给我看那个人物的图片，我一看就觉得非你莫属，简直长得一模一样！"

方默看出来了。邹瞬对于自己强加给他的这项任务，怨气很大。

他不是过来劝说的，他是过来复仇的。

而许熙然，他坚定的战友，倒戈了："我们社团确实找不出比你更合适的人选了，你不去，这个角色就要空缺了。"

"你不行吗？"方默抵抗，"我身高也不够吧！"

他印象中这个角色要比男主角高一个头，他跟邹瞬可没那么大的身高差。

"可以穿那种专门的厚底鞋。你又不矮，稍微垫一垫就有了，"许熙然说，"这角色那么帅，我哪合适啊。何况我也不喜欢上台。"

"等一下，"邹瞬猛地举手，"还要上台？"

许熙然点头："是啊，不然你以为呢？"

邹瞬抱头："我以为只是拍个照什么的！"

正说着，活动室的另一边有人招呼邹瞬过去重新试一下改过的外套。

等他离开后，方默问许熙然："你明明对这个活动那么上心，为什么自己完全不参与？"

"我参与啊，"许熙然说，"男主角都是我找来的，我喜欢当幕后功臣。再说，我们现在除了男二号也不缺人了。"

在方默看来他明明挺适合男二，高高帅帅的。就是气质不怎么搭。但既然他不喜欢，方默这个局外人也没有勉强的理由。比起许熙然参不参与，他突然意识到了一件更重要的事。

他一把拽住许熙然："那也有人扮演小遥咯？"

"当然有啊，"许熙然点头，"不过今天不在，下次遇上了我指给你看，外形还挺还原的呢。"

方默涌起了兴趣。既然外形也接近小遥，那无疑十分符合许熙然的审美了。许熙然平日里一副对活人全然无感的模样，也不知道和真人版的小遥面对面，会是什么模样。

许熙然对他的心思浑然不觉，抬起手臂搭在了他的肩膀上，拖着他往自己身边靠。

"你有没有觉得很奇怪啊，"他微微斜过身子向方默的方向靠近了些，还压低了声音，"邹瞬刚才的态度挺不自然的。"

话题变化太快，方默一时没回过神："啊？什么？"

"我观察很久了，"许熙然说，"不是我多想，他真的有点奇怪。"

方默愣了。

许熙然微微蹙着眉："上次我就想说了，他对你的态度有点古怪，有种说不清的味道。"

那是邹瞬想看我们俩的热闹，他不安好心。

这话，方默没法直白地告诉许熙然。他瞒着许熙然的那些小九九，居然那么快就给他使了绊子。

"我看他好像对 COSPLAY 稍微有点抵触，"许熙然说，"但还是愿意过来帮忙，肯定是因为你去劝他的关系吧？"

方默急中生智："我问你，如果是我求你帮这样一个忙，你会帮吗？"

许熙然陷入了犹豫。

"你肯定会吧，"方默强调，"这是友情的见证啊！"

"不好说，"许熙然苦着脸摇头，"我还真不一定会帮。"

"……"

"你看我们自己社团需要人我都不去，我实在是不喜欢这种大庭广众抛头露面的活。"许熙然解释。

"但他还挺喜欢的！他爱表现！"方默趁着邹瞬不在，背后拆台。

"重点不在这儿，"许熙然说，"你们昨晚会被杨琳拍照，也是因为提起我对吧？"

"……真没说你坏话。"

"他可能不喜欢你跟我走太近，"许熙然下结论，"可能只是单纯出自对朋友的独占欲。"

方默扶住额头："完全没这回事，我们这些大老爷们儿，又不是青春期的小女生。"

而许熙然依旧沉浸在自己的推理之中："他刚才过来的时候我不是靠在你旁边说话吗？他像是来故意打断的。"

这个方默也看出来了。但他知道，那只是因为邹瞬在自己备受折磨的时候看他在一边逍遥快活心中不爽罢了。

许熙然点了点头："我总觉得他话里有话。"

方默头疼。

邹瞬话里有话，也无非还是那点原因。看来，做人还是要光明磊落，不然处处吃瘪，还没脸解释。

"你自己没感觉吗，你们之前的相处怪怪的。"许熙然说。

"呃……"

方默稍一犹豫，许熙然眼睛一亮："是吧！"

这家伙，毫无必要的地方如此敏感，令人崩溃。

"你不会是有什么把柄在他手里吧？"许熙然的思路越来越跑偏。

"我能有什么把柄啊，"方默无奈极了，"我顶多也就是求他来你的忙，欠了他一个人情。"

许熙然微微睁大了眼睛，略一迟疑后，笑了，模样还挺不好意思："……那我也欠你一个人情，你要是有什么需要的地方，尽管说。"

方默扭过头去："先欠着吧。"

许熙然缓缓点了点头，却还是一脸若有所思。

"别乱想啦！"方默快受不了了。

◆· **Chapter 10** ·◆

许熙然突然靠近他："我们看看吧，他会不会又过来。"

"应该不会了吧……"方默缩了缩脖子，"刚才真的是巧合。"

"行了行了，你看吧，他没有……"他别别扭扭说到一半，卡住了。

因为视线中，他的好兄弟邹瞬同学，正一脸不怀好意地快速逼近。

"你们在干什么呀？"邹瞬明显是在强行忍笑。

无论是他的表情或者语气都明显带着调侃，在方默看来，摆明了是故意过来取笑自己的。可在正疑人偷斧的许熙然眼中，就全然是另一种意味了。

他冲着邹瞬有些僵硬地笑了笑。紧随其后，他用胳膊肘轻轻撞了方默一下。

方默大致明白他想传达的意思。

你看吧，果然就像我猜的那样，他不希望我和你太靠近。

方默看了看明显有些兴奋还对着他偷偷挤眉弄眼的邹瞬，又看了看身边一脸严肃陷入沉思的许熙然，哭笑不得，无语至极。

空气中流动着诡异的气息。方默不知如何是好，只能尴笑。

"呵呵，呵呵呵。"

"先不说他对我到底是什么心态，"方默胳膊肘撑着桌子，一脸严肃地看向桌对面的许熙然，"你有没有想过，从他的角度来看，我们俩也很奇怪？"

许熙然正拿着烤肉架，闻言抬起头，眨巴了两下眼睛，模样还挺无辜的。

"现在好了，他昨天就阴阳怪气说我们怎么感情一日千里，你现在又瞎想这些，回头他肯定问我怎么回事，我怎么解释？"

"你看！他果然对我们走得近这件事很介意吧！"许熙然耿耿于怀。

"看什么看啊，我看是你自己在介意！"方默愤愤拿起筷子，"不只他，刚才好几个女生再往我们这边打量你注意到没？

许熙然悻悻地咂了两下嘴巴，继续低头烤肉。

方默气哼哼地蘸了酱，把肉塞进嘴里。

"怎么样，会不会太老了？"

"没有啊，挺嫩，"方默点头，"火候正好。"

许熙然得意扬扬，用夹子翻动烤盘上的肉。

"不对，"方默回过神来，"你看，昨天我们才刚被你的室友误会吧！"

许熙然呆滞了一下，表情逐渐尴尬。

"现在好了，你的朋友，我的朋友，都误会了，"方默放下筷子，"一人一张嘴，说不定再过几天就人尽皆知了。"

"哪那么夸张啊……"许熙然嘀咕。

"你忘了吗，我就是这样莫名其妙变成公认的宅男的。"方默说。

许熙然闻言略显心虚，赶紧又把烤盘上刚烤好的肉往方默餐盘里堆："好吃你就多吃点。"

方默好气又好笑："你别尽给我呀，你自己吃。"

许熙然把肉分成两份，一半给了方默一半留给自己，接着又勤勤恳恳地把烤盘扑了个满。

见他忙活了半天自己一口都没动，方默主动从他手里接过了夹子："你快吃，我来吧。"

"我已经跟我舍友解释过了，"许熙然皱着眉，"不是，你这没翻好呀！"方默把他伸出的手打了回去："有用吗？"

许熙然撇了下嘴，看来是效果不佳。

"这样下去，一直到大学毕业，你都要背负这个误会了。"

许熙然沉痛了五秒钟，很快想通了。

他笑嘻嘻拿起手机，把桌面上的小遥对着方默晃了晃："无所谓，我有老婆了。"

"你也考虑考虑我啊！"方默愤怒地戳肉。

"你？"许熙然挑了一下眉，放下手机，笑了，"你要是真的想要对象，至于单身到现在吗？"

吃过晚饭才刚回到寝室，方默就接到了邹瞬打来的电话。

"我识相吧，"他笑得贼兮兮的，"让你们一起吃饭。"

原本说好了一起吃饭，走到中途邹瞬接了个电话，提前离开了。

方默一阵脱力。

"行吧行吧，"他自暴自弃，放弃解释，"那么请问，识相的你刚才在活动室里干吗老是过来打岔？"

"哈哈哈哈哈哈哈，"邹瞬大笑，"因为你那时候的表情好好笑啊！"

"……"

方默陷入了犹豫之中，怕邹瞬知道了真相会崩溃。

"说话呀。"邹瞬追问。

"好尴尬啊我！"邹瞬有点着急了，"不行我无法忍受，必须自证青白！"

"行啊，"方默说，"怎么证？"

邹瞬陷入了沉默。

"害人终害己！"方默鄙视他。

"我特地去解释，会不会显得欲盖弥彰？"

"会，"方默很无情，"你就消停点吧。"

邹瞬幽幽地叹了口气。

"怎么了呀，也不至于让你愁苦成这样吧？"方默问。

邹瞬语气低落："诸事不顺。"

"对了，你路上接的电话，是你老板打来的吧？发生什么事了吗？"

"你还记不记得上次跟我说，就算不打工了，也可以经常保持联络对吧，"邹瞬有气无力，"本来他跟我约好了，周末去他家吃饭，顺便教我做拉花。刚才打电话跟我说，他临时有事，得改天了。"

"那就改天呗，这也不是什么急事吧？"

"都改了三次了，"邹瞬有点不高兴了，"他好像在敷衍我。"

当初邹瞬刚去咖啡馆打工，对手作咖啡一窍不通，只负责点单清洁之类没有技术含量的工作。老板看他感兴趣，许诺从头开始一点点教他。

如今徒弟还没带出师，咖啡馆却随时可能关闭，老板过意不去，便答应抽时间专程指导他。

邹瞬周末没课，两人一连约了三次，最后总会临时出点事故。除了第一次是邹瞬学校里临时有事走不开，之后两次都是对方的问题。

上周是店里出了点事，还有上上周是老家有亲戚不打招呼就过来做客。听着都合情合理，邹瞬为了维护形象也只能假装大度，还得反过来安抚几句说不用放在心上。

可他自己却是完全无法释怀。他怀疑那些突发状况都是临时编造的，对方爽约只是不想陪小孩子过家家。

"挺没意思的，"邹瞬说得很小声，"他要是不想费工夫，直接拒绝我也可以啊，何必让我期待呢？"

"你就这么想学拉花？"方默问。

"算是吧，"邹瞬说，"我只是担心，等他回老家了，我们以后也没机会再跟他学了。但对他来说，能不能教会我根本无所谓吧。"

"……那你也没必要太把这事儿放在心上，"方默说。

"不一样的。"邹瞬小声说。

方默大概明白他的意思。邹瞬以前说过的，那个姓贺的老板，是他见过的最闪闪发光的大人，是他的憧憬和理想。

少年人对年长者特有的崇拜，是很珍贵的、值得保护的。

"别多想啦，"方默说，"你为什么那么崇拜他，因为他是个温柔的完美的人，对吧？他那么好的人，怎么会随便敷衍你呢？"

"嗯，"邹瞬在安静了几秒后，似乎是点了点头，"你说得对。"

挂了电话，方默躺在床上，心情复杂。

那些安慰邹瞬的话，邹瞬听进去了，可他自己却并不怎么信。

邹瞬对那个人的敬仰有迹可循、合情合理，可对于一个年过三十的成年人来说，同他们这样年纪的半大孩子，几乎不可能交心。

那个贺老板就算真的是个温柔的好人，邹瞬单方面的执着于他而言也可能是负担。也许他只是不忍拒绝，又实在身心疲惫，才变得敷衍。

崇拜一个近在咫尺的、触手可及的人并不是什么好事，那会带给人不切实际的期待。

邹瞬都参加 COSPLAY 活动了，不如下次打着让他了解原作的名义，拉着他一起看看恋物语吧，也许就打开新世界的大门了呢？

方默想着，在床上翻了个身，还叹了口气。

就在此刻，距离他头顶不到半米的地方穿了一阵声响。

他吓了一跳，赶紧仰头看过去，是盥洗室的门打开了。从里面走出来一个人。

方默瞪大了眼睛，而对方却只是低头对他礼貌性地笑了笑，接着便若无其事从他床边经过，走到了斜对面的床铺前，坐了下去。

是刘小畅。

方默刚才那通电话打了至少半个多小时。期间，因为以为寝室里再无旁人，所以说话音量全无克制。根据这段时间的经验，那扇门几乎没有隔音效果，刘小畅怕是听完了他的整通电话。

这家伙，那么长时间，待在里面干什么呢？就算是便秘都不至于要那么久，更何况方才也没听到抽水声。这个阴沉沉的家伙是故意躲着偷听的吧？

发现方默盯着自己看，刘小畅主动问道："怎么啦？"

他说话时神情淡定，看不出半分被抓包的窘迫。

但方默并没有被糊弄过去。这段时间以来，虽没太多正面接触，但毕竟住在同一个寝室，他对这人也算有了几分了解。这个刘小畅，大多数时候都是一副老神在在的架势。平日看着阴沉古怪，可宿舍里无论聊什么话题，问到他总能跟着唠两句，开得起玩笑也没什么架子。

自从四人到齐，他也再没插错过耳机线，闷起头来不管看什么旁人都无从知晓。那两位舍友也都是这学期刚搬来的，没人通风报信，对刘小畅并不了解，故而毫无芥蒂，和乐融融。

只有方默，心有余悸，始终下意识地与他拉开距离。刘小畅本人对此仿佛毫无察觉，见到了依旧会主动打招呼。

难得单独相处，久违的不安再次涌上心头。但此刻，方默认为还是有必要就他刚才的行为说道说道。他和邹瞬聊了那么久，说的内容太多太杂，也不知道隔了一扇门后刘小畅究竟听清了多少，令人不爽。

"你刚才在里面那么长时间做什么呢？"他问。

刘小畅一脸无辜地抬起手来，给方默看他手腕上戴着的一个坠子："有点氧化了，我洗一下。"

方默皱眉："要洗那么长时间，怎么一点动静都没有。"

"因为你回来的时候我已经洗完了呀，"刘小畅说，"我正收拾着，你开始打电话，我有那么点尴尬，收拾完了也没好意思出来。"

"……"

刘小畅冲他笑笑，露出圆圆的酒窝，开口时轻声细语："后来想想这样下去不行，总不能你不出门我就一直待在里面。万一待会儿你要进来上厕所，那就更尴尬了是不是？"

你现在这样难道就不尴尬了吗？方默无语了。可面对他看似坦诚的回答，又一时找不到发作的点，十分憋屈。

最终，他只能翻个白眼强行咽下这口气，重新躺了回去。

脑袋才刚沾上枕头，刘小畅突然主动开口。

"有烦恼？"

方默顿时被呛到，咳得面红耳赤。终于平复下来往斜对面瞄一眼，只见刘小畅正微微歪着头看他。

虽然很想直接回一句"关你什么事"，碍于心里那一丝忌惮，话到了嘴边还是咽了回去。

"你听错了。"方默说得硬邦邦的，完全没掩饰自己的不悦。

刘小畅闻言竟站了起来。他走到方默床前，一屁股坐在了床沿上。方默赶紧起身，还往后挪了一小截。

"有事？"他一脸警惕。

刘小畅俯身靠近，小声问道："要是有什么烦恼，可以跟我说说。"

方默不由得一哆嗦。他忐忑地上下打量了对方一遍，说道："……我们很熟吗？"

这话很没礼貌，可惜语调听起来毫无杀伤力。刘小畅不以为意，耸了耸肩，回到了自己的床位。

就这么安静过了片刻，这家伙又不甘寂寞了。他吹了一声口哨，然后冲着方默问道："刚才跟你打电话的朋友，我见过吗？"

方默不悦："我怎么知道？"

"我应该见过吧？是不是大概这么高，"刘小畅抬手比画了一下，"长得还挺帅，平时喜欢把裤腿卷起来露脚踝的那个？"

邹瞬确实有这种习惯。但这话从刘小畅嘴里说出来，不知为何令方默鸡皮疙瘩起了一背。

"关你什么事？"他说着还瞪了刘小畅一眼。

刘小畅冲他笑了笑，闭上了嘴。接着，从兜里掏出了手机，开始摆弄起来。

✦· Chapter 11 ·✦

知道邹瞬心情不好，几天后方默趁着两人都没课，约他出去潇洒散心。

大学城附近娱乐不多。方默一掷千金，请邹瞬去校外小商品街新安置的长得像电话亭似的迷你KTV唱歌。邹瞬不和他客气，进去以后拿着麦狂吼半小时，没给过方默出声的机会。

方默倒是不介意，毕竟邹瞬唱歌好听。

见他还挺有精神，方默心中暗暗松了口气。

唱完了，自然还要去吃点东西。

这附近娱乐设施不多，但隔壁就是美食街，好吃的不少。两人找了一家甜品店，各自点了一杯冰激凌，面对面坐着一勺一勺挖着吃。

邹瞬这样的人，心里敞亮，道理全都明白，并不需要安慰，方默便也不多说。

就这么各自吃完了一小半，大概是不爱这样的气氛，邹瞬主动开口："你有没有跟许熙然解释过？"

"解释什么？"方默问。

邹瞬一言不发，眯着眼看他。

方默想起来了，许熙然还误会着呢。

"怎么说呀，"方默撑着下巴叹气，"我说你没有，他也不信。总不能特地拉过来三个人对质吧，傻不傻？"

邹瞬笑道："也不是不行嘛。不如就现在，你打电话把他叫来也可以啊。"

方默看他一眼，拿起手机："你说的啊，那我可叫了啊！"

他说完装模作样在手机屏幕上一整划拉，邹瞬信以为真，赶紧阻止："我开玩笑的你看不出来吗！"

方默放下手机："我也开玩笑，你看不出来吗？"

两人对视了几秒，都笑了起来，气氛轻松不少。

"放心吧，我没那么钻牛角尖，"邹瞬拿着勺子，一下一下轻轻戳面前半融化的冰激凌，"我大好青年，身边不缺朋友也不缺人关心，每天有那么多事可做，没空为乱七八糟的事情受打击。"

方默点了点头，犹豫了片刻后问道："你最近跟家里联系过吗？"

"嗯，"邹瞬语调轻快，"跟我姥姥姥爷经常打电话呀。"

言下之意，就是跟父母完全不联络了。

方默浅浅地叹了口气，没再追问。

邹瞬跟他父亲不和，完全无法相处，闹得不可开交，谁也不愿示弱。他如今的生活费，都是他姥姥姥爷给的。

方默过去听邹瞬抱怨过，说他爸刚愎自用，迂腐又偏激，并且控制欲爆棚，从小到大几乎没有给过他任何温暖。

他过去对此耿耿于怀，最近却完全不提了，像是想要彻底忽略这个人的存在。

他正想着，邹瞬又说道："哎，我问你，你想不想谈恋爱啊？"

"嘶——"方默一勺挖太大，被冰得眯起了眼，说话漏风，"怎么突然问这个啊？"

邹瞬还是冲他笑："不可能完全不想吧？"

方默皱着脸仰着头对着空气吸气又呼气，想让嘴里的大块冰激凌能融化得更快一些，没空回答。

但他心里却把这个问题来回滚了好几遍。

大概是想的吧。他今年刚满二十，早就过了情窦初开的年纪，但依旧能欣赏异性的美好。从小到大，浪漫的爱情故事听了不少，校园里到处都是成双成对的情侣，看多了心里怎么会没点儿触动。

可也仅止步于"想"罢了。

他身边从来不缺主动示好的女孩子，其中不乏优秀漂亮的。邹瞬总说他眼高于顶才谁都看不上，他从不否认，心底却又有不同的见解。

因为想要谈恋爱，所以有漂亮姑娘找上门就积极接受，多奇怪。

对一个纸上谈兵没有任何实际感情经历的人来说，那不是爱情该有的模样。

以产生好感最终发展恋情为目的的接触，和相亲有什么区别呢？

"想，"方默咽下了那一口冰激凌，"但也不急。"

邹瞬一下趴在了桌上："我想，我还很急。"

方默眨了眨眼："那就积极主动一点嘛，你女生缘不差吧？"

邹瞬依旧趴着，不出声。

"许熙然他们社团里女孩子那么多，没有跟你合得来的吗？"方默替他出主意。

邹瞬动了动，依旧没回话。

方默在心里偷偷叹气。

这家伙，也不像是真的想，只是单纯的"急"。急的不是恋爱，是有个心理寄托，有点儿事做。

"或者，你多上上网，"方默又说到，"也许网络上比现实中容易遇上志同道合的人。"

"嗯，"邹瞬终于有了反应，点了点头，"有道理。"

方默刚想鼓励他几句，方才放在一边的手机振了一下。

点开一看，许熙然发来了消息。

"在上课吗？"

邹瞬伸长脖子："谁啊，笑得那么开心。"

方默疑惑地摸了摸下巴，没理他，低头回复。

"没呢，在外面，怎么啦？"

不到半分钟，手机又振了一下。许熙然给他发来了第二条消息。

"你什么时候回来？"

"有事？"

"我在长伦街，你吃不吃红糖糕？"

方默一愣。

长伦街，不就是他们现在正待着的地方吗？这儿是大学城附近最有名的美食街，是各大高校的年轻情侣们约会的热门地点之一。

"怎么啦？"邹瞬问。

"许熙然也在这儿，"方默说完，下意识地往窗外看了一眼，"怎么这么巧啊？"

"这是什么缘分啊，"邹瞬说着，抬手伸过桌子用力在他胳膊上拍了一下，"那不就是！"

方默赶紧顺着他指的方向看了过去。

果然是许熙然，他正在距离这家店大约十米左右的街道的另一侧缓缓向前走着。方默还未来得及惊喜，却见他微微侧过身又低下头，冲着旁边的人说了什么。

方默这才注意到那个与他同行的人。

一个妆容十分精致、眼睛很大的人。

方默愣愣地盯着那个人的脸看了几秒后，视线不由自主向下挪了一小截。

在他心中暗暗惊叹的同时，身边的邹瞬小声把他脑中所想说出来了："哇！身材真好！"

方默和邹瞬张大着嘴愣愣地扭着头，视线随着人家的步伐移动了一小段距离后，回过头对视了一眼。

"这是谁啊？"邹瞬问。

方默摇头。

他很确定，许熙然在现实世界中是没有对象的。但突然和一个这样的人单独出现在大学城附近的约会圣地，难免让人多想。

他再次回过头去，发现那两人停下了脚步。

方默瞬间瞪大了眼睛。

"哇！有情况！"邹瞬说。

眼看两人又要继续前进，邹瞬伸手拍了方默一下。

"快，回他消息，告诉他你也在这附近，约他见面啊！"

"现在？"方默别别扭扭皱起眉，"尴尬不尴尬啊？"

"不尴尬，"邹瞬又是一副看好戏的模样，"你难道不想打探一下敌情吗？"

"敌你个头啊！"方默抬手敲他。

知道邹瞬只是在开玩笑，他也懒得多争论，摇了摇头又远远地向着许熙然的方向望了一眼。

许熙然竟没走远，正举起手机对着路边一家门口排着不少人的简陋小店拍照。拍完后，他低下头，两只大拇指快速地在屏幕上截截点点，期间还同身边的人聊了几句。

方默的手机再次传来振动。点开一看，竟是许熙然刚拍下的还新鲜热乎着的照片。

"这个红糖糕特别有名，热乎乎的时候超好吃，你来没多久还没试过吧！"

和美女一起逛街还能惦记自己，方默一时间也不知该不该感动。

眼见许熙然已经走到了店门外队伍的尾端，方默低头编辑了过去。

"你回头，往对面看。"

街道另一边的许熙然很快低下头查看了手机，接着抬头转身向方默所在的方位张望过来。

一阵搜寻后，他们的视线终于撞在了一起。许熙然立刻笑了起来，眼睛全眯在了一起，露出整排的大白牙。他大幅度地冲着方默挥了挥手，又喊了几句话。隔着不远不近的距离和甜品店的玻璃外墙，方默完全听不见。

片刻后，见方默神色茫然，许熙然笑着举起手机冲着方默晃了晃。很快，方默的手机铃声就响了起来。

电话接通后，许熙然的声音明显带着笑意："怎么会这么巧啊，你怎么也在这儿？一个人吗？"

敢情他把就坐在方默对面的人给彻底忽略了。

"不是啊，邹瞬和我在一起呢。"方默说。

许熙然的表情僵了一下。他微微转过视线，这才注意到了距离方默不到一米的邹瞬。

邹瞬抬手对他挥了挥，他便也笑着点头打了招呼。

接着，他在电话里的声音压低了不少："他约你出来的啊？"

"呃……"方默犹豫，不知该不该说实话。

许熙然擅自对他的迟疑进行了解读："不方便说对吧？没事，你等我一会儿啊，我买好点心就过来，很快的。"

方默点头："哦，那我等你。"

"我先挂了？"许熙然说。

"等等，"方默清了清嗓子，"你为什么会在这里啊？"

许熙然叹了口气，表情语气都显得有几分无奈："陪朋友过来买东西的。"

"你是说，你旁边这个？"方默问。

许熙然远远看了他一眼，露出了一个有些奇怪的笑容。他低下头，小声问道："怎么样？"

方默整理了一下情绪，僵硬地答道："……还行吧。"

"哇，大帅哥眼光这么高的吗？"许熙然笑着揶揄。

这意思就是他觉得人家很不错了。

方默心里有些的不爽。

他朋友就站在旁边，也不知听明白了多少，伸手拉了拉许熙然的袖子，说了些什么。许熙然在回话时捂住了手机的收音口，方默完全听不清。

很快，他朋友转头看向了方默和邹瞬，接着竟笑着冲他俩比了个心。

"……好做作！"邹瞬小声嘀咕。

与此同时，在许熙然前面的几位客人已经结账完毕。许熙然冲着方默打了个手势，接着便挂断了通话。

"看她的打扮，应该是他们社团里的吧？"邹瞬猜测。

方默点头："应该是。"

那两人除了红糖糕，还买了不少其他点心，装了整整两大袋，数量惊人看着还挺沉。结完账后，他们走到了路边，许熙然从那两个大袋子中间整理出了一个小袋子，之后就把重物全递到了朋友的手里。

两人又说了几句话，女生转过身，远远对着方默和邹瞬笑着摆了摆手，提着袋子独自走了。剩下拎着一个小袋子的许熙然跑着过了马路，走进店里。

"嗨！"邹瞬一见他，就高举手臂主动打招呼，"来这儿坐！"

许熙然快步走到桌边，坐在了方默身旁，然后把小袋子放在了桌上。

"趁现在还是热的，"他说，"你们尝尝。"

方默现在心思可不在吃上。他拨弄着纸袋，试探性问道："你朋友呢，怎么不跟你一起过来？"

"人家急着回去有事儿，"许熙然说着又催促，"快点，味道特别好，快尝尝！"

方默无奈，只能一一分发袋子里那几块糕点。

"你们买了那么多，这种糯米点心很重吧，就让人家一个人提回去啊？"邹瞬问道。

"还好吧，也不是很沉的，"许熙然不以为然，追问已经咬了一口的方默，"好不好吃？"

好吃。糯米香甜柔软，微微有些粘牙，配上红糖特有的风味，满口生香。可相较之下，方默还是更在意方才那个人。

见方默只是淡淡地点了点头，许熙然微微有些失落，还小声抱怨上了。

"就你挑食。"他说完，像是想到了什么，问道，"你不会是因为那个人走了所以不高兴吧？"

方默一愣，立刻否认："我才没有！"

他的反应过于激烈，反而引人怀疑。许熙然上上下下对着他打量了几遍，居然笑了。

"刚才还说觉得人家一般。"他说。

方默扭过头："……不是我喜欢的类型。"

"我不信，"许熙然斩钉截铁，"你不是也喜欢小遥这类型的女孩子吗？"

"和她有什么关系？"方默眉头纠结在了一起。

"咦，你没觉得很像吗？"许熙然说。

方默惊呆了。他迟疑了片刻，向桌对面一直没出声的邹瞬看了一眼。邹瞬抿着嘴唇看着他俩，没什么表情，也不知正在想些什么。

当初许熙然说邹瞬长得和男主角一模一样，方默完全理解不了。如今他说那姑娘像小遥，他也同样无法体会。

"你之前说的，你们社团负责COSPLAY小遥的，就是她？"方默问。

"是啊，"许熙然兴奋点头，"外形很接近吧！"

方默也艰难地点了点头。别的地方不好说，身材倒是无比还原。可能对许熙然而言，这就已经达到了百分之九十九的相似度了吧。

许熙然很满意他的反应，笑道："可爱吧？"

"我有个问题，"邹瞬举起手来，"那么可爱的女孩子，你就这样丢下她还让她一个人提那么重的东西回去，真的好吗？"

他表情纠结，该是发自内心地认为许熙然的做法不妥。

可许熙然在迟疑了片刻后，却做出了另类解读。

"你不希望我过来？"他说。

他开始多想了。

邹瞬愣了半秒，竟"扑哧"一声笑了出来。方默见状赶紧在桌子底下踢他。

"那个，我是说……"邹瞬努力进行表情管理，又清了清嗓子，才说道，"你陪人家出来买东西，却半途跑路了，很奇怪吧？方默你说呢？"

许熙然没吭声，也看向了方默。

"呃，"方默为难了一会儿，避重就轻，"你让她过来一起坐一会儿聊聊天也没什么不好呀。"

许熙然闻言，表情却纠结了起来。他朝着方默的方向靠近了些许，轻声问道："你不会真的对人家有意思吧？"

"我才没有！"方默大声否认。

和刚才同样的反应，也让许熙然得出了同一个结论。但这一次，他却不再是那副开玩笑的神情语气了。

"你可千万不能喜欢那个人。"他严肃地说道。

"怎么啦，"邹瞬立刻插嘴，"怕争不过我们大帅哥啊？"

许熙然抬起头，表情似乎是在忍笑："她是我表妹，而且人家已经有男朋友了。"

方默眨巴了两下眼睛，笑了。

"你表妹挺好看的，但这种一举一动都特别夸张的类型不是我的菜，"他说着又咬了一口红糖糕，一边嚼一边含糊不清地说道，"啊，这个真的蛮好吃。"

许熙然有点不解："她有很夸张吗？"

"夸张啊，"邹瞬又插嘴，知道真相后，下嘴毫不留情，"一般人点头会这么用力吗？"

他说着，模仿了一下刚才那人的动作，惟妙惟肖的。接着像是不过瘾，还附带学了他掩嘴笑的动作，头低下了视线却抬着，快速又做作地眨动了几下眼睛。

许熙然整个身子一哆嗦："有你这么做作吗？"

"我觉得差不多，"方默这话说得发自真心，"一举一动都太像动画片里的角色了。但在现实中怪怪的。"

许熙然微微皱起眉头："还好吧，我表妹不是挺可爱的吗？"

方默无语地同邹瞬对视了一眼。他猜对方此刻心中所想肯定也同他一样。

呵，宅男。

"你说可爱那就可爱吧。"邹瞬说着露出了一个不怀好意的笑容"看上瘾了？"

"怎么可能，我又不是不知道是COSPLAY的，看看就够了，"许熙然摆手，"她卸了妆很清纯的。"

方默不置可否，邹瞬却立刻又有了借题发挥的新素材。

正犹豫要不要做点什么阻止画面变得更为尴尬，邹瞬开口了。

这家伙竟戏瘾大发，比许熙然更为投入。板着脸沉默了一会儿后，他眯起眼睛，意有所指地问道："那我们默默帅不帅？"

方默的脸一下子就热了，手里剩下的那半块红糖糕瞬间被他捏成了一坨。

许熙然迟疑了两秒后又快速看了方默一眼。接着，他抬手摸了摸鼻子，才答道："帅啊。"

"呿，"邹瞬一脸不屑移开了视线，"这还用你说。"

许熙然的表情十分尴尬。但很快，他又重新调整了过来，还把手搭在了方默的肩膀上。

他看着方默，开口的同时偷偷快速眨了一下左眼："方默，你也说说，我帅不帅？"

一嘴红糖糕的方默呆滞地看着他，接着啄木鸟般高速点头。

"喏，"许熙然回头对着邹瞬摊手，"你看。"

邹瞬表面上满脸无语，还翻了个白眼。

与此同时，他偷偷在桌子底下对着方默轻轻地踢了一脚。

✦· Chapter 12 ·✦

"我看你就是有病，"方默躺在床上，说得有气无力，"理他做什么呢，你之前不还嚷嚷着要解释吗？有你这么给自己抹黑的吗？"

邹瞬简直笑得停不下来："这人太好玩儿了，难怪你喜欢跟他凑在一块儿，哈哈哈哈哈哈！"

方默冷笑一声："我看你这人也挺好玩儿的。"

"他后来有没有和你说什么？"邹瞬问。

"哪儿有机会啊，刚到寝室就接到你的电话了，"方默长长地叹了口气，"但根据我的猜测，他对你的看法，改变不了了。"

"你有没有想过，"邹瞬语气贼贼的，"试探我什么的都是他的借口。"

"算我求求你们了，都打住吧，"方默哀号，"我看出来了，你吃饱饭没事干就是想把快乐建立在我的尴尬之上！你对得起我吗？"

"对不起，真对不起，"邹瞬的语气毫无诚意，"您大人有大量哈哈哈哈哈！"

"反正被误会的人是你，"方默说，"传出去了你就丢脸丢到毕业吧。"

"不是吧，许熙然是那种大嘴巴会到处宣扬的人吗？"邹瞬问。

方默想了想，认为不是。

当初关于刘小畅，许熙然显然听过许多传言，因为无法判断真假，从未在方默面前细说。他在这方面，还是靠得住的。

可方默一点儿也不想给邹瞬定心丸吃："谁知道呢。"

邹瞬担心起来了："完了，下次还是解释清楚比较好。"

"你自己想办法吧，"方默反客为主，语调轻快，"反正我是说什么都没用了。"

"算了，等我找到对象，一切谣言不攻自破，到时候……"

他话还没说完，方默寝室的房门被敲响了。与此同时，门外还传来了熟悉的声音。

"方默？在不在？"

竟是才刚分开没多久的许熙然。

"有人找我，"方默打断了邹瞬的话，"下次再聊，你好自为之。"

门一打开，就看见了许熙然带着笑意的面容。

"寝室里就你一个人啊，"他毫不客气地走了进来，随便拉了张椅子坐下后又看了眼方默乱糟糟的床铺，"你在睡觉？"

"没有，"方默连忙摇头，"随便躺一会儿。找我有什么事？"

许熙然冲着他得意一笑："刚才你都看见了吧？"

竟是来邀功的。

方默无言以对，看着他，憋出了一个尴尬的笑容："可能有点误会……"

许熙然闻言略一思忖，问道："他后来有没有和你说什么？"

看看，多投缘的两个人啊，问的问题都一模一样。

方才回学校的路上，许熙然临时接了个老师打来的电话要他过去一趟，刚进校门就和他俩道别了。离开前他还特地偷偷对着方默做表情打手势，稍后联系。

"就和平时一样随便聊了聊，"他在许熙然面前坐了下来，"没什么特别的。"

许熙然点了点头，接着又说道："你看，今天他明显在针对我了，是不是？说明我还真没猜错。"

"可是……至少今天我俩的相处，很明显并没有什么特别的地方……他何必要针对你呢？"方默说得十分刻意。

许熙然立刻答道："因为我们俩关系好呀。先不说他对你是什么态度，至少你们在学校里是最亲近的朋友对吧？但是现在呢，我和你认识的时间比他短那么多，偏偏关系特别好走得特别近，他心态上就不一样了嘛，会计较也不奇怪吧？"

"……分析得那么头头是道，你也有那么细腻的一面啊？"方默揶揄。

"什么话，"许熙然大手一挥，"我一直是一个很细腻的人好吧。"

想想也是。虽然平日生活中总是大大咧咧的，但他可是一个看总长度只有十二集的动画片也能感悟出长篇论文的人。要么不想，一旦开始细思怕是根本停不下来。

方默忍着笑点头："行吧行吧，你最细腻。"

说完，眼见许熙然一脸不满又想要继续强调什么，他赶紧打岔。

"但这样下去，以后我和邹瞬相处会很尴尬的，"他说着看了许熙然一眼，"不管他怎么想，以后还是别故意搞这种试探了吧？"

许熙然点头："好吧，听你的。"

方默松了口气。

许熙然只当他在叹气，有些惭愧："不好意思啊，刚才有些上头，没顾及你的心情，乱说话了。"

方默无奈地看着他："你刚才那些胡言乱语，说出来自己心里不别扭吗？"

"啊？你不舒服啦？"许熙然睁大了眼睛，一脸意外。

方默摇着头，笑了："那倒没有，就是对你有点刮目相看，原来你那么擅长睁眼说瞎话。"

"不算吧！"许熙然笑道，"我说的不都是大实话嘛。"

方默头都晕了。

突然，空气中突然飘来一首风格颇欢快的日文歌曲。方默被迫听过许多次，知道那是小遥的角色曲。许熙然的手机响了。

两人离得近，许熙然按下接听后方默不用竖起耳朵也能大致听清那一头的声音。

"然哥，我刚在窗口看你上楼了，怎么那么长时间还没到寝室啊？"

是他的舍友。

"我在三〇一呢，"许熙然问道，"什么事？"

"又去三〇一啦？"对面问道。

"嗯，我过来坐会儿，马上回来。"

那之后他们又聊了几句。等挂了电话，面对目瞪口呆的方默，他突然回过神来，开始觉得不好意思了。

方默微微蹙起眉，表情无辜又茫然。

他的脸上经常会出现类似的表情，看起来有点纠结有点犹豫，又像是正认真想着什么事。嘴唇紧紧地抿在一起，带着几分委屈的意味。这模样不至于像在生气，但肯定是不怎么高兴的。

若是其他男生露出这样的表情，许熙然可能会感到不适，严重一点还会觉得欠揍。可出现在方默的脸上，他却觉得怪有趣的。

"我舍友，"许熙然移开了视线，"催我回去呢。"

方默垂下视线，叹了口气："算啦，我知道他们爱胡闹。"

等回到寝室，才刚推开门，方才给他打电话的舍友就从床上探出了脑袋。

"回来啦？"

"嗯，"许熙然坐到了自己的写字桌前，"到底找我什么事儿啊？"

"这个，是不是你的？"舍友举起一大包海苔，"我拆开吃了。"

"不是吧！"许熙然无语了，"你吃都吃了，还特地给我打电话干吗？"

"蛮好吃的，"舍友又从里面掏出一片，撕开独立包装后咬了一大口，"包装上找不到中文，想问问你在哪儿买的。"

"我亲戚去国外旅游时带回来的，我也不知道上哪儿买，"许熙然说着把那大包海苔从他手里接了过来，也从里面拿出了一片，"很好吃吗？"

他不怎么爱吃零食，家里给他寄来后被他随手放在柜子上，平时想不到去碰。如今拆开一片尝了尝，确实还挺不错。口感比一般海苔要脆上许多，还有点儿甜味，很特别。

他一边吃，一边摸出了手机，给方默编辑了一条短信。

"你不吃海鲜，那海苔吃吗？"

方默还没回，舍友又伸出手来："再来一片！"

许熙然抱着海苔包装往后缩："待会儿！"

"你什么时候变得这么小气了？"舍友不满。

许熙然没理他，因为手机振了。方默发来了回复。

"吃，还挺喜欢的！"

"赶紧的，再来一片！"舍友从床上往下爬，冲着许熙然伸出手来。

许熙然一把打掉了他的手："没了。"

他说完拿着半包海苔站起身来："我出去一下待会儿回来。"

"才刚回来，又要去哪儿啊？"舍友问。

许熙然没回头："三〇一。"

"喂，我们这个寝室已经留不住你了，"舍友大喊，"你干脆搬过去得了。"

许熙然闻言停下脚步，还转过了身。

舍友立刻做出了一个防御姿势："你想干吗！"

许熙然走到他跟前："你们以后当着他的面别乱说，知不知道？"

舍友露出了一个促狭的笑容："什么叫乱说啊，不就是那个校草吗？"

"啧，"许熙然皱眉，"人家也许听了不高兴。"

"我还想再吃点呢！"舍友说。

敢情他就是不满意许熙然抢走了剩下的半包海苔。

许熙然回身看了看他，伸出手，把海苔包装竖在他的面前。舍友冲他嘿嘿一笑，刚要伸手取，又被他拍了一下。

"不是给你吃，"许熙然说，"你拍张照，自己上网搜吧，肯定有。"

舍友惊了："你是人吗？"

"快点，"许熙然催促，"我赶时间呢。"

再次来到三〇一，敲开门后里面已经不只方默一个人了。多出来的那一个，许熙然看着心里挺怵的。

替他开门的刘小畅倒是态度自然且友好，笑容满面主动跟他打招呼。

许熙然警惕地应和了一声，便走到了方默的床铺边上。他发现方默这人有点懒，只要在寝室，一定往床上躺，没骨头。

"海苔，"他把已经只剩半包的海苔递给方默，"挺好吃的，你试试。"

方默不知为何模样别别扭扭的。在伸手接过包装的同时，他的视线越过许熙然，往寝室的另一个角落瞟了好几次。

许熙然也回头看了看，当下了然。他往旁边挪了半步，确认自己正正好好站在方默与刘小畅之间把这两人的视线彻底阻隔了，然后才用口型对方默比画。

"这人又怎么啦？"

方默小幅度地摇了摇头，伸出手却没接过海苔。他握住了许熙然的胳膊，拉着他往下俯身，同时自己也向上仰了些许，嘴唇凑在了许熙然的耳边。

　　"老样子，神神道道的。"他小声说道。

　　他说完便坐了回去，拿过海苔低头抽出一片开始拆独立的小包装。

　　许熙然不由自主地紧张起来了。

　　此刻他背对着刘小畅，也不知这个人有没有在看向自己，心里毛毛的。

　　为了掩饰情绪，他干巴巴地咳嗽了一声，努力装出一副若无其事的表情："怎么样，好吃吗？"

　　"好吃！"方默一脸惊艳，用力点头，"好脆啊这个，我第一次吃到这种口感的海苔。"

　　许熙然笑了："我也觉得……"

　　他话还没说完，方默突然倒抽一口冷气，接着皱起眉头摸上了自己的嘴角。

　　"怎么啦？"许熙然问。

　　"破了，"方默一脸委屈，"边缘好锋利啊……"

　　这海苔相比普通的要更厚实一些，单片面积有点儿大，硬硬的。方默大口咬上去，一个不小心，被边缘割破了嘴角。原理大概和不小心被纸张划破手指差不多。

　　"我看看，"许熙然凑过去，"哪儿破了？"

　　许熙然尚未看仔细，不远处传来了非常刻意的"咳"的一声。

　　两人不约而同向声音源头的方向看了一眼，见刘小畅正一脸无语地低着头看手机，又茫然地对视了一眼。

　　方默刚想再凑到许熙然耳边说点悄悄话，才张嘴，又"嘶"了一声。

　　"这么痛啊，"许熙然认真打量他的嘴角，"看不出伤口，倒是看出来……"

　　"什么？"

　　"你皮肤怎么这么嫩？"许熙然说。

　　方默愣了愣，笑道："那是，我天生丽质。"

　　话音刚落，他又因为过度牵动嘴角，痛得倒抽了一口冷气，龇牙咧嘴的。

　　"你消停点吧，"许熙然哭笑不得，"觉得痛剩下的别吃了。"

"我不，"方默往后缩，"我待会儿小心点就好了。"

他说完，又小心翼翼咬了一口。许熙然坐在一边歪着头笑着看他。

"真的很好吃，哪儿买的？"他问。

"别人送的，我晚点儿回去搜一下看看网上有没有卖的，"许熙然说着，抬起手来，"哎，别动。"

"嗯？"方默微微扬起眉来。

"掉了，"许熙然小心翼翼地从他下巴上取下了一小片海苔碎片，"这个容易碎。你别在床上吃了，脏兮兮的。快下来。"

"哦。"方默，点过头后立刻爬下了床。

"你掰碎了吃吧，"许熙然叮嘱他，"小心点儿，别又割到了。"

方默坐在了桌边，仰着脸看着许熙然继续点头："哦。"

不远处又有了动静。沉默已久的刘小畅站起身来，面无表情看了他俩一眼，径直走出了寝室。

等寝室门合拢后，许熙然低头同方默对视了一眼，发现方默的表情同他一样疑惑。

"这人怎么了，为什么一副看我们不爽的样子？"他问方默，"是我多想了吗？"

"……不知道，"方默说，"他刚才脸色确实很不好。"

两人疑惑了会儿，都笑了。

"我烦他那副总是老神在在的样子很久了，"方默说，"看他这样还挺爽的。"

许熙然也笑："我们刚才也没做什么过分的事情吧？"

"就是啊。"方默耸肩。

他说完，高高兴兴大口咬海苔。可惜乐极生悲，再次发出了悲鸣。

"又破啦？"许熙然哭笑不得地凑近了，"我看看。"

他才俯下身，背后的宿舍门再次打开了。

许熙然下意识地转身，发现门外站着的是方默的另外两位室友。

"……你们在干吗？"其中之一愣愣地问道。

方默的两位舍友表情精彩至极。

许熙然本人也没好到哪儿去。呆滞了两秒后，他猛地站直了身子，双手大幅度比画着试图解释。

"他嘴破了！"他大喊。

门外那两人，一个张着嘴眼睛瞪得滚圆，一个眼睛眉毛全皱成了一团。他俩闻言，缓缓把视线挪到了方默脸上。

方默赶紧点头，还抬手指嘴角："这儿，这儿，破了！"

这样的小伤口，就算凑近了都难以辨别，更何况他们还隔了好几米。

"我帮他看看伤口罢了！真的！那伤口比较小看不清！"

方才没有开口的另一个人迟疑了一会儿，说道："……那有什么好看的？"

这问题把许熙然和方默给问住了。

确实没什么好看的。但看一看又有什么关系呢！

许熙然只觉得百口莫辩，方默低着头抿着嘴唇不吭声。

气氛尴尬到了一个极点后，方才说话的那人勉强挤出了一个笑容："哈哈哈，没事，看看就看看。"他说完，努力装出一副若无其事的模样想要往里走，因为肢体僵硬没仔细看路一抬腿脚趾踢到了柜子，惨叫一声痛得弯下了腰。

另一个吓了一跳，快步走到他身后，问道："……要不要我也帮你看看？"

许熙然无语，抬手抹了把脸，回头看了眼方默。方默还是没抬头，坐姿特别规矩，两条腿摆得整整齐齐，双手撑在腿旁的椅子边缘。

看起来有点乖。

许熙然看不清他的表情。

"那个，我先回去了？"许熙然小声地问。

方默闻言立刻抬头看向他，小幅度地把头点了点："嗯。"

许熙然冲他挤了个笑容，往外走了半步又回身，叮嘱道："待会儿再吃的时候小心一点啊，别又割到了。"

方默依旧点头。

等许熙然走到门口，方默那个还站着的舍友不尴不尬地冲着他招呼："有空常来玩儿啊！"

许熙然也冲他笑笑："呵呵，好。"

当天晚上，方默给他发了一条消息。

"我那两个舍友嘴巴很大的。"

事实证明他说的是对的。几天以后，许熙然刚回到寝室，就看到他的上铺对着他挤眉弄眼

"听说前几天你又搞事了？"上铺问他。

流言多可怕。经过口口相传，激烈程度直线上升。

"方默那天嘴角破了，我帮他看看，正好他舍友回来就误会了，"他皱着眉头，"能有什么事啊？"

"他嘴角破了，有什么好看的，"上铺问了和方默舍友同样的问题，"你是医生吗？"

"我……"许熙然没脾气了，手一摊，"就是好看，行了吧？"

他说完抢回了枕头，猛地倒在了床上。

"啧啧啧，"他的上铺摇头晃脑，趴在床沿上向下看他，"真没想到啊。"

许熙然立刻不轻不重踹了一脚，双人床摇晃不止。

"有病吧你，踹塌了看我不压死你。"上铺把脑袋缩了回去。

"你不奇怪吗，"上铺干脆坐起身来，"他长得这么帅，之前还当选过校草吧，居然没有女朋友。"

许熙然冷笑一声："我也没有。"

上铺一点面子都不给："你没有那是正常的。"

说完，怕许熙然又蹬床板，他赶紧补充："你不是有老婆吗，你老婆还在你旁边躺着呢，还要什么女朋友？"

"就算他没有女朋友，也很正常啊，"许熙然说，"也许只是没碰到合适的。这种论据压根站不住脚。"

许熙然懒得再跟他废话了："偏见，我看你们就是嫉妒人家长得帅受女孩子欢迎。"

Chapter 13

"我发誓我没有。"

在许熙然把上铺对他说的那些当作玩笑学给方默听过以后，方默在震惊过后举起右手四指朝天一脸严肃地这么对他说道。

"我还信不过你吗，"许熙然笑道，"就是让你听听有多离谱。"

他不止没信，还心疼方默未免太惨了点儿。

长着一张招蜂引蝶的面孔，会引来的烦心事儿也不少。

同样是在那个校草评选中获得优胜，许熙然平日里在学校得到的关注度远不及方默。他很确定，这次的闹剧若非方默也是当事人之一，根本不会发酵成这样。

那些关注的眼神，并不全是善意的。

方默明显不太高兴，脸沉着，浑身低气压。

许熙然后悔把这件事当笑话一样讲出来了。方默本人听着，并不会感到有趣吧。为了将功补过，许熙然绞尽脑汁，想要说些什么逗逗他。想了半天没想出来，又开始思考能不能带他去做点什么别的事，好转移一下他的注意力。

"我说……那个……"他伸手在方默上臂拍了一下，"想不想看电影？"

方默猛地抬起头，一脸惊讶："啊？"

"电影，"许熙然重复了一遍，"看吗？"

这附近唯一的电影院，在距离他们学校门口三站路的地方。两人毫无计划突发奇想，懒得跑那么远，退而求其次去了学校的放映厅。

这是他们学校新建的，去年刚完工。座位不多，平日里每天都会定时放映一些经典影片，票价十分便宜，颇受好评。门口还像模像样开了个小卖部，出售可乐和预包装好的爆米花。

学校的放映厅自然是不支持网络售票的，但可以在网上查询当天的播放时间和播放内容。有些好评度高的片子，去了还不一定能买到票。

所幸今天播放的是一部评价两极分化的文艺片，画面优美剧情平淡，有人叫好但完全不叫座。两人轻松买完了票，入场时座位还空着一大半。

学校的放映厅票上不写座位号，爱坐哪儿坐哪儿。见最中间的座位已经有人了，许熙然拽着方默往最后一排走。这样待会儿聊聊天玩玩手机也不会影响到别人。

影片尚未开始，灯光明亮。他俩刚走到倒数第二排，许熙然随意在座位上扫了一眼，竟看到了一个熟人。

而那人的视线似乎早就落在他们身上了。

"……徐教授？"方默有些惊讶地喊道。

气氛着实有些尴尬。

徐教授比两位年轻人淡定许多。见他们也注意到了自己，便笑着点了点头。

方默立刻又重新打了一次招呼："徐教授您好！"

许熙然也提起嘴角挤了一个笑容，接着赶紧拉着方默往后走。

偏偏徐教授主动搭话。他坐在倒数第二排略微靠右的位置，距离许熙然和方默稍许有些距离，一开口，整个观影厅都能听见。

"你们也对这类片子感兴趣啊？"他笑着问道。

许熙然点点头，随口应道："随便看看。"

"挺好，"徐教授说完伸手指了指身边的位置，"来这儿坐吧。"

两人顿时就僵了。

谁会想在娱乐时间跟不熟悉的老师凑在一块儿呢？方默和许熙然对视一眼，没动弹。

"怎么？"见他俩站着不动，徐教授面露疑惑。

许熙然短暂迟疑后，把视线微微挪了些许，停驻在了紧挨着坐在徐教授左侧的人身上。那是一个看起来同他俩差不多大的男生，应该也是这儿的学生，眉眼端正，长得算是不赖。

"我们还是去后面坐吧。"许熙然冲着徐教授笑了笑，也不给理由，拉着方默走到了最后一排，坐在了靠左的位置。

刚一落座，还未好好舒一口气，徐教授竟站了起来。他一路向外缓慢挪动，经过许熙然和方默跟前时突兀地停下了脚步，然后俯过身来。

两个年轻人被这番举动惊到，都僵硬着瞪大了眼睛一动不动地看着他。

方默眨巴了两下眼睛，缓缓移开了视线。

徐教授没说什么，只是又冲着他俩笑了笑，接着便重新站直了身子，向盥洗室的方向走去。

"他什么意思啊？"许熙然还是没反应过来。

"不知道啊……"方默不看他，视线飘来飘去。

方默也笑了起来。他意义不明地点了点头，然后说道："行吧，习惯他的行事风格就好。"

电影比想象中更无聊。

大量的长镜头，稀少的台词，配合节奏舒缓的音乐，使人昏昏欲睡。画面确实很美，主角一身红衣骑着马，缓缓地从一片金黄色的树林间走过，每一帧单独截出来都像一幅画。但这个没有任何台词的镜头，居然持续了两分钟之久。令人完全无法集中注意力。

许熙然觉得自己可能缺乏一点艺术细胞。看不进电影，他随意瞟了几眼前方的观众席。不远处能隐约看到徐教授和他旁边那男生的轮廓。徐教授抬着一只手，点着屏幕，微微向侧面倾身，似乎是在小声地说着什么。男生频频点头，偶尔开口回应几句。这两人的模样看起来，倒像是真的在鉴赏这部艺术片。

"你困不困？"许熙然微微斜过身子问方默。

没回应。

他刚想转头，肩上一沉。方默竟已睡着了，还睡熟了。

许熙然原本想跟他说，这也太没意思了不然我们开溜吧，有这点时间还不如出去吃碗牛肉面。但现在，不方便了。

他保持着上身不动的姿势，小心地低头，看向依靠在他肩膀上那人的侧脸。

荧幕上画面色调很亮，清晰映照出了方默的面部轮廓。他原本就白皙的皮肤被打上了一层朦胧的光。

许熙然重新看向前方，很快打了个哈欠。他揉了揉眼睛，决定放弃抵抗，也靠在了方默的身上。

他们就这么睡到了电影结束，最终是被人叫醒的。

许熙然迷迷糊糊地睁开眼，面前站着的是一脸哭笑不得的徐教授。还没等他回过神志，肩膀上突然一轻。

方默猛地坐直了身子，接着惊慌失措地用力抹了一把嘴角。

"人都走光啦，"徐教授看着他们，"别睡了，再不走要影响工作人员打扫了。"

许熙然的肩膀上湿了一块。

他原本是觉得肩膀酸痛，想要按着舒展一下。手掌才刚搭上去，突然觉得不对劲。他皱着眉头看了看自己微微泛潮的手心，接着十分唾弃地瞥了眼方默。

"你好恶心啊！"他说。

方默不看他，继续抹嘴。

"你看看，颜色深了一大块，"许熙然故意往他跟前凑，逼着他看向自己被打湿的肩膀，"你到底流了多少口水，渴不渴啊？"

"你好烦，我又不是故意的！"方默推他。

"我不管，是你弄脏的，你帮我洗干净，"许熙然不依不饶，"等我晚上洗完澡把它换下来就送到你寝室去。"

"谁理你啊，"方默明显在忍着笑，"难道我不流口水，你今天这件衣服穿完就不洗了吗？"

"反正现在是你弄脏的，"许熙然见他做了坏事还不乖乖认屃，心里突然就涌上了些恶趣味，"帮我洗个衣服怎么了。"

"为什么要洗衣服？"方默说，"我帮你洗衣服，你干吗呢？"

"我给你钱啊。"许熙然说得理所当然。

方默回过身，冲他伸出手，手心向上："哦，那钱呢？"

　　"没有。"

　　说着，他有些感慨起来，还叹了口气："唉，我突然觉得我找不到对象了。"

　　方默看了他一眼，似乎是想说些什么，但最终忍回去了。

　　"现实中的女孩子要是能像游戏里一样就好了，"许熙然说，"可爱，对话有选项，错了还可以读档。"

　　"其实……"方默说，"干吗非要给自己添麻烦，现在这样轻轻松松的，不开心吗？再说了，你都有小遥了，还想花心啊？"

　　许熙然笑着摇了摇头："那又不是真的。"

　　方默瞥他一眼："你居然也有那么清醒的时候？"

　　许熙然耸了耸肩，不置可否。又走了两步，他像是想到了什么，再次笑了起来："那这样吧。等到了三十岁，再说吧。"

　　方默的脚步顿了一下。

　　"不行，三十岁太早了。男人三十一枝花，还是等三十五岁吧。"许熙然说着还点了点头。

　　"谁要和你一起单身，"方默快步往前走，"我又没那么傻。"

　　"说不定到时候你就同意我的提议了呢。"许熙然乐颠颠地跟上去。

　　方默回头，十分严肃地对他说道："恶心，我才不要同意！"

　　让方默帮自己洗衣服这种话当然只是开玩笑的。许熙然的卫生习惯要略高于大学男生的平均水平，但也算不上很勤快。学校附近有一家投币的洗衣店，他习惯攒一堆脏衣服定期背过去洗。多这一件少这一件，没什么差别。

　　他本以为方默也不会往心里去。

　　没想到几个小时后，方默敲响了他的寝室门，问他怎么还没洗澡，要他赶紧把衣服换下来。

　　许熙然有点蒙："你要干吗？"

　　"给你洗啊，"方默说，"快点，我就在这里等你。"

　　他说这话的时候站在走廊里，没进门，自然也意识不到寝室里除了许熙然外还有其他人。

感受到背后投注而来的复杂目光，许熙然尴尬极了："不用，我开玩笑的。我自己洗就行了。"

方默却是不领情："别废话，现在就脱了。省得你以后总拿这件事出来嘲笑我。"

"我是这种人吗？"许熙然不承认。

方默点头："你是。"

他说完，又一次伸出手："快点。你不是肩膀疼吗，脱下来我帮你洗。"

许熙然微微有些惊讶。难怪那么执着要帮着洗，原来还在担心他的肩膀被压了太久难受，动起来不方便。

"不影响，我都用小南门外面那家投币洗衣店，"许熙然说，"推荐你也去试一试，比自己动手轻松多了。"

方默把手又抬高了一点："那你现在投币给我。"

许熙然没辙了。反正这季节衣服也不厚重，洗起来不算太费事。他当着方默的面，把上衣脱了下来。

"喏，"他把团成一团的衣服递过去，"那你可洗干净点啊。"

方默伸手接过衣服，就朝着走廊另一端楼梯的方向跑去。

许熙然不明所以。他还赤着上身，想赶紧顺道把澡洗了，才刚转身进屋，却见三个舍友的视线全定在他身上。

其中个别人的表情看起来隐隐有几分羡慕。

"真好，"那人说，"我女朋友从来没给我洗过衣服，更别说兄弟了。"

另一人哈哈大笑："你那女朋友，没让你帮她洗就不错了吧！"

许熙然僵硬开口："不是，他把我衣服……算了。"

他把我衣服弄脏了。可为什么会弄脏呢，因为他和我一起去看电影，靠在我的肩膀上睡着了，流了一摊口水，又担心我肩膀不舒服自己没法洗。

似乎解释了以后反而显得问题更大。

许熙然决定无视他们，赶紧去洗澡。才刚走到柜子前打算拿上换洗，隐约听到门外远处传来一声惊呼。离得不近，声音也不大，却让他有些在意。

因为听着，像是方默的声音。

宿舍楼里都是男生，光着膀子走来走去也不突兀。许熙然赶紧跑出去往声音传来的楼梯方向看了一眼。视线中空无一人，他略一迟疑，又一路小跑过去。

待走到楼梯口往下一看，方默正坐在拐角处的台阶上发呆。

"你怎么了？"许熙然问。

方默转过头来。他的脸皱着，一副可怜样："你快过来，扶我一把。"

他在说话的同时，手还捂着右脚脚踝。看来他是下楼梯时不小心摔了一跤，把脚崴了。

许熙然赶紧跑过去，却没立刻伸手扶。他在方默跟前蹲下，低着头看向他的脚踝，问道："很痛？"

方默点了点头："有点儿。"

"让我看看。"

他说着伸出手，慢慢地卷起了方默的裤管，又小心翼翼地把他的袜子往下拉了一小截，露出了他光裸的脚踝。

方默的手僵在半空中，不敢动，说话时语气忐忑："没肿吧？"

许熙然换着角度来回看了会儿："现在看起来还好，有点红。完全动不了吗？"

"能动，但一动就痛。"方默说。

许熙然想了想，伸出手来："我先扶你回寝室吧。"

才刚下了两格台阶，方默的脸就红透了。

看他一副憋得慌的模样，许熙然很紧张："很痛啊？要不要我背你？"

他们现在的移动方式，是方默左手手臂钩着许熙然的脖子，右手扶着楼梯栏杆，许熙然一只手抓着他的左手臂另一只手扶着他的腰帮他保持平衡，让他一格一格单脚往下跳。

总觉得怪危险的。

"不用，"方默摇头，并不看他，"就这样吧，我可以的。"

于是许熙然只能继续扶着他看他摇摇晃晃一级一级往下跳。

"我的衣服这下更脏了，"他小声对方默抱怨，"刚才是不是有一半被你坐在屁股底下了？"

那件可怜的上衣现在被方默随意地拎在手里，不仅脏，还皱得很。

"你真是烦，"方默认真地看着脚下的台阶，"我买件新的给你行了吧？"

"这可是你说的，"许熙然故意不跟他客气，"到时候能自己挑吗？"

"不能，"方默跳下了最后一级台阶，"给啥穿啥，爱要不要。"

之后平坦的走道移动起来就方便多了。

许熙然扶着方默一路走到了三〇一门口，要想转动门把手，被方默一把拉住了。

他皱着眉头，抬起手小声问道："虽然脏是脏了一点……但你要不还是先……"

"啊？"许熙然一时不解。

不等方默解释，面前的寝室门居然自动打开了。

门里的人原本想要往外走，猛然间见着他俩，非常明显地吃了一惊。

"你们在干吗？！"他瞪大了眼睛问门外的两人。

"先让一让，"许熙然冲着方默的舍友说道，"方默脚崴了，我扶他进去。"

对方立刻侧身让出了一条通道。

等许熙然把方默安置在了椅子上，才刚站直身子，发现寝室里其余三人的视线居然全都黏在他的身上。

这很奇怪。他们的舍友方默崴了脚，怎么也该关心一下吧，为何都一声不吭的还盯着他这个发扬风格的好心人看？

"他这是……在哪儿摔的呀？"方才开门的人问道。

"楼梯上，"许熙然说，"就是三楼和四楼之间的那个楼梯拐角。你们有没有什么……"

他原本想说，你们有没有什么冰点儿的东西能先让他敷一敷，声音却逐渐小了下去。

那些人依旧盯着他看，表情一个比一个古怪。面对这三人一言难尽的视线，许熙然刚要开口询问，猛地回过神来发现了问题所在。

他的上半身还光着。那件脏衣服现在乱糟糟一团，依旧被方默拽在手里。方才没留意，此刻凝神一看，估计是方默摔倒时压到了衣角又因为惯性用力扯了一把，居然撕出了一个不大不小的口子。

"楼梯？在楼梯拐角？为什么会在那里摔倒？你怎么也在？"舍友一脸难以置信。

"不是，我……"许熙然痛苦，"他摔的时候我不在，我就是听见声音了……"

显然没人信他。就连刘小畅，脸上都写着不可思议。

他上下打量了许熙然一圈，试探性地问道："你为了扶他，特地把衣服给撕啦？"

"我……"许熙然卡壳了。

没辙了，解释不清了。

他低头看了方默一眼。方默面红耳赤，看着地面一声不吭。

"……你们有什么温度比较低的东西吗，"许熙然干脆放弃了解释，选择处理更急的事，"让他敷一敷。"

刘小畅从床上跳下来："我去用毛巾接点冷水吧。"

这是个应急的办法，但许熙然还是不怎么放心。他想了想，微微俯下身对方默说道："我去楼下小卖部看看，你等我一会儿。"

下楼前，许熙然先冲回寝室穿上了衣服。

他在住宿区外的小超市买了几根冰棍儿，提着回了三〇一。推开房门时，方默的舍友们正围在他身边，小声讨论着什么。

"我买了冰棍，把它包在毛巾里敷吧？"他举着手里的袋子往里走。

方默扭到的那条腿搁在了另一张椅子上。他正弯着腰，用手固定脚踝处叠起的湿毛巾。

许熙然走到他身边，拿起了那条毛巾，展开后把冰棍连带着包装一起裹了进去。很快，他又发现这样硬邦邦的一坨没法贴合方默的皮肤，敷起来并不方便。短暂思考过后，他再次把冰棍取出来，蹲在地上小心地敲碎了，才重新包进了毛巾里。

等他终于把裹着碎冰块的毛巾敷到了方默的脚踝上，忽然发现整个寝室已经再一次变得静悄悄的。所有人都不吭声，盯着他看。

许熙然声音和肢体都僵硬了："……怎么啦？"

"没，没事，"其中一个舍友有些不自然地转过头，"我刚才帮他看过了，应该就是肌肉拉伤，不是很严重。休息一阵子就好了。"

许熙然闻言松了口气，低下头对方默说道："以后小心一点，知不知道？"

方默的几位舍友全都默默散开，回到了自己的位置，一副无事发生的模样，看起来十分刻意。

许熙然又开始尴尬了。

这些天来，好像他面对方默的每一个无意识且无特殊用意的举动，都会被人过度解读。可惜，他们不问，他连解释的机会都没有。再转念一想，又觉得可能事到如今他再解释也不会有用了。

"你先敷着吧，"他对方默说，"要是没见好，或者自己一个人进出不方便，就给我打电话。"

方默点了点头。

许熙然觉得自己该走了，可偏偏又不放心，迟疑了片刻后没话找话："你澡洗了吗？待会一个人能洗吗？"

他刚说完，立刻就感受到了背后投来的数道视线。

"不是，那个……"方默的一个舍友语气纠结，"好歹也是公共场合，大家互相体谅一下行不行？能不能稍微……"

许熙然哭笑不得："我只是怕他脚不方便，不然你陪他洗也行啊？"

"不不不不，"对方连连摆手，"我没这个意思，你别误会，你放心。"

"我洗过了！"方默大声打断。

等许熙然再次低头看，他抬手在许熙然身上用力拍了一下："行了你快回去吧。"

等许熙然终于回到寝室洗过澡，时间已经不早了。

手机上有一条方默发来的消息。

"今天对不起，谢谢你。"

许熙然愣了一下，笑了。方默最近已经很少在他面前这么客套了，现在说这些，肯定是因为心里实在过意不去。

这种时刻应该安抚，可许熙然却偏偏克制不住想要逗逗他。

"哪些事谢谢我？哪些事跟我说对不起？"

他发完以后没多久，对话框上方就跳出了正在输入的字样。许熙然躺在床上，十分耐心且面带笑容地看着那行提示跳啊跳。

方默持续输入了可能有两三分钟，期间那行提示时不时消失一会儿又再次出现。许熙然忍不住脑补方默对着手机认真斟酌语句的模样，为此愈发想笑。

没想到，等对话框里终于有新消息出现，居然只有短短六个字。

"不知道就算了。"

许熙然皱着眉头盯着那几个字看了一会儿，回复道："你是不是一只手捂着毛巾单手打字不方便？"

不然六个字怎么能折腾那么长时间。

想了想，他又补了一句："你可以发语音啊。"

方默没声儿了，连正在输入的提示都没了，表情包都不回他一个。

半小时以后，许熙然在临睡前又给方默发了消息，关心他的情况。

"消肿了吗？"

这次回应来得很快。方默给他发了一张脚踝的照片。许熙然看了一眼，脑中不由自主跳出了四个字。

白里透红。

方默皮肤本来白，这地方平日里又极少见光，如今微微有些肿起，局部带上了不自然的红色。他最近面颊上也时常出现这样的配色。相比照片里微微显得有些鼓胀的脚踝，他的面孔清瘦，稍许染了颜色后的模样相当可爱。

正胡思乱想，方默又发来了一条消息。

"还有点肿，一动就痛。"

"那就老实一点，别乱动。你明天有课吗？"

许熙然按下发送，想了想，又补了一句。

"你怎么打字变快了？拍完照赶紧再敷回去。"

发送过去以后，又担心没说全，他再次补充。

"冰棍是不是已经全都化了？还要再去买点吗？"

但这个时间，早就过了宿舍的门禁了。学校里也没有二十四小时的便利店，要出去买还挺麻烦。

方默又开始了漫长的正在输入中。

许熙然耐着性子，等了许久，最终出现在屏幕上的话语还是寥寥数字。

"太晚了吧。"

许熙然，回复道："怕麻烦我？"

方默回了两条。

"……"

"晚安。"

✦ · Chapter 14 · ✦

在发送过"晚安"之后，方默没有睡着。

他心烦意乱无法入眠，却又连辗转反侧都做不到，只能僵直着身子躺着发呆。

方默有一点点娇气，怕痛。脚踝还肿着，不敢乱动。

好在肿得并不厉害，许熙然及时买的冰棍很有用。只是几个小时过去，已经全化了。他没敢跟许熙然提，怕他担心，会想溜出去再买些回来，那没必要。

但许熙然问他疼不疼，他还是立刻承认了。因为真的疼。若是别人问，他或许会逞强，会强装无事。可许熙然问，他就忍不住要诉苦。

那些话说出口，他后知后觉，意识到一件事。

同样是待在一起会开心，相处时轻松自在，许熙然对他而言，和邹瞬不一样。在不知不觉间，他好像变得有些依赖他了。

是不是因为许熙然太温柔了呢？他看起来大大咧咧的，可骨子里细心又体贴，爱照顾人。

他在许熙然面前，做不到像在邹瞬面前那样放飞自我，随心所欲。他总会有一点点端着，想让自己表现得更好一些。

过去，他默认这是出自竞争欲望。

如今回头想想，又意识到不完全是。

哪怕在心中吐槽过一万遍，方默不得不承认，许熙然是一个很有吸引力的、会让人感到舒心的、使人发自内心愿意结交的朋友。他早就在心里默认了他的优秀，故而也不自觉地希望自己也能看起来更出色，能显得与他更为平等。

这些念头，说给邹瞬听，他一定会笑，再次强调方默果然成了许熙然强大同性缘的最好见证者。

方默心想，自己可能已经无法反驳。

就这么发了会儿呆突然听到了敲门声。

那声音不大，但在安静的夜晚依旧显得突兀。他的有两个舍友已经躺在了床上，还有一个依旧在电脑前对着文档奋笔疾书。

听见声音，还没上床的舍友便跑去开门，很快，方默听到了许熙然的声音。

他伸长了脖子想要向外看，可惜脚踝都被扯得有些痛了，什么都没看清。房门只打开了一半，外面的人全被遮住了。不只看不清，声音也模模糊糊，听不清楚。

他的舍友同许熙然小声地说了会儿话，没过多久，独自进屋把门给关上了。许熙然没进来，他回去了。

"怎么啦？"方默小声问道。

他的舍友走到他床边，递给他一个盒子："原来你还醒着啊？"

方默伸手接过，是一盒冰宝宝散热贴。

"那谁特地找人帮你要来的，"舍友说着走回了桌边，"他说不知道管不管用，让你将就着试试。"

方默愣愣地看着那盒已经被打开过的，包装有些陈旧的散热贴，忽然眼眶一热。以为许熙然已经很好了，原来还能更好。

他用力吸了吸鼻子，刚坐起身来想要撕一张好好贴上，发现不远处有人在看他。是斜对面床的刘小畅。

见方默看过来，刘小畅冲他笑了笑，接着便移开了视线，有些夸张地叹了口气。

刘小畅的上铺也没睡，听见了动静后问道："在想什么呢，刘兄？"

"就是觉得吧……"刘小畅说。

他的上铺很配合，问道："觉得什么？"

刘小畅一声长叹："既然没有这样的好兄弟，那我想要个女朋友！"

话音一落，原本还很安静的寝室顿时欢腾了起来。其余两位老兄一位大肆附和，另一位却持不同意见。

附和的那位单身舍友，羡慕不已，呐喊着真想也赶紧找个女朋友，好有人跟他互相关心互相照顾。

反对的那个倒是有女朋友。他说，谈恋爱麻烦事儿很多。

然后他们还演起戏来，热恋中的男女一开始的海誓山盟，到后面的争执。演得有模有样，虽然剧本结局是情侣间的矛盾无法调和谈判破裂，两人分手的结局。演完之后他们得出了一个统一观点：刘小畅这样的想找个对象肯定不难，真是羡煞旁人。

刘小畅躺在床上尬笑："呵呵，呵呵呵呵呵。"

方默全程没吭声。

"我觉得吧，你就是因为身上有地方不舒服，连锁反应，才伤春悲秋，"邹瞬坐在他床边，拍着他的肩膀安慰道，"人生苦短及时行乐，想那么多干吗呢？"

方默幽幽地叹了口气，没回话。

他今天原本有课，但教室离得太远，又要爬五层楼梯，干脆请假了。许熙然一整天都有课，早上走之前特地过来看了他的情况，确认他的脚踝又消肿了不少才放心离开。

邹瞬闲着没事，来送午饭。

宿舍里其他人都不在，他说话便没什么顾忌："你看他那样子，也不像是神经那么纤细那么在乎这些言论的类型嘛。他前阵子不还故意在我面前戏瘾大发吗？"

"也不只是担心这个，"方默垂着视线，心情低落，"我现在有点……"

"什么？"

"惭愧，"方默说，"他对我这么好。"

"哈？"邹瞬震惊，"等等！难道你昨天摔下去的时候撞到头了？"

"我在认真说呢！"方默不满。

"你在逗我，"邹瞬一脸不可思议，"不是我夸大，你差不多是我认识的人当中自我感觉最良好的人了。你现在跟我说这些？"

邹瞬说得也不算错。方默一贯以来确实自信心爆棚，认定自己帅得天上有地下无，不仅外表出众还机智过人，由内而外都在散发魅力。就算是现在，他依旧默认他跟许熙然站在一块儿，自己要更胜一筹。

"他这人好得都有点傻乎乎了，"方默说，"我呢，我还整天背后叨叨他。"

"呃……"邹瞬露出了有些为难的表情，"何必给自己增加心理负担呢。"

方默叹了口气："大概是良知回光返照。"

邹瞬想了会儿，问道："那，现在很简单两个选项。第一，当作无事发生；第二，跟他一刀两断。你选哪个？"

方默一愣。

"你看，答案很明显吧，"邹瞬摊手，"我看你就是在庸人自扰。

方默移开了视线："也是。"

两人又聊了一会儿，有人回来了。

刘小畅一进门，立刻露出了惊讶的表情。邹瞬倒是不见外，主动跟他打了声招呼。

"刘小畅是吧，我听方默提起过，"他的笑容极不真诚，"幸会。"

刘小畅走到他们跟前，伸出手来："你好？"

邹瞬抬手，却只是用手背反手在刘小畅的手背上拍了一下，冲他咧嘴一笑，接着便转身坐下同方默继续聊起了天。

方默下意识地看了一眼。今天邹瞬穿的是一条款式很特别的休闲裤，裤腿宽松，还偏长，并没有像往常那样卷起裤脚，反而连鞋子都盖住了一半。

还有旁人在，许多话说起来不方便。邹瞬又待了没多一会儿，便离开了。

寝室里只剩下方默和刘小畅两个人，气氛变得沉闷了起来。

也不知是不是因为寝室气氛，刘小畅最近看起来没那么神神道道了。想到昨天他在看到自己扭伤后第一时间帮了不少忙，方默对他的戒心降低不少。

当然，也不会主动跟他搭话。

两人各自待在自己的空间里做自己的事，相安无事了片刻后，刘小畅有些刻意地清了清嗓子。

方默抬头看了他一眼。

刘小畅明显地犹豫了一会儿，才说道："我刚才……看到许熙然了。"

"他怎么了？"方默问。

"……和一个女孩子在一起。"刘小畅继续说道。

方默微微皱起了眉头："什么意思?"

刘小畅的表情略显为难："看起来……好像挺亲密的。"

方默没应声。宿舍里一片安静,他和刘小畅互相看着对方,表情都不怎么自然。

"你和我说这个干吗?"方默问。

"不想听就算了。"刘小畅叹了口气,转身不再面对他。

"等等,"方默追问,"有多亲密啊?"

"反正……不是正常男女之间该有的距离吧。"刘小畅说。

方默飞快地在大脑中过滤一遍,印象中许熙然身边没什么可能跟他显得过度亲密的女孩子。

他又问道:"那姑娘长什么样?"

"长头发的,"刘小畅回忆了起来,"眼睛大大的,挺好看的。"

"……"

"一脸笑嘻嘻地抱着许熙然的胳膊,特别亲密。"刘小畅一脸担忧地看着他。

方默回过神来了。这人不是在跟他八卦,而是通风报信。

此时此刻,也不知是不是个解释的好时机。

大约是见他表情纠结,刘小畅补充道:"可能也是亲戚?"

刚要开口追问,寝室门就被敲响了。方默行动不便,刘小畅主动跑去开门。

"怎么样,还是不能走动吗,"许熙然大步走了进来,"消肿了没?"

方默盯着他的脸看了看,低下了头:"不能走。痛。"

方默没穿袜子,下身穿着的是一条宽松的运动裤。许熙然走到他跟前,用手撩起他的裤管,认真看向他的脚踝。

"不怎么肿了嘛,"他说着把手搭了上去,"这样碰会痛吗?"

方默下意识把脚往后一缩,立刻因为动作幅度过所大引起的疼痛直抽气。

"你干吗呀,很痛啊?"许熙然哭笑不得地看着他。

"……没有,怕痒。"方默说着依旧躲躲闪闪。

许熙然松了口气:"吓我一跳。"

方默刚想再说些什么，刘小畅站起了身，一言不发地出去了。等房门被关上，方默才后知后觉，这家伙误会了。他大概以为方默不给碰是因为生气，所以想给他们俩一点独处的空间。

当然，也有可能他只是单纯不想看吵架。

许熙然对刘小畅的举动全然不在意。他坐在了方默旁边，笑嘻嘻说道："原来你怕痒啊？"

他一脸跃跃欲试，说完后还抬起手来，视线定在方默的脸上，往手心里吹了口气。方默顿时紧张，整个身子向后闪躲。

许熙然见状不知为何十分得意，大笑着把手放下了："先放你一马，等你脚好了再说。"

"无聊，"方默嘀咕完毕，想起了方才刘小畅提起的事儿，想要试探："你的脸怎么这么红啊？"

"红吗？"许熙然退了回去，歪着头想了会，"可能是因为我急着回来，上楼跑得太快了吧。"

他现在看起来没什么别的要紧事，那急着回来就只有一个理由了。

毕竟，他们感情好，在乎对方，就不能太自私。

可许熙然瞒着不说，就有点不够朋友了。

方默不自觉沉下了脸。

"你干吗呀，有心事？"许熙然疑惑地看着他，"不吭声还表情变个不停的，想什么呢？"

"一直待在寝室有点难受。"方默随口胡扯。

你有对象了怎么能不告诉我呢，这种话，他说不出口。

"那也没办法呀，"许熙然安抚他，"多休息才能好得快，好了才能到处跑。你要是无聊，那我明天……哦不对，我明天没空。"

"你课那么满啊？"方默问。

"不是，我明天下午没课，但是我们社团第一次正式排练，我得去帮忙，"许熙然说，"所有人都得到。我已经提前跟邹瞬说过了。"

"所有人？"方默又确认了一次。

"嗯，"许熙然点过了头，突然警觉，"你想见谁？"

"没有啊，随便问问，"方默说，"我想看你们排练，明天我也要去。"

许熙然同性缘好，可日常中异性朋友不多，能接触到的，也就只有他社团里那些女孩子了。若方才与许熙然大庭广众之下表现亲密的女孩就在其中，那明天一定能看出端倪。

许熙然一脸狐疑地看着他。

"我可以的，"方默强调，"现在已经不是很疼了，明天肯定就能下地了，小心一点慢慢走没事的。"

"你真的是对排练感兴趣，还是……"许熙然欲言又止。

"还是什么？"

许熙然摇了摇头："没什么。"

他明显是藏了话的。

方默抄起一边的枕头："你说不说！"

"别闹，"许熙然笑着伸手阻止，"你还残废着呢，少折腾了！"

"你才残废！"方默高举枕头作势要揍他。

许熙然见状赶紧起身，随手拎起了隔壁床的枕头迎战。

两人像小孩子似的互相砸了几下，空气中灰尘乱舞，方默边笑边抽了口气，鼻子不合时宜痒了起来。

见他突兀地停下了动作还眯起眼仰起头瞪大了眼睛看向天花板，许熙然不明所以。

"怎么了呀，不舒服？"他放下枕头，走到方默跟前，低下头看他的脸，"你没事儿吧？"

"不是，我……我……"喷嚏打不出来，方默憋得眼眶都湿了。

就在此时，寝室门突然打开了一条缝。

门外刘小畅警惕地向里张望了一眼，与泪眼汪汪的方默对视一秒后，飞快地再次把门给关严实了。

又过了一天，方默的脚踝从外表已经完全看不出异状。他试着转动了一下，幅度小时微微有些牵扯感，动作角度大了才会感到酸痛。下地走了两步，问题不大。

排练需要场地空旷，这一次许熙然他们社团的集合点不在活动室。许熙然本人不怎么愿意他过去，配合度低下，交代得含含糊糊。好在，方默还有邹瞬这个内应，所以顺利得知了目标地方位，离得还挺近。

等他慢悠悠走到了那个舞蹈房，排练已经开始了。参演人员没做造型，穿着都很日常。大家按照指挥依次在场中间走来走去，似乎是在记队形。

方默在一旁围观了一会儿，看不出什么门道。人比想象中要更多一些，只凭他们日常的模样也完全猜不到究竟谁是谁的扮演者。方默一眼就在其中找到了邹瞬，至于其他人，都挺陌生的。

和许熙然有暧昧的女生到底是谁呢？方默一一扫视，可爱漂亮的还不少，难以确定。

又仔细看了一圈，他终于意识到了自己的思维有盲区。

因为他见到了一张熟悉的面孔。大眼睛，可爱又漂亮，表情动作略显浮夸。只看外表，完全是个甜甜的美少女。

可方默知道，那个人是许熙然的表妹。

方默愣了会儿，低下头，笑了。

他想，他应该是猜到了事情的真相。

宅男许熙然依旧没有女朋友。

许熙然不参与表演，此时正站在一边举着手持式摄像机认真地录影。方默悄悄地走到他的身边，缓缓靠近，猛地向他吹了口气。

摄像机的预览画面顿时一抖。

许熙然惊诧地回过头。看清了方默和他那满脸得意的小表情后，哭笑不得地摇了摇头，继续认真摄影。

现在说话，会被录下来的。不方便开口。

一个导演模样的女生站在众人前方双手举过头用力拍了拍："好了，大致就是这样。现在大家休息五分钟，待会儿我不提醒了，再重新走一遍，OK吧？"

众人立刻一哄而散。

"你自己走过来的?"许熙然关闭了摄像机后问道,"脚还好吧?"

"没事啊,挺好的。"方默在回话的同时,视线还落在那个男生的身上。

对方走到了排练房的边缘,正坐在地上跟几个女生聊天。

许熙然顺着他的视线看了看,抬手就在他脑门上弹了一下。

"你到底来干吗的?"他问。

方默还没来得及应声,突然被面前的画面惊到了。

一个男生伸手搂住了他身侧的另一个女生,还在对方的脸颊上亲了一口。

"他们在做什么?"方默眼睛瞪得老大。

在他问话的同时,被亲的女生笑意满满转过头来,两人又飞快地嘴对嘴碰了一下。气氛甜蜜,看似无比和谐,却又好像不太对劲。

"那他们是男女朋友啊,"许熙然一脸无语,语气间还带着几分嫌弃,"都说了,别想太多。"

"……"

见方默目瞪口呆,许熙然竟很快乐:"怎么啦?很羡慕吧!"

✦ · Chapter 15 · ✦

邹瞬当然也有注意到方默。

在排练结束前，方默收到了他发来的消息，问方不方便过来。

方默斟酌了一会儿，让邹瞬别来凑热闹了，省的两个人一起疑人偷斧又搞得鸡飞狗跳，他夹在中间尴尬难做人。

邹瞬很配合，强行装作没看见他，结束后立刻开溜了。

方默又陪着许熙然待了一会儿，看着他做了大堆的善后工作。有几个女生商量着一起去吃晚饭，问许熙然要不要来。

许熙然毫不犹豫地拒绝了，理由是"方默的脚不方便"。

方默的脚不方便，怕他走太远会累，但又不能丢下他自己去，因为不送他回到寝室放心不下。

那些女生闻言纷纷露出了一副"我们懂"的表情，离开前还冲着许熙然做鬼脸。方默猜想她们一定在暗示什么，因为许熙然的表情看起来尴尬又无奈，一副非常头痛的样子。

"她们到底什么意思？"方默问。

许熙然抬头冲他苦笑："就，围观。"

"……"

刚才确实有人过来打趣，问他脚疼还特地过来围观是怎么回事。方默有过许多被女生主动示好搭讪的经验，但这一次感觉却截然不同。那些女生语气笑容都让他心里毛毛的。

一直到许熙然全部搞定，和剩余几个社友纷纷道别，方默还魂不守舍。

许熙然顺利反将一军把方默说得哑口无言，十分得意，出门时还哼起了歌。

两人走到台阶前，方默刚要下，许熙然伸出手："能走吗，要扶吗？"

当然要。来时坚强独自爬上楼梯的方默顿时腿脚不便，扶着许熙然的手臂还把身上的重量往他身上压。

许熙然摇头叹气："你看看，还说已经好了。特地跑过来凑热闹，有意思吗？"

方默无奈，"我来当然是因为你啊。"

这可是大实话，他是为了找许熙然的绯闻女友才来的嘛。

许熙然果然误会，很不好意思，不说话了。

舞蹈房在二楼，只有一层台阶要下，走得再小心翼翼也花不了多少时间。重新来到平地后，许熙然立刻松开了扶着方默的手。

"平地能自己走吧？"他问。

方默点头："嗯。"

为了配合他的速度，许熙然把脚步放得极慢。两人肩并肩缓缓移动，像是正在散步。

"我有点饿了，"方默说，"要不要去吃点什么？"

许熙然有些为难："走过去？"

距离这儿最近的可以吃饭的地方是学校食堂，正常步行速度要不了几分钟。可方默如今的状态，却有些勉强了。

"我先送你回去，然后再去买点吃的带回来吧，"许熙然说，"你先告诉我想吃什么。"

方默低着头想了一会儿，没说话，却叹了口气。

"干吗呀？"许熙然不解。

"替你可惜，"方默说，"要是有个姑娘愿意做你女朋友，肯定幸福得要死。"

"……"

方默偷偷瞄了许熙然一眼，接着又说道："我想喝奶茶。"

"巧了，"许熙然笑眯眯伸手掏口袋，"我今天出门的时候特地把集点卡给……咦？"

他的笑容瞬间僵硬。

方默眼看着他把兜里的学生证翻出来，来来回回仔仔细细检查了好多遍后表情逐渐慌张。许熙然明显把学生证当作卡片包在用，里面夹着银行卡和身份证。

方默猜测，本来还有一张已经盖了不少章的集点卡。

"怎么不见了？"许熙然喃喃道。

"你先别急，"方默安慰他，"说不定是记错了，根本没带出来呢。"

接下来的路程，许熙然归心似箭，偏偏又不能丢下缓慢移动的方默不管，于是不断原地踏步。

"要不你先回去吧，我慢慢走呗。"方默说。

"不急，"许熙然摇头，"要是真的忘带了，东西在那儿又不会消失，早回去晚回去没区别。"

他嘴上这么说，步子却是依旧显得焦虑无比。

方默也不知该说什么才好，只能努力加快步伐，可许熙然却又不满意了。

"真的不急的，你慢慢走。"他说。

方默在心中暗暗叹气。

才又移动了不到十米，许熙然突然说道："不然我背你吧？"

他说完，四处张望了一圈，接着伸手指了指不远处低矮的花坛边缘。

"你站这边缘，然后趴我背上。"他说。

这是许熙然第二次做出这种提议了。

"我不要！"方默后退，"这太……"

丢人。

许熙然完全不容他置喙，快步走到花坛前，背过身摆好了姿势，还催促了起来："快点！"

"……你不是不急吗！"方默挣扎。

"我胡说的，我急得要死，"许熙然对着他猛招手，"快来，我背你回去。"

方默脸都红了："那你自己走啊！"

"我怎么可能丢下你一个人啊。"许熙然说。

他俩站在路边，动作奇怪还大声嚷嚷，难免引人注目。来来往往不少行人纷纷侧目。

"你看，都在看我们了，丢不丢人？"许熙然倒打一耙，"别磨蹭了。"

"只有你在丢人。"方默低着头，陷入纠结。

"快快快，矫情什么呢？"许熙然着急，"这点时间都够我跑到宿舍楼下了，过来。"

方默磨磨蹭蹭，挪到花坛边，在许熙然的搀扶下跨上了台阶，然后面对许熙然的背脊深吸了一口气，小心翼翼地趴了上去。

许熙然双手扣在他的膝盖弯，又把他整个向上颠了颠，然后笑着说了一句："还挺沉。"

接着，他不等方默开口，便快速地向着宿舍的方向小跑了起来。

"觉得不好意思就把头低下呗，"许熙然说，"再拐个弯就到了。"

方默乖乖地把头低下。

许熙然的脖子向着另一边微微偏转："你这样我很痒啊！"

"……你自己要背我的。"方默说。

一路上有许多人投来好奇的目光。方默掩耳盗铃，不去看，就当不存在。

他的脑子里乱糟糟的。比起丢人或者羞耻，他胸中更多的，一种最单纯的快乐。

多有趣，他们仿佛最亲密无间的两个小朋友。

他想，认识许熙然真是一件幸运的事，然后又想，有没有什么事是他可以为许熙然做的。

耳边风声呼呼作响，他开始担心许熙然这么跑下去，会不会太累。

紧接着，许熙然的脚步就停下了。

他们到了。

把方默放下以后，方才健步如飞的许熙然弯下身子，气喘如牛。

"不行了……"他一副累得快要虚脱的模样，双手撑在自己的膝盖上，说话断断续续，"怎么，怎么这么重。"

方默接近一米八的个子，标准体形，背着跑那么长一段，不累才怪。

"……你自己非要背。"方默小声嘟囔。

许熙然低着头笑了起来："你到底有多不好意思。"

方默抿紧了嘴唇，扭头不再看他。

就在此时，远处有一个陌生的声音高声呼喊他的名字。

"方默？是方默对吗？"

方默回过神来，转身向着声音传来的方向张望。很快，他的视线中出现了一个并不算太熟悉的身影，却惊得他立刻瞪大了眼睛。

竟是那个一度让邹瞬苦恼，最近却已不再听邹瞬提起的咖啡店老板。

方默与此人不过一面之缘，连自我介绍都不曾完整做过。他能叫出方默的名字，无疑是邹瞬私下告诉的。

此刻他会出现在这个地方，肯定也是跟邹瞬有关。

可自从邹瞬停止打工，已经好些天没有提起过这个人了。方默为了照顾他的情绪也从不主动问，只当两人已经疏远。

难道他俩还有联系，还约了见面？那为什么邹瞬现在没提起过他？

方默满心疑惑堆在了脸上，对方见状冲他笑了笑，然后说道："你应该还记得我吧？"

他的笑容并不自然，多少带着几分勉强的意味。

方默心中古怪，说话时也犹犹豫豫："记得，你是那个……那个……"

"上次太匆忙了，没机会做自我介绍。我姓贺，贺丞逸。"对方伸手翻了一下口袋，接着苦笑着摇了摇头，"抱歉，今天出门急了，没带名片。"

贺丞逸说话语速不疾不徐，语调沉稳且柔和，嗓音浑厚，同他对话有一种奇特的舒适感。方默暗自感慨，也难怪邹瞬如此崇拜他。

他再次冲着对方点头："你好。你今天过来是为了……"

贺丞逸又冲着他浅浅地笑了笑，问道："邹瞬他最近还好吧？"

"他……"方默陷入了迟疑，片刻后决定先弄清楚对方来意，"你是来找他的吗？为什么不给他打个电话？"

贺丞逸闻言垂下视线，缓缓地点了点头："其实没什么要紧事，只是顺道过来看看。就先不打扰你了。"

他说完冲着方默微笑示意，便要转身离开。方默茫然了半秒，伸出手一把拉住了他。

"你等等，你到底是不是来找邹瞬的？"他大声问道。

贺丞逸没料到方默会有这样的举动，一时间显得有些讶异。但很快，他又重新调整出了一副镇定且沉稳的面容，说道："我最近联系不上他。"

"……"方默立刻松开了手，"啊，这样啊。"

"所以……有些担心，"贺丞逸继续说道，"我和他没有共同的朋友，打听不到消息，只能过来看看碰碰运气。"

"他……他挺好的，没事。"方默说。

"嗯，我知道了，"贺丞逸点头，"没事就好。"

他说完，又对着方默再次道了别，转身想要离开。方默忍不住继续追问："你不去见见他吗？"

贺丞逸迟疑了片刻后，摇了摇头。

"不打扰了吧。"他说。

Chapter 16

等他终于走远，方才一直安静站在一边的许熙然终于开口："这人是谁啊？"

"应该算是邹瞬的……偶像？"方默说得并不确定。

许熙然第一次听说，还挺感兴趣："偶像？他是做什么的。"

"开咖啡店的，"方默说，"邹瞬以前在他的店里打工。"

许熙然微微惊讶："他崇拜一个开咖啡店的？"

咖啡店老板听起来当然不丢人，可也显不出优秀，听起来没什么闪光点。

"很普通对吧！"方默强调，"邹瞬觉得他厉害得不得了！"

"……帅吗？"方默皱眉。

在他看来，贺丞逸五官虽无硬伤但也称不上出众，个子不矮可也不高挑，整个人中规中矩平平无奇，只有声音听着还算不错。

"挺有气质的，"许熙然说，"那个词怎么说的来着……风度翩翩，一种成熟男人的感觉。"

看他的神情语气，竟透露出一丝向往。

方默惊诧不已："你也迷上啦？"

"神经，"许熙然一副受不了他的表情，"我只是客观评价一下好吧。要是我再过十几二十年也能是这种感觉就好了，又成熟又稳重。"

"听你们刚才说的话……明显不对劲吧……"他抱着胸单手扶着下巴，一副正在积极思考的模样，"邹瞬要是真的崇拜他，还会故意不理他？"

"呃……"方默也不知要如何解释了，"事情有点复杂。"

许熙然饶有兴致："说说看？"

方默为难了。

梳理一下的话，大概就是单方面崇拜老板的邹瞬逐渐意识到自己被当成一个小屁孩，而且还是那种有点麻烦的并不想抽时间应付的小屁孩，受伤害了。

这些心事，邹瞬愿意同他分享，不见得乐意他告诉别人。在得到邹瞬本人的同意前，不方便多说。

"总之，我刚才不是说了吗，是之前的偶像，"方默摊手，"脱粉了呗。"

"为什么呀？"许熙然追问。

"因为……因为接触多了，发现也就那样？"

许熙然双手抱着胸，微微歪过头去，陷入了沉思中。

"怎么了？"方默不解。

"肯定另有内情。"许熙然一脸严肃。

方默无语，想了会儿，又说道："因为这个老板突然把店关了，不开了。邹瞬感到很失望，就对他没那么崇拜了，好像还把他的联络方式给删了。"

贺丞逸连续放了邹瞬几次鸽子以后，还未实现承诺，便歇业回老家去了。邹瞬是前阵子特地去店里探望时才发现的。

邹瞬向他诉苦时说，感到很失落，有一种被背叛的感觉。"那他为什么要来找邹瞬呢？"许熙然问。

"……我也想知道。"

这句是大实话。

许熙然摸了摸下巴："首先，以他们的年龄、气质和身份的差异，很难结下什么深厚友谊吧？"

方默略一迟疑，小幅度点了点头。

从邹瞬嘴里听来，贺丞逸虽一贯对他温柔友善、颇为关心，但两人私交并不频繁。

"发现自己被删除好友，特地跑一趟，确定了对方一切平安后立刻离开，"许熙然问，"这说明什么？"

方默心里顿时挑出了些难以言喻的东西。

"第一，他们之间的关系不像是你说的那么简单。"许熙然竖起一根手指。

方默把他的手拍走，问道："还有第二呢？"

"……邹瞬欠他钱了。"许熙然说。

方默蒙了。

"邹瞬会去咖啡店打工，说明缺钱，对吧？这个贺老板看起来人不错，可能把邹瞬当亲弟弟疼爱，看他辛苦不容易，就资助他勤工俭学，"许熙然说得头头是道，"万万没想到，自己刚把店关了，这个还欠他钱的小朋友就拉黑了他的联系方式。他不愿意怀疑邹瞬，还担心邹瞬的情况，所以特地过来关心。发现邹瞬根本没事，意识到了真相，失望了所以离开。"

"不是，"方默一脸无语地看着沉迷推理的许熙然，"知道了真相，不去讨债吗？"

"对他来说只是一些小钱，不想计较吧。"许熙然说。

方默心想，听着居然还挺有道理的。

"但是……这不可能，"他试图挽救邹瞬的形象，"先不说邹瞬根本不是这种人，他也不缺钱啊。"

许熙然右手握成拳往左手心一敲："那就只剩另一种可能性了！"

方默不想吭声了。

会不会是贺老板想通过邹瞬认识其他美女或者是想追邹瞬的妹妹什么的？不愧是对着一集二十分钟的动画片都能扯出四十分钟分析演讲的人物。

"你这思维模式好像有点不对劲。"方默对许熙然说。

"我们学校那么大，他这样漫无目的地跑过来也不确定能见到邹瞬本人，要不是碰巧遇上你，就完全是白跑一趟，"许熙然说，"无论如何，肯定是想跟他见一面的吧？"

虽然所有方默知道正确答案的分析全都错得离谱，可听他有理有据说出这个结论，方默还是感到信服。

所以贺丞逸对邹瞬，应该并不厌烦吧？

方默琢磨了会儿，又说道："也许真的是把他当弟弟吧……如果我和你不是住得那么近，突然有一天你联系不上我了，不会担心然后过来找我吗？"

许熙然愣了一下，认真想了一会儿，才说道："但我不会知道你没事立刻就走吧，怎么说也要见一面，问问你到底怎么回事。"

"就是会来找咯？"方默说，"就算可能白跑一趟也会来找？"

"当然会啊，"许熙然说，"我们什么关系啊，和他们哪能一样。那个男的和邹瞬年纪相差还挺大的吧，会像我们这样聊得来吗？说他们是好兄弟你信吗？"

方默不置可否。

许熙然莫名得意，笑嘻嘻地还想再说些什么，被方默打断了。

"你的集点卡，不赶紧去找找吗？"

许熙然如梦初醒，赶紧往楼梯处跑去。眼见他的身影消失在拐角，方默刚想拿出手机给邹瞬打电话，却见许熙然去而复返。

他快速跑回方默跟前，原地跳跃："快快快，我扶你上楼梯。"

宿舍里有人，说起话来不方便。等许熙然离开后，方默特地拿着手机走到了楼梯拐角，终于能给邹瞬拨电话。

通话很快就接通了。

"怎么啦，居然有空搭理我？"邹瞬的语气明显带着揶揄，"你们没在一起吃晚饭吗？"

"他东西掉了，正在找呢，"方默说，"我问你啊，你最近和你们老板联系过吗？"

电话的那一头变得静悄悄的。

方默刚想把方才发生的事告诉他，却听邹瞬浅浅地叹了口气。他再次开口时，语调平静无波。

"上次不是说了吗，我把他拉黑了，"他说，"感觉好极了，这些天整个人都舒服多了。本来你不提，我都快忘了。"

方默原本想要说出口的话，顿时卡在了嗓子眼里。

许熙然的分析不一定是对的。他还有理有据扯了一通有的没的，全说得头头是道，全都不是真相。

方默会选择相信这一小部分，更多的是出自主观期望，因为那对邹瞬而言是好的。

可若邹瞬已经不想搭理了，还有必要跟他提吗？万一贺丞逸真的只是顺路经过随便看一眼，不见邹瞬只是因为并没有那么在意，那说了岂不是让邹瞬空欢喜。

在他犹豫之际，邹瞬又说道："对了，你之前不是建议我，志同道合的人在网上找更方便吗？"

"有吗？"方默已经不记得了。

"有啊，"邹瞬的语气听着又重新变得欢快了起来，"我最近认识了一个很有意思的人。"

"啊……"方默皱起眉来，"你网恋啦？"

"不是，你想哪儿去了，是个男的，"邹瞬笑道，"单纯很聊得来罢了。他是个非常博学非常优秀的人，不仅懂得多，还很擅长运动，我看过他的照片，八块腹肌，好牛啊。"

方默下意识摸了摸自己的肚子。

"而且，他居然也是这所学校的，这也太有缘分了。发现是校友，我们就决定见个面。"

听他的语调，满是期待。方默终于彻底把话咽了回去。

不管贺丞逸到底在想些什么，对他来说，当然是邹瞬的心情更重要。他开心、有寄托，不空虚，那这些就是没必要重提的旧事了。

"你们什么时候见？"方默问。

"周末，"邹瞬语带感慨，"他说话感觉特有内涵，很成熟，应该是学长吧。"

方默还未回话，楼梯上有人冲了下来。抬头一看，是许熙然。

许熙然一脸崩溃，对着方默哀号："怎么办，找不到了！"

邹瞬一听见电话这头传来许熙然的声音便笑了起来。

"你忙吧，"他说，"晚点再聊。"

还不等方默应声，通话便被切断了。

"仔细找过了，确定哪儿都没有吗？"方默问。

"没有，可能的地方都找过了，"许熙然哭丧着脸，"我都集到十六个点了。"

集点卡一共也就二十个格子。为了能早日换到第二个钥匙扣，这些天方默被迫喝了不少杯那种甜到齁的合作款奶茶。如今听闻前功尽弃，不由得跟着有些悲痛。

"你再想想？你今天白天有把学生证拿出来过吗？"他问。

许熙然回忆了一会儿："中午吃饭的时候拿过一卡通，还有上午请别人喝奶茶的时候拿出来集点了……"

方默关注点开始偏移："你请谁喝奶茶了？"

许熙然对着他叹了口气："请我们校花呀。"

方默记得这姑娘。自从那天一起吃过麻辣烫，两人私底下就再也没有进行过任何交流。方默原本心中颇有几分愧疚，可如今听闻许熙然竟单独请她喝奶茶，顿时又有些不爽。

"你们什么情况啊？"他勉强装出一副关心的模样。

"赔罪啊，"许熙然说，"你那几个舍友嘴巴真不是一般的大。她现在认定了那天我叫她一起去是因为我想找借口跟你吃饭，是在利用她。她找我兴师问罪来了。"

方默呆滞了片刻，才傻傻地说道："……什么意思？"

许熙然说着，又开始唉声叹气："三百二十块钱，就这么没了。"

奶茶二十块钱一杯，许熙然自己从来不喝，到处请客，可以说是买椟还珠的典范。校花以为许熙然那天拉她去吃饭是利用，其实所谓的赔罪请喝奶茶才是真正的利用。

许熙然居心叵测，遭报应了。

"你要不要去奶茶店看看？"方默提议，"也许有人捡到了帮你收着了。"

希望渺茫，许熙然依旧不愿放弃，立刻就打算往外跑。才跨了一步，回来了。

"你晚饭想吃什么，我顺道帮你带回来。"他说。

许熙然最心痛的应该不是那白白花出去的三百二十块钱。愿意花四百块换一个亚克力钥匙扣，一个不够还想要两个，他显然不是个节省的人。从这段时间的相处来看，方默认为许熙然在金钱方面应该还挺宽裕，至少比他宽裕。

方默本身并不拮据。他的父母信奉快乐教育，对他没太高的要求，算不上溺爱但也十分宠爱，零用钱给得相当大方。他那大堆的行头和护肤品，加在一块儿并不便宜。

可比起许熙然的塑料小人，还是小巫见大巫了。

方默只见过其中极少数实物，被许熙然珍藏在寝室的衣柜里，造型精致无比，一看就价格不菲。

其余的许熙然给方默看过照片。他家里有一个玻璃柜子，里面摆的小人造型都很精致，上下三层，满满当当，十分壮观。

方默后来特地查过其中一些的价格，令人咋舌。更可怕的是，许熙然还习惯同一款买两个。一个放在玻璃柜中展示，另一个连包装都不拆开压箱底。

可反观他其他开销，却又实在不像是个富二代。身上除了鞋基本没有牌子货，笔记本电脑不便宜但手机型号却已经挺旧了。

方默偷偷猜测，他家境在普通人中应该算是挺不错的那类。能在一定限度内支撑他的爱好，但也没到能让他随意挥霍的地步。

可有一件事，方默一直想不通。印象中，在开学前好一阵，许熙然就已经待在宿舍了。听他口音大概率是本地人，又已经在这个校区生活了两年，没必要提前过来熟悉环境，为什么不舒舒服服地待在家里呢？

虽然好奇，但关于这类私事，许熙然不主动提，方默也不好意思去问。他怕万一撞上了什么难念的经还一壶不开提哪壶，会惹人不高兴。

家庭背景之类的，若以后这能以另一种关系长久相处，早晚会有所了解。

眼下，方默觉得自己还是更该关心关心许熙然的集点卡。许熙然还没富有到能一口气买二十杯奶茶倒掉不心疼的地步。就算他自己不喝，也总得找个人替他喝下去，舍不得铺张浪费。

方默愿意花钱，也愿意为友情牺牲喝上几杯，但实在做不到一口气消耗那么多。许熙然的集点卡找回来的概率太过渺茫了，集点兑换活动也有时限，估计未来几天得有一番折腾。

方默在宿舍里一边等晚饭一边胡思乱想，宿舍里的另一个人十分不消停地走来走去。

刘小畅时不时地在房间里转两个圈，接着又去盥洗室走两步。可他也不是去上厕所的，进去以后并不关门，就在镜子前来回照，偶尔还会打开水龙头，再出来时头发略微有些湿答答的，明显是用手抓过造型。

方默好奇心重。虽然不怎么喜欢他，却也难免会对他这样反常的举动感到好奇。

他装模作样地看着手机，视线却一直偷偷往刘小畅那儿飘。想开口询问，又觉得拉不下面子，强忍了好一会儿，却见刘小畅再次从盥洗室出来后径直看向了他。

四目相对，方默刚想闪躲，却见对方冲他笑了笑。

这笑容同以往有些不同，竟带着些许羞涩的意味，令方默心中震惊不已。

"咳，"刘小畅轻轻咳嗽了一声，"那个……帮个忙，帮我参考一下行不行？"

方默终于有机会问出口："什么事？"

刘小畅不仅羞涩，甚至有点扭捏。他再次清了清嗓子，然后伸手把头发往后抄了一把，紧张地问道："我这样把头发往后拢，会不会显得更阳刚一点？"

"……"

不，看起来还蛮可爱。

原本略显阴沉的面孔去掉了过长且稍显累赘的刘海后，顿时清爽了起来。刘小畅在说话的同时眨了眨眼，长睫毛忽闪忽闪，还挺可爱的。

但这肯定不是刘小畅想要听到的答案。方默一时动了恻隐之心，没说出口。

刘小畅又重新整理了一下刘海："还是说这样稍微放一点下来比较好？哪种比较有男子气概？"

他把刘海拨乱以后，几缕湿漉漉的发丝散乱地贴在前额，依旧露出大半面孔，一副柔软的模样。

刘小畅的长相，无论发型怎么折腾都跟男子气概扯不上什么关系。

方默看着他的面孔，一阵恍惚，质疑自己这段时间以来的恐慌是否过于可笑。

抛去了恐怖滤镜和那副总是神神道道令人不爽的态度后，这个舍友，看着讨人喜欢了许多。

见他欲言又止神色纠结，刘小畅猜到了答案，顿时面露忧伤。他烦躁地用手彻底抓乱了头发，又问道："要不我干脆去剃个板寸，会不会好点儿？"

方默斟酌了好一会儿，给出了一个委婉但中肯的感想："那可能会让你看上去像个中学生。"

刘小畅靠在椅背上长叹了一口气："我去整容算了。"

方默心想，整容都不够吧。还得把腿砍了再接一段。但若真的增高二十厘米，势必会让他的身材显得更加纤细。

所谓灵魂装进了不合适的容器，就是这么回事吧。

但这种情况也不是今天才出现的，为何刘小畅突然为此苦恼了呢？方默觉得可能性只有一个。

"你……是不是谈恋爱了呀？"他问。

刘小畅闻言，表情立刻又端了起来。

"我只是随便问问罢了，"他站起身来，重新走向盥洗室，"你别瞎琢磨。"

方默最看不得别人这副模样，心中不爽，便也不再理会。管他看上谁，反正十有八九都是没戏的。

片刻后，刘小畅从盥洗室出来，走到自己的床边，直挺挺地倒了下去。

方默听见了叹气的声音。

"你……要不然试试化个妆？"他终于还是忍不住，提了一个建议。

"哈？"刘小畅侧过头看他，"那不是更女生气了吗？"

方默无奈地摇了摇头，换个方式给他说明："男演员要上台也得化妆是不是？你就当易容也行啊，可以把眉毛形状画得英气一点什么的。"

刘小畅闻言坐起了身："你会吗？"

"我当然不会，"方默说，"我又不化妆。"

见刘小畅看着他欲言又止，方默再次补充："你觉得我的长相还需要这种点缀吗？"

刘小畅竟无言以对。

"但是呢，如果你告诉我你到底要去干什么，我也许可以找到人帮你。"

许熙然社团里能人辈出，方默和其中一个擅长化妆的还算聊得来，交换过联系方式，可以找来帮忙。

刘小畅明显心动了。他又犹豫了一会儿，说道："说了你别笑啊。"

方默已经想笑了。他强行憋住，点了点头："嗯嗯！"

"……网友见面。"刘小畅说得含糊不清。

"啊？和谁啊？"方默有些惊讶，"等等……难道以前从来没见过面？"

要是身边的人，早就知道他的长相，有什么临时补救的必要呢。

"没见过，"方默笑容尴尬，"是网友。"

方默点了点头："这样啊……"

"我想尽量留个好印象，"刘小畅说完，又开始叹气，"我真的好难啊。"

方默刚想安慰他几句，心中猛地冒出了一种可怕的想法。

"你们约了什么时候？"他大声问道。

刘小畅不明所以，但还是立即老实回答了："这个周末。"

这未免也太巧合了一点。

方默心中稍感不安，又继续问道："你们之前有交换过照片吗？"

刘小畅表情语气都显而易见的丧气："有是有啦……"

"你是不是只秀了身材？"方默问。

虽然穿上衣服看起来纤弱瘦小，但眼前这位男士其实是十分有料的。方默惊鸿一瞥，至今印象深刻。

刘小畅小幅度点了点头，一脸心虚。

方默表面淡定，心中已在连声惊呼大事不妙。邹瞬周末要去见的，难道就是面前这个家伙？

邹瞬不是那种藏着掖着装神秘的类型，看过对方的照片，肯定会选择交换。方默见过他平时放在社交平台上的照片，和他本人的差距不算大，绝对不至于认不出来。刘小畅那天在寝室里跟邹瞬打过照面，还聊过几句，肯定知道他。

仔细一想，这事蹊跷不少。

刘小畅听过方默和邹瞬的通话，特地问方默邹瞬是不是有感情烦恼。不仅如此，他还问了邹瞬平日的着装喜好。算算两人在网上相识的时间，也完全对得上。

而且，邹瞬言语中对即将见面的网友颇为憧憬，若见着了刘小畅这样矮小纤细的模样，必然失望无比。

至于刘小畅为什么在这样的前提下依旧敢提见面，可能是觉得两人在网络上经过一段时间的相处好歹积累了不少好感度，能够潜移默化，改变邹瞬对他的看法。

他太乐观了。以方默对邹瞬的了解，可能性微乎其微。

方默有点焦虑。他和刘小畅没友情基础，可也不希望眼睁睁看着他去碰钉子。这位身材娇小的先生明显对自己缺乏自信，又看起来对见面颇为期待，到时候必然备受打击。

至于邹瞬那边，方默就更放心不下了。好不容易能找到点新的寄托，到头来以这种形式结束，邹瞬一定会很失落吧。

可思来想去，方默又不知事到如今要如何挽救这场悲剧。

他表情太过丰富，刘小畅难免在意："怎么啦？有什么问题吗？"

方默决定直接出击："你老实告诉我，你周末不会是要去见邹瞬吧？"

刘小畅一愣，接着大声答道："不是啊！"

方默眯着眼睛看着他，不吭声。

"你瞎想什么啊，"刘小畅移开视线，"怎么可能呢。"

太可疑了。他的表情、语气、肢体动作，全都写着心虚两个大字。方默对自己的猜测愈发确信。

刘小畅欲言又止，表情纠结。

两天以后，当方默又一次旁敲侧击，向邹瞬打听周末的计划有没有变动，得到了否定的答案。

方默在寝室团团转了半天，冲到了四楼，猛拍许熙然寝室的大门。

开门的是许熙然的舍友，一见着方默，也不等他开口就回头冲着里面喊："然哥，找你的。"

许熙然正坐在床上盘腿抱着电脑，闻言伸长了脖子向门口看了一眼，接着便笑容满面冲方默招手："进来啊。"

方默跟他对着招手："你出来。"

许熙然一脸茫然地在舍友们意味深长的视线中下了床走了出来。方默一把拉住他，快步往消防通道走去。

"怎么啦？出什么事儿了？"许熙然很是茫然。

两人进了消防通道，方默关上了门后立刻双手扶着许熙然的肩膀用力晃："我忍不住了！你听我说！我快要憋死了！"

许熙然被他晃得头晕："你说，你说。说就说别动手啊。"

方默深吸一口气，松开了手："是关于邹瞬。"

许熙然立刻露出了关切的神色，反过来一把按住了方默的肩膀："他又怎么啦？是那个贺老板还是……"

"都不是，"方默赶紧摇头，又补充道，"和刘小畅有关。"

"……哈？"许熙然不明所以，把手放下了，"他俩还有交集？"

"事情是这样的。"方默清了清嗓子。

简单叙述了来龙去脉，许熙然听得一愣一愣的："你是说，他俩要见面？"

方默扯着许熙然直晃，"我现在好担心啊啊啊啊啊啊啊！"

"交个朋友而已，挺好的呀，你担心什么呢？"许熙然顺着他的动作左摇右摆。

"很尴尬啊！这个刘小畅也不知道怎么回事，像是要准备什么大事一样郑重！而且，邹瞬见到他，绝对会失落的！"

许熙然像个木头："失落什么？"

"理想与现实的巨大差距啊！"方默说，"邹瞬把他想得和男神一样，结果见到一个……唉我都不知道要怎么形容他。到时候得多失望啊！"

"不至于吧，"许熙然还是理解不了，"交朋友还要看外表吗，既然聊得来就说明他们有共同语言嘛。听你说刘小畅性格也不差，没那么阴沉，那他们能好好相处，有什么不好呢？说不定他们会聊得很开心呢。"

"可他怎么可能对刘小畅满意呢？"方默觉得两人沟通困难。

"为什么不满意啊，"许熙然疑惑不已，"邹瞬交朋友很挑外表吗？哦……难怪跟你关系好……"

方默一时间竟无言以对。

"可刘小畅好像也不赖啊。"许熙然说。

问题根本不在这里。很明显的，邹瞬对于这个即将见面的网友，怀着景仰的心情。同性之间的崇拜感，绝不可能来自可爱或纤细美丽。邹瞬期待的，该是一个体格高大健壮、谈吐成熟、博学多才的完美模板。

方默花了好一会儿，才终于让许熙然明白了问题所在。

可他依旧很难领会方默的用心："可这也不过是你的假设。听你说的，刘小畅的内在令邹瞬十分折服，那也许见了面，在最初的大跌眼镜后，他会愿意试着去接受呢？"

"不只是邹瞬这边的问题，刘小畅他……"方默嘀咕。

"我怎么觉得……你很不希望他们交朋友？"许熙然问。

方默陷入了沉默。

"如果一切顺利，这完全是一件好事吧。"许熙然说。

方默却是愁眉苦脸："是好事吗……"

许熙然哭笑不得："你对邹瞬是不是也有点关心过头了啊？"

方默毫不犹豫："我肯定关心他啊。"

许熙然扭过头不看他了："你好像很不乐意他跟别人交朋友。"

方默有点懵，张了张嘴，没说出话。

"你这种心态不太健康吧。"许熙然又说。

方默看似急躁地叹了口气，又啧了一声。

"和你说不清了。"他小声嘀咕。

这话许熙然听着心里自然也不舒服。他没回话，耸了耸肩。

"算了，"方默说，"我先回去了。"

他说完就要离开，许熙然略一迟疑，伸手把他拦住了。

"怎么啦？"方默皱着眉问他。

许熙然也不知道该说些什么，纠结片刻后抬起了手，用大拇指在他的眉间轻轻按了按，小心翼翼地把他眉间的褶皱抚平了。

"你现在就算担心也没用啊，"他说，"他们如果真的相处融洽，你会想要阻止吗？"

"……怎么可能。"方默说。

"你还不如先想想，邹瞬如果真的很失望，回来抱怨，你要怎么安慰。"

许熙然又说。

方默安静了一会儿，点了点头："也是。"

"要不这样吧，"许熙然说，"你知道他们明天在哪儿见面吗？"

"你想做什么？"方默问。

许熙然冲他笑："跟着去看看？"

长得太帅的缺点又暴露了一个。

许熙然看着面前戴着墨镜和帽子试图让自己显得低调的方默，暗暗叹了口气。

"摘了吧，"他说，"我怕你这样出去，会被人要签名。"

方默把墨镜推下了一小截，露出一双写满无辜的眼睛："可是，万一被他们发现了，多尴尬啊？"

"你这样一样会被认出来，还会更尴尬，"许熙然说，"正常一点我们还能假装是偶遇。"

方默犹犹豫豫，最终老老实实地摘下了墨镜，但依旧戴着帽子。

"就这样吧，"他说，"不容易被发现，也不至于太奇怪。"

而且挺好看。许熙然暗暗在心里又接了半句。

方默说，他昨晚问了刘小畅今天见面的地点，刘小畅顾左右而言他，不肯明说。

于是他转而去问邹瞬，立刻得到了答案。

他们约在了小南门外面距离学校大概十分钟步行距离的一家咖啡馆。那家店他们几个都没去过，价格有点虚高。虽然在大学城附近，但会去光顾的学生不多。

邹瞬还说，时间地点都是对方订的，选那家店的理由是能不被打扰好好聊一会儿。

实在看不出，刘小畅出手竟然如此大方。因为在邹瞬不想去咖啡馆推脱表示"太贵了喝不起"后，得到了"我约你出来当然是我请你"的答复。

"到时候我们俩是不是也要进去啊？"方默问他。

"看情况吧，"许熙然说，"既然是我提议跟去看，那就我请你好了。"

在四楼寝室窗口确认过刘小畅已经出发后，他俩立刻也跟着下了楼。

怕行迹败露，两人不敢靠得太近。反正知道目的地，跟丢了也不怕。

"邹瞬要是知道了肯定得生我的气。"方默一边走一边叹气。

"你这是关心他嘛，"许熙然给他洗脑，"你不去看看也放心不下对不对？"

方默没说话，静静地往前走了一会儿，突然脚步一滞。

许熙然刚要开口询问，惊讶地发现方默伸手拽住了他的胳膊。

"别乱动。"方默小声说道。

许熙然很快就顺着他的视线找到了答案。不远处，站着许久未见面的杨琳。

方默一脸严肃："这家伙不喜欢我们关系好。"

这是要故意气杨琳。

✦ · **Chapter 17** · ✦

许熙然上一次和杨琳面对面还是一行四人去吃麻辣烫的那次。

时隔许久，中间又有过不愉快，如今突然偶遇，他心情颇有些复杂。正当他犹豫姑且相识一场是不是该打声招呼的，身侧的方默手上突然加了几分力气，把他的手臂拉得更紧了一些。

许熙然后知后觉，整个人都僵硬了起来。

许熙然一迈开步子却因为过度紧张同手同脚。方默有点嫌弃，偷偷腾出一只手拍他的后背。

"你在干吗呢！"他压低了声音质问许熙然。

许熙然答不上来。他脑子里乱糟糟的。

杨琳远远地看了他们几眼，转过身，跑了。

跑得还挺快。许熙然精神不集中，只捕捉到杨琳的背影和挽起的裤脚下纤细的脚踝。

"你干吗，"他有点不高兴，"嫌弃我啊？"

当然不是，只是那种感觉真的太奇怪了。

方默见他不应声，脸彻底沉了下来，低着头步伐越走越快。

"慢点啊，"许熙然伸手拉他，"你脚才刚好，自己也注意一下嘛。"

方默被他拉着乖乖地放慢了脚步，却依旧低着头，说话时也不看他："让你不舒服啦？"

"没有啊，"许熙然立刻抬起了手臂，"不信你再拉一次。"

方默把头往另一侧扭："谁要拉，她都跑了。"

又过了一个拐角，方默有了新发现，用力拽他袖子："你看！"

许熙然顺着他视线的方向看过去，远处一前一后两个背影，都挺眼熟。是刘小畅和杨琳。他们显然不是一起的，杨琳在刘小畅身后大约五米处，两人朝着同一个方向前进。

"我们要不要走慢一点，"方默说，"刚才还跑得那么快，怎么现在慢吞吞的……万一我们不小心追上了，杨琳大声说了几句，引起刘小畅的注意就不好了。"

许熙然点头，接着想到了一个好主意。

他把手伸进口袋，掏出了自己的学生证，又从里面拿出一张崭新的集点卡："走，正好离得近，我们绕个路吧。我请你喝奶茶！"

新集点卡才盖了两个戳，不抓紧集，可就要错过活动时限了。

方默见状，猛然睁大了眼睛，接着连连摇头："不了吧……这也太不合时宜了……"

"拜托，去一下吧，"许熙然很识时务，有求于人姿态极低，"我请你啊，喝一杯嘛。这里走过去才两分钟。"

"不去，"方默还是拒绝，"绕路万一跟丢了怎么办？"

"又不是不知道他们的目的地，"许熙然伸手去拉他，"很快的，我们跑过去。"

"……我不喜欢喝那个。"方默说。

他这么不配合，许熙然多少也有些郁闷。

"那算了，我自己喝。你陪我过去总行吧。"他决定退一步。

方默表情纠结不已："你干吗呀非要在这种时候去集点……再说，活动下周就结束了，你自己喝根本来不及。"

"那我请你你又不要。"许熙然说。

他这句话语气中抱怨的气息浓郁，明显是有些小情绪了。两人站在原地，互相看着对方，都不吭声。

许熙然心头堵。

方默这个人，嘴上别扭得很，但其实很好说话。以往许熙然想做些什么，他就算稍有抱怨最后也总会答应。如今这么件小事突然拒不配合，许熙然不习惯了。

"今天就算了吧，"方默伸手在他身上轻轻拍了一下，同他商量，"要不，明天我再陪你去行不行？"

"我今天就要去。"许熙然说。

他说完伸手拉着方默就往奶茶店的方向走。方默不情不愿，被他一路拖着走，低着头不吭声。

本来，要绕路去奶茶店的念头只是突发奇想，并不强烈。方默不愿意，他却开始不依不饶了。许熙然很快就意识到自己现在的行为太过孩子气。他有点后悔，又因为方默最终还是乖乖跟着他走而窃喜。

方默低着头，甚至还不自然地压低了帽子试图遮住脸。可奶茶铺里的女生依旧认出了他，大声冲他打招呼："帅哥，今天又来啦！"

许熙然疑惑，小声问他："你经常过来？"

方默脸更红了，没出声。

那女生不以为意，十分热情："你昨天集了几个点啦？现在还差多少，应该快了吧？"

许熙然惊讶地扬起了眉毛。

方默无奈地叹了口气，磨磨蹭蹭从口袋里掏出一张集点卡，递到了柜台上："还差两个。今天我自己点两杯就齐了。"

他说完，又指了指许熙然："他付钱。"

许熙然看着那张已经盖了十八个印章的集点卡，惊讶万分："你什么时候喝了那么多了？"

方默还是不吭声，那女生笑着替他回答了。

"他在我们店门口泡了两天了，有人过来卖奶茶他就凑上去问能不能帮忙让他集个点。我们都认识他了。"

许熙然一时竟说不上话。

方默见事迹败露，恼羞成怒，在许熙然腿上不轻不重踢了一脚。

"我本来想给你一个惊喜的！"他皱着眉一副不爽的样子。但因为还红着脸，所以毫无杀伤力。

许熙然傻傻地看着他："我现在也很惊喜啊！"

身后传来那女生的声音："两杯一共四十，请在这里扫码。"

几分钟后，两人各自捧上了一杯甜到齁的粉色奶茶。

许熙然口袋里还多了一个小盒子，里面装着他心心念念了好久的钥匙扣。

"居然还有这一招，我怎么就没想到呢，"许熙然小声感慨，"不过……还挺不好意思的吧？"

方默吸奶茶，不吭声。

"人家居然还都答应你？"许熙然说。

方默松开了吸管："可能是因为我长得帅吧。"

听起来有点欠，但应该是实话。被方默这样的帅哥搭讪，本来并不打算买这款奶茶的姑娘或许都会改变主意。

"那些人没问你为什么要集点吗？"他又问。

他现在心情过分愉悦，不自觉得变得啰唆起来。虽然已经看出了方默不好意思，依旧控制不住要去追问。

"我说了啊，我有个朋友，喜欢那个钥匙扣。我想送他一个。"

许熙然低着头笑，没说话。

"然后她们都说，其实你的朋友就是你自己吧，"方默叹了口气，"我风评被害。"

许熙然还是在笑。这奶茶太甜了，他依旧喝不惯。

"你要怎么报答我？"方默问。

"你说，"许熙然信誓旦旦，"我有求必应。"

方默侧过头看他："真的？"

许熙然点头："只要我做得到。"

他说完等了很久，方默却始终没开口。于是他忍不住催促。

"说呀，真的都行。我说到做到的。"

方默小幅度地点了点头："现在还没想好，我先存着。"

然后，他在许熙然开口前，突然又问道："你还记不记得我们今天是来做什么的？"

许熙然确实忘得一干二净。

等他们终于到达那家咖啡馆，距离邹瞬告知的见面时间已经过去了二十分钟。

咖啡馆的茶色玻璃外墙几乎是单透的，从外面很难看清里面的情形。为了不被邹瞬发现又能观察仔细，他俩小心谨慎地溜了进去。

才刚一进门，许熙然就捕捉到了邹瞬的身影。他坐在距离门口处不远的座位，只露出小半个身子。而他对面的人被宽大的座椅彻底遮挡，完全看不清。

许熙然拉着邹瞬，偷偷走到了那两人的斜对角，还特地挑了一个被盆栽挡住大半的座位。

入座后，方默小声嘀咕："不对劲啊。"

"怎么了？"许熙然正压低了身子往邹瞬的方向瞄。

"你看他对面那个人，身高好像不对。"方默说。

从方默的角度看不到那人的面容，但能看到大致身形。对比两人的肩膀高度，那人比邹瞬更高一些。

"是不是？"方默追问。

许熙然比他更惊讶许多。因为从他的角度，能看到那人映在玻璃上的倒影。

"那是徐教授啊！"他说。

因为惊讶过度，许熙然这一嗓子声音稍许有些大。隔着不远不近的距离，在咖啡馆内悠扬舒缓的背景音乐下，也不知有没有被那两人听见。

许熙然和方默做贼心虚，齐齐压低了身子紧紧趴在桌上，指望能尽量降低存在感不被发现。

桌子不大，等回过神来才发现脸挨着脸。方默的帽檐几乎要戳到许熙然的脑门上。

方默的眼睛睁得老大。许熙然被他近距离看着，便也故意睁大了眼睛看回去。两人在相隔不到十厘米的桌面上对视了几秒后，都忍不住笑了起来。但也不敢笑出声，怕会暴露行迹。

这样并不光明正大的行动，带给人一种奇特的刺激感，既紧张又兴奋。

两人用眼神交换了一下意见后，许熙然快速抬头看了一眼，接着立刻趴了回来。他用嘴型对着方默比画，告诉他一切安全，那两人并没有往这儿看。

方默松了口气，接着小声问道："你确定那个真的是徐教授？"

许熙然闻言，再次小心翼翼地抬头张望，视线刚挪过去，被挡住了。

"您好，"挡住他视线的服务生表情纠结地看着他俩，笑容勉强，"这里不可以外带饮料哦。"

他们的桌上，正放着两杯还剩下大半的粉红色奶茶。

"咳，"许熙然尴尬地清了清嗓子，"我们不喝，就是放着看看。那个……有菜单吗？"

两人各自点了一杯拿铁，趁着咖啡还没做好又趴回了桌上。

"我确认过了，"许熙然小声传递情报，"真的是徐教授。"

方默的表情疑惑至极，半天没吭声。

"你是不是哪里弄错了？"许熙然问。

方默快速眨动了几下眼睛，接着便陷入了沉思之中。

许熙然又往那两人的方向看了一眼。

徐教授正面带微笑说着什么，声音不大，完全听不清。

他面前的邹瞬单手撑着下巴，歪着头，视线落在窗外。他手里拿着搅拌勺，缓缓地在面前的杯子里画圈。一副心不在焉的样子。

气氛看起来不算坏，但好像也不是很热络。

等他重新趴下，沉思完毕的方默语出惊人："你注意过徐教授的身材吗？"

许熙然愣了一下，慌忙摇头。

"你知道吗，"方默一脸严肃，坐直了身子在自己肚皮上比画，"徐教授有八块腹肌。"

"……啊？"许熙然跟不上他的思路了，"所以呢？这都什么和什么啊？难道你见过？"

几分钟后，他终于弄明白了事情的来龙去脉。

"所以，就因为身材都很好，而且时间也恰巧，你就默认邹瞬要见的人是刘小畅了？"他总结。

方默的思路却跑偏了："这一个两个的穿上衣服体格看起来都不如你，怎么实际上全比你有料呢？"

许熙然觉得很冤枉："关我什么事啊？"

方默没应声，只是面带忧伤地叹了口气。

许熙然自尊心微微受创，伸手摸了摸腹部，琢磨着自己好像也没有很差。又转念一想，觉得很不对劲。

"为什么和我比啊，你怎么不和自己比，你有腹肌吗？"

方默无其事地切换了话题："难怪邹瞬说和这个人成熟又博学，聊起天来特别舒服。"

咖啡在此时被服务生端上了桌。也不知是不是因为价值不菲所产生的心理作用，闻起来芳香四溢。

方默浅浅地抿了一口，很快皱起了眉头。他从桌上的罐子里拿出一包砂糖，撕开后一股脑儿倒了进去。

许熙然有些好笑地看着他，也喝了一口。打过泡的牛奶使咖啡的口感变得丝滑绵密，入口香醇，味道也不怎么苦。至少比那奶茶要美味许多。

"现在不用担心了吧？"他在放下咖啡杯后问方默。

方默认真地搅拌着咖啡里的砂糖，没立刻回答。

"人家可是堂堂教授，"许熙然继续说道，"一表人才，风趣幽默气质出众。很多学生想搞好关系都没机会呢。"

方默闻言伸长了脖子往那两人的方向看了看，又低头谨慎地抿了一小口咖啡。

"怎么了呀，"许熙然说，"你还是不满意？"

方默皱着眉，又拆了一包砂糖，倒进了咖啡里："你不奇怪吗，邹瞬会对这样的人产生仰慕不奇怪，可是……你上次也说了，那个贺老板不可能跟小朋友交心。那徐教授就更不可能了吧？"

许熙然眨了眨眼，陷入了思考。

"还有，上次我们在电影院遇到过徐教授你记得吗？"

许熙然记得，他还记得徐教授当时招呼他俩一起过去坐，之后在电影播放过程中一直在小声跟别人讲解，看不出任何问题。

"很奇怪呀，"方默说。

"看电影也不见得就有什么吧，"许熙然说，"我们俩那天不也是去看电影吗？"

方默愣了愣，小声否认："不一样啊！他那天还和我们说了很奇怪的话呢！"

"……他不就爱跟你开玩笑。"

"咳，"方默清了清嗓子，"反正我觉得这个人奇奇怪怪的。"

许熙然叹了口气，说道："一般而言呢，我觉得关系再好也不至于对别人的交友状况关心到这种程度。"

方默低着头一小口一小口地喝着咖啡，说起话来含含糊糊："……你对我也很关心啊。"

"……"

"那不一样，"许熙然不看他，"你傻，我怕你被卖了。"

方默抬眼看了看他，很快又继续低下头专注那杯在许熙然看来已经过甜的咖啡。

"你要是担心，以后找机会和他好好聊聊呗，"许熙然说，"邹瞬那么大个人了，有自己的判断的。"

方默放下了咖啡杯，舔了舔嘴唇，又往那边看了一会儿。

"……可是他现在看起来不怎么开心的样子。"他小声说道。

许熙然都有些胸闷了。

"你才奇怪，"他说，"你这已经不算保护欲了，简直像控制欲。"

"不是呀，我说真的，"方默有点着急，"你看他现在的表情，是不是很严肃，坐立不安？"

许熙然不想搭理。方默这一番举动，仿佛是在表达，他跟邹瞬才是最互相了解的朋友，而他只是个外人，理解不了。

"你还记得我们那天见到的姓贺的人吗，"方默说，"邹瞬和他待在一起的时候看起来非常不一样，眼神都是亮的。"

"那他还把人拉黑，"许熙然说，"这才奇怪吧？你确定他真的没有欠人家钱吗？"

方默痛苦："没法说了。"

许熙然也不高兴："哦，那你去和他说吧。"

两人相顾无言，方默喝光了杯子里的咖啡，拿着勺子在杯沿上轻轻敲了两下，发出了细小且清脆的声音。

"邹瞬他真的不缺钱"，他对许熙然说，"你看，就好像我误会他今天是来见刘小畅的一样，有些时候，推论看起来合理没毛病，但其实并不是真相。"

"那是你的推论本身就有破绽，"许熙然说，"你刚才说，他们俩之前就见过面，而且你当面问刘小畅时他不承认，对吧？"

"……"

"你疑人偷斧，主观地把你的猜测作为前提去对所有线索进行解读，才会导致看似合理的猜测其实根本站不住脚，"许熙然认真地跟他分析，"事实就是，如果真的是刘小畅，他根本不可立刻跟邹瞬约见面。"

"……"

"你仔细想想，我说的有没有道理？"

方默皱眉："……你在得意什么啊？"

许熙然对着他摊手："这就叫差距。但我的推论不一样，每一个细节都是有依据的。"

方默有苦说不出，双手小幅度地胡乱比画了几下，最终深深地叹了口气。

"行吧，你厉害。"他说。

许熙然冲他笑："怎么啦？还一副不情不愿的样子。"

他说完得意扬扬又往邹瞬所在的位置看了一眼，呆住了。方默见状也赶紧看了过去，也跟着呆住。

"人呢？"他俩同时说道。

聊得太投入，一不留神又把正事给忽略了。

邹瞬和徐教授不知何时已经悄然离开，此刻也不知究竟去了哪里。

"怎么办？"方默问。

"与其问怎么办，不如先问问你自己到底想做什么，"许熙然说，"你不会真的要严格监控邹瞬的交友状况吧？"

方默猛摇头。

"那就别那么在意啦，"许熙然安慰他，"所谓的好兄弟呢，就是等他难受的时候去安慰安慰开导开导，他想要诉苦的时候陪着他认真倾听。其他的，太过干涉没意思。"

"嗯，"方默点头，"也是。"

许熙然冲他笑："晚饭想吃什么？"

方默认真想了一会儿："我们去买上次那个红糖糕好不好？买完在那附近找家店随便吃点。"

许熙然点头："那走吧。"

两人各自捧着那依旧剩着大半杯的粉红色奶茶一前一后走出咖啡馆，很快就停下了脚步。

就在距离他们两米外的路边花坛，邹瞬正坐在边缘一下一下地晃着腿。

注意到他俩投注而来的视线后，他很快抬起了头，接着冲着他俩露出了一个有些夸张的笑容。

"好、好巧啊，"方默语气浮夸，"你怎么坐在这儿啊？"

邹瞬看着他笑："你们两个，是不是当我是瞎子呀？"

眼见事迹败露，方默垂死挣扎。

"我们正好路过所以进来坐坐！没想到会遇到你们，不想打扰才没有过来打招呼！"

邹瞬像看傻子一样看着他："你提前问我见面地点也是巧合吗？"

"……"方默意识到了自己情急之下的借口多么愚蠢，赶紧闭上了嘴。

许熙然赶紧帮他说话："方默也是因为关心你嘛。"

邹瞬无奈地看着他们："我又没生气，你们一个一个的干吗呀？"

方默松了口气，赶紧关心他的情况："徐教授呢，你们那么快就道别啦？"

"别提了，"邹瞬深深地叹了口气，"难以置信，他把我的作业打印下来了……"

"哈？"方默眨巴了两下眼睛。

"一句一句指给我看让我解释到底写的什么玩意儿，公开处刑，"邹瞬抱头，"我哪说得上来啊我都是瞎写的。"

方默和许熙然目瞪口呆地对视了一眼。

"太窒息了，还好他临时有事，"邹瞬舒了口气，"我好想立刻拉黑他。"

他说完，直走到了他们跟前，把视线落在了许熙然身上。

"把方默借给我一会儿好不好？"他问许熙然。

方默一副担忧的样子，也转头看向了许熙然："那个……不然我先闪啦？晚点再来找你吧？"

那种不爽的感觉又冒上来了，仿佛他很多余似的。

许熙然看着方默，不说话，也不动。

气氛一时僵硬。

"你刚才说的，忘记啦？"方默小声说着的同时，伸手在他身上拍了一下。

许熙然知道他指的是什么。就在不到五分钟以前，他对方默说，没必要过度干涉邹瞬的交友，好朋友只要在对方需要的时候陪伴倾听安慰就足够了。

眼下，方默决定要去"陪伴""倾听""安慰"了。

许熙然看了一眼邹瞬。这个曾和他明争暗斗的家伙脸上依旧挂着虚假的笑容，一脸皮笑肉不笑。

他决定装傻。

"你们要去哪儿啊？反正我待会儿没事，带我一起呗？"

他话音刚落，方默和邹瞬对视了一眼。

两人一阵挤眉弄眼的，也不知究竟交流了什么。很快，邹瞬浅浅地叹了口气，冲着方默摆了摆手："算了，那下次吧。我先回学校。"

好一招以退为进！

傻方默果然中计，邹瞬才刚转过身跨出半步，他立刻赶上前去一把拉住了邹瞬的手腕。

等邹瞬回过头来，一手拉着邹瞬一手拉着许熙然的方默满脸纠结视线在这两人身上来回转了几遍，最后破罐子破摔："要不我们一起吧？我们请你们吃饭好不好？求求你们都去好不好？"

邹瞬很快就不强装笑容了。他安静地走在两人身边，故意空开了一点距离，引得方默时不时侧过头留意他。

许熙然越看越觉得别扭。他小声问方默："你到底在紧张什么？"

方默担心写在脸上："他的模样不太对劲。"

许熙然冲着他叹气摇头，不说话。

眼下还没到饭点，他们又刚喝了东西，都不怎么饿。漫无目的地走了一会儿，看什么都不是很有胃口。

"要不还是去长伦街吧，"许熙然提议，"你不是想吃红糖糕吗？"

方默还在犹豫，邹瞬点了点头："好啊，我都可以。"

长伦街是美食街，走过去也需要一点时间，恰好能消消食。

卖红糖糕的店铺生意兴隆。

三个人安静地排在队伍里，气氛依旧僵硬。见邹瞬一直垂着视线不吭声，方默凑到他身边，小声地问："到底怎么啦？"

刚才他所描述的经过听着怪倒霉的，可也不至于让人如此情绪低落。

邹瞬没吭声，只抬头看了一眼许熙然。

"那个……没事的，"方默冲他挤出了一个笑容，"你当他不存在就好了。"

"没事啊，"邹瞬说，"除了作业，我们也有闲聊几句……"

"然后？"

"可能是知道了他的真实身份吧，"邹瞬面无表情，语气平淡，"反而不觉得很厉害了。"

是因为咖啡店老板更有大隐隐于市的感觉吗？许熙然刚想开口，听见方默小声地"咦"了一下，接着被方默一把拉住了胳膊。

"你看那儿！那儿！"

许熙然和邹瞬都顺着他指的方向看了过去。隔着一条街，对面是一家甜品店。

就在他们三个人当初曾经坐过的座位上，竟面对面坐着两个熟人。

是刘小畅和杨琳。

"这俩怎么在一块儿？"许熙然惊讶极了。

方默愣愣地说道："所以，刘小畅约的人是杨琳？"

这可真是个奇妙的巧合。许熙然心中难免好奇，忍不住多观察了几眼。

那两人之间气氛也有些诡异。刘小畅似乎挺积极的，正面带笑容说着些什么。可坐在他对面的杨琳，模样像极了方才的邹瞬，笑容勉强，手不自觉地一下一下搅着面前的冰激凌，并不开口。

"好像不太顺利嘛。"方默说。

许熙然点头。

许熙然在半个小时以后，终于意识到自己之前真的有些误解了邹瞬。

他们买完点心随意找了一家开放式的烧烤路边摊。才刚入座，邹瞬就大声招呼老板上啤酒。

等方默点完了单，他已经咕咚咕咚喝了大半罐。

"你还好吧？"许熙然忍不住关心。

"没事，"邹瞬抹了抹嘴，"就是口渴了。"

方默伸手抢他的啤酒："少喝点吧，有心事你就说啊。"

"没有，"邹瞬潇洒地摇头，接着重新开了一罐，喝了一大口，"没心事也没什么想说的。"

不到半个小时，邹瞬脚边已经放了好几个空罐。

许熙然拉住了想要抢他啤酒的方默："他心情真的不好，你就让他喝吧。"

虽然邹瞬说得有些混乱，但他大致明白了是怎么回事。邹瞬在今天以前对这次会面充满了期待，可真的在见到对方以后，却不知为何失落无比。

徐教授捉弄的意味很明显，可言谈间并无恶意，也没有存心羞辱，邹瞬不高兴，并不是因为这些。

"也许是期待实在太高了，所以有落差？"许熙然说。

邹瞬摇了摇头，接着，眼眶红了。

"方默，"他伸手拉方默，"方默你过来，你让我靠一下。"

他说着一边吸鼻子一边伸手去拍方默的肩膀。说时迟那时快，许熙然抄起一罐未开封的啤酒塞进了他的手里。

"大街上搂搂抱抱的像什么样子，"许熙然说，"是男人就大口喝酒。"

方默一脸尴尬地看着他。

许熙然不为所动，把烤串也推到了邹瞬面前，继续说道："再大块吃肉。"

可惜邹瞬压根没听他在说什么。

他握紧了那罐啤酒，把罐身捏出了几条印子，缓缓把脸埋在了方默的肩膀上。

许熙然想把他掀起来，刚抬起手，顿住了。

邹瞬身子一抽一抽的，哭了。

"他其实有点像他，就一点点，"他说，"可是怎么面对面的时候就不像了呢……"

方默皱着眉，伸手在他背上轻轻拍了两下："你说的难道是……"

"我好后悔啊，本来好好的，我单方面闹脾气，还拉黑他，他也没做什么对不起我的事情，我真的太不成熟太冲动了，我当初就是想开个玩笑，结果知道他根本就是把我当小朋友来看待，我就恼羞成怒，太丢人了……"

方默没等他说完，猛地伸手把他领了起来，大喊："他来找过你的！"

"……啊？"邹瞬的脸湿漉漉的，表情语气都显得很迟钝，"谁啊？"

"那个姓贺的？"许熙然问，"大概这么高，三十多岁，蛮帅蛮有气质的。你是在说他吗？"

邹瞬愣了一会儿，非常用力地吸了一下鼻子，睁圆了那双还泛着水光的眼睛："你说什么？"

"他来找过你，说联系不上很担心你。"方默说。

邹瞬呆滞着，没反应。

"前些天的事了，"方默拉着他，再次重复，"他来过我们学校，正好遇上了我们。他说一直联系不上你觉得很担心，所以过来看看。"

邹瞬又傻坐了会儿，突然蹿了起来："怎么不早说啊！"

他说着赶紧从兜里把手机掏了出来，对着屏幕猛戳了一会儿后突然停下了动作，接着眼泪又滚下来了。

"我把他的联系方式都删了……"他喃喃道。

许熙然围观了全程，终于意识到了不对劲。

他小心翼翼贴到方默耳朵边，问道："所以，他没欠人家钱啊？"

方默侧过头，对他苦笑了一下，说道："您可算是发现啦，大侦探。"

✦· **Chapter 18** ·✦

许熙然暂时没空为自己当初的胡言乱语感到羞耻。

毕竟眼下他和方默跟前，有一个醉汉正在发疯。

邹瞬一口气喝了四五罐啤酒，一口菜都没吃，上头了。他原本白生生的面孔红成一片，一双大眼睛啪嗒啪嗒往外溢着泪水，说起话来语无伦次。

只是这样尚不至于让他俩感到头疼。偏偏邹瞬不消停，他嘀咕了一阵后跳起来就往大街上跑，说现在立刻马上就要去向那个叫贺丞逸的男人为自己的无知行为道歉。

"我知道他家在哪儿！"邹瞬试图挣脱方默的钳制，"今天必须跟他说清楚！"

"明天，明天吧？明天也不迟啊，你先坐下，你小心，你站稳……"

两人东倒西歪，许熙然担心方默会磕着碰着，在一边伸着手臂小心翼翼地护着。

老板烤串都不专心了，紧张地向他们的方向张望，生怕这酒鬼闹凶了把他的烧烤摊给砸了。

好在邹瞬疯了没一会儿，蔫儿了。他软绵绵地被扶回了座位，开始放空，双眼无神视线没个落处，待着一动不动。

方默跟他说话，他也没反应。

"不会是睁着眼睛睡着了吧？"许熙然说。

方默迟疑："……那现在怎么办？我们怎么把他带回去？"

邹瞬这模样，显然已经失去自理能力。让他走回去，绝对不可能。但就算发现了他对方默好像没那个意思，许熙然依旧不怎么乐意让方默背他。

于是他自告奋勇："我背他回去好了。"

"会不会不方便？"方默也不知在担心什么。

"有什么不方便的，"许熙然今天刚被他嫌弃过肌肉不够发达，此刻自我展示欲极其强烈，"他个子还比你小一点，我能背着你跑，背他回去轻轻松松的。"

"我那时候是醒的，又不折腾。"方默说。

说的也是，谁知道酒鬼会不会又发疯。

"要不再等等吧，"方默说，"过一会儿说不定他就酒醒了。"

半个小时后，邹瞬终于不再发呆了。他趴倒在桌子上，彻底睡着了。

入秋后，到了晚上风吹在身上有几分凉意。这样露天睡在大街上，容易生病。许熙然和方默互相谦让了一番，最后决定一起扶他。

他们一左一右各自把邹瞬的一条胳膊架在自己的肩膀上，并排往回走。可怜邹瞬比他俩都要矮，被迫脚尖点地，荡在中间晃晃悠悠。那两人步子稍有不齐，还会被拉着左右牵扯。

"都说太在乎就会患得患失，"方默感慨，"我还以为只有谈恋爱这样呢。"

"可能并不是所有感情都能准确分清边界的吧，"许熙然说，"崇拜本身就没什么道理可言。"

方默叹气："……也是。那他还一副已经没事的样子删人家联系方式。"

"都说当局者迷嘛。"许熙然说。

方默闻言却突然笑了。

他侧过头看了许熙然一眼，意有所指地说道："但有个别旁观者，好像也挺糊涂的嘛。"

许熙然被戳中了痛处，难免觉得羞耻，想要辩解几句又一时憋不出话，脸都烧了。

他不吭声，方默却来劲了。

"你看，你这算不算是先有了结论再对线索进行解读，导致看似合理的论据其实统统站不住脚？"他笑嘻嘻地看着许熙然。

许熙然咂了咂嘴，不跟他争论。

方默笑得厉害，半边身子挂在他身上的邹瞬都跟着一抖一抖的。

"说好的差距呢？"他又说。

"差不多就可以了啊，"许熙然扭头看向另一边，"见好就收吧你。"

方默很识时务，不吭声了。但许熙然瞥他一眼，发现他依旧在偷笑。

这样别别扭扭的姿势挺消耗体力的。他们走了一段，都有些难受。恰好路边拐角处有个小花园，里面安置着几张长椅，便决定进去休息一会儿。

把邹瞬放到了其中一张椅子上后，这个醉鬼立刻瘫倒了下去。方默犹豫了一会儿，脱下了外套披在了他身上。

躺下的邹瞬把那张椅子彻底霸占了，许熙然和方默只能坐在另一张椅子上。

入座后，许熙然皱着眉看了方默几眼，把自己的外套也脱了。

"你里面怎么是短袖啊，"他把脱下的外套丢在方默的腿上，"穿上。"

方默呆呆地看他。

"我里面这件比你的厚，"许熙然解释道，"不容易着凉。你穿上。"

方默迟疑了好一会儿，没有推辞，一脸郑重又小心翼翼地穿上了许熙然的外套。

两人都不说话，气氛奇奇怪怪。

坐了一会儿，失去了外套的许熙然感到有些凉意，想早点回去，又怕方默没休息够，于是憋着没吭声。

"哎，大侦探，"方默突然用胳膊肘撞了他一下，"你说，那天那个贺丞逸，到底想什么呢？"

"不知道。"许熙然说。

"你也答得太快了，"方默有些不满，"敷衍我。"

"我连话都没跟他说过，"许熙然摊手，"要是能真能猜到他的想法，还会被你讽刺吗？"

"……我哪有讽刺你，"方默狡辩，"我问你说明我信任你。"

"我真的不知道，"许熙然说着，叹了口气，"但我那天说过吧，我觉得他挺在乎邹瞬的。"

"真的？"看方默的表情，明显对这个答案很满意。

许熙然笑容尴尬："我觉得而已。线索太少，就不把话说满了。"

方默先是叹了口气，很快也笑了起来，还装模作样夸他："嗯，吃一堑长一智，了不起。"

许熙然面子又挂不住，摸了摸鼻子，想要转提话题，却又一时间不知说什么才好。

就在此时，稍远处传来一个愤怒的声音。

"你胡说！"

气氛瞬间被破坏。许熙然和方默同时扭头往声音传来的方向看去。小花园外的马路边上站着两个人，天色昏暗还隔着绿化，只能看见大致轮廓，看不清形貌。

可声音听着却很是熟悉。

"我没有当场走人已经很给你面子了好吧！就你这小身板好意思对我晒八块腹肌？"

"为什么不好意思，我又没偷又没抢，我就是有八块腹肌啊！"

"你肯定修图了！"

"你这是污蔑！"

许熙然回过头看向方默，发现方默也在看他。

两人互相比画了一下口型。

"刘小畅？"

"杨琳？"

确认完毕，他们又一同竖起了耳朵。

那边的争执还在继续，相当激烈。

"你简直在逗我，"杨琳的声音听起来万分不爽，"我念在这段时间的交情，忍了整整一个下午没有拆穿你，你还来劲了是不是？蹬鼻子上脸了是不是？"

"你这个人讲不讲道理啊，"刘小畅比她更愤怒，"明明是你自己要求高，凭什么说我骗你？以貌取人你俗不俗啊！"

"你少跟我来这套！我早就跟你说过，你那时候说什么来着？"

刘小畅很冤枉："我说过我个子不高吧？"

"你觉得你的问题只出在身高吗？"杨琳冒火，"你还欺骗！你好意思在个人资料里填一米七五？"

"我，我穿上鞋就是一米七五啊……"刘小畅声音明显虚了一截。

"我只有一米七能低头看你！你过来，你过来和我比比？你有一米七我把头摘下来！"杨琳冒火。

刘小畅往后退了些许："这我今天一来不是就道过歉了吗，你怎么又翻旧账？"

许熙然听明白了。杨琳无论如何都接受不了刘小畅的身高，觉得自己惨遭欺骗，故而万分不爽。

虽然觉得刘小畅实惨，可摸着良心说，许熙然也觉得刘小畅和男子气概这个词没什么关系。杨琳嫌弃他，不奇怪。

"就你这小身板，"杨琳开始讽刺他，"娇花似的，怎么可能有女生看得上？"

"你在网上不是这么说的，"刘小畅被气到了，"你说我很阳刚的。"

"因为你只给我看了修过的图！"杨琳喊。

"我没有修！"刘小畅怒了，开始脱衣服，"眼见为实，我要是没有，你立刻向我道歉！"

杨琳愣了一会儿，反了，出手阻止："你干什么呀你，大马路上的……你就算没修图也不行！"

"为污蔑我向我道歉！"刘小畅大声说道。

"我……"杨琳挣扎，"黑灯瞎火的看不清。"

"哈，"刘小畅个子小声音倒挺大，"那行，我们去看得清的地方。要是我真没修图，怎么办？"

杨琳开始虚了："什么怎么办……"

"那你就……就……"原本还气势汹汹的刘小畅语调软了下来，"就再说吧。"

"我不要！"杨琳毫不犹豫。

"……"

"你到底敢不敢跟我走？"刘小畅问。

杨琳语气一点也不坚定："谁，谁说我不敢啊！"

然后他们就真的走了。

待那两人的身影彻底消失，依旧并排坐在长椅上的许熙然和方默面面相觑。

片刻后，依旧处于震惊状态的许熙然试探性地开口："他们……"

方默唰的一下站了起来："不早了！我们回去吧！"

邹瞬已经睡迷糊了。再一次被两人强行架起来后他小幅度地挣扎了几下，接着很快又没了动静。

方默把原本盖在他身上的那件外套递给许熙然，让许熙然穿上。

穿着方默的外套走了几步，许熙然突然得意起来。

"你这衣服有点小嘛，"他冲着方默嘿嘿笑，"我穿上紧了。"

这件上衣是较为修身的款式，布料也没有弹性。许熙然穿上以后，抬起手臂会有明显的牵扯感。

方默不置可否："那要换回来吗？"

许熙然用下巴对着他俩架在中间的邹瞬示意了一下："这个，没地方搁。先将就一下吧。"

方默忍着笑点了点头："那我们走快点吧。"

又过了半分钟，许熙然再次开口："你知道这说明什么吗？"

"啊？"方默没听明白他所指为何。

"这件衣服我穿着紧，"许熙然说，"说明我肩膀比你宽，肌肉比你发达。我身材比你好。"

方默回过头，一脸无语地看着他。

"你还好意思嫌弃我没有八块腹肌。"许熙然说。

白天方默在咖啡馆里的发言，令他至今耿耿于怀。

"我还是有点料的好吧。"他继续强调。

方默很不给面子，笑喷了。

"不仅如此，"他边笑边说，"你长得也比他们好看，个子也比他们高。你有人格魅力，不需要那点腹肌做修饰。"

"……你这样很不真诚。"许熙然不满。

"我认真的呀，"方默还是在笑，说话时并不看他，"你比他们所有人都帅。"

不知他究竟是不是在说反话，许熙然一时无法回应，脸不由得跟着有些发烧。

方默继续说道："再说了，肌肉太发达也不好看。你这样的叫恰到好处，多一分嫌腻少一分不足，完美。"

许熙然开始羞耻了。为了掩饰，他清了清嗓子，别别扭扭地说道："算你有点眼光。"

太紧穿着实在不舒服，许熙然半路还是勉强用单手把外套脱了下来。扛着个人走得辛苦，倒也不觉得冷。终于把邹瞬送回寝室时还出了点汗。

把醉汉安置完毕，他和方默各自回了宿舍。等洗完澡躺在了床上，他才回过神来，自己的外套还在方默身上。

他给方默发消息，让他记得第二天把衣服还来。片刻后，收到一个"噩耗"。方默说不小心把他外套的拉链弄坏了。

"怎么我的衣服一到你手里就会出事？"许熙然不禁抱怨。

方默回了他一条语音。

"对不起啊，我不是故意的。"

他好像也已经躺在了床上，说话声音比平时更柔软许多，语调拖得很长，带着些许慵懒，有点沙沙的。

很快又有新的语音发了过来。

"我赔你一件好不好？我有很多宽松的，你随便挑。"

许熙然心想，你上次说要买一件新的赔我，到现在都还没影子呢。

没等他把这行字打完，方默发来了一条新的消息，已经完全切换了话题。

"刘小畅没回寝室。"

许熙然回了一串省略号。

"这两个人到底干什么去了？"

刘小畅要证明自己呗。听他们方才的话，过去这段时间该是在网上打得火热。或许在冷静下来以后，还是能好好沟通的。

方默又给他发语音。

"唉，我有点羡慕了。"

许熙然又回了他一个无奈的表情。

"你不会羡慕吗？诚实一点。"

方默这次发的是文字。

"我头有点晕，可能是啤酒的后劲上来了。"

许熙然回复道。

他喝得不多，一直到刚才为止都没什么感觉。可如今躺下以后，却隐隐觉得整张床在轻微摇晃，仿佛睡在了小船上。

方默对他的话视若无睹，再次发来的消息依旧自顾自地继续方才的话题。

"你老实说，看到身边那些人谈恋爱，就没有向往过吗？"

许熙然皱着眉，看着手机屏幕，脑子乱哄哄的。他下意识地想了些什么，又觉得不该想，于是赶紧把那些糟糕的东西从脑子里赶了出去。

"你不困吗？"

他问方默。

方默再次回复了语音消息，依旧是那副软绵绵带着倦意的语调。

"睡不着啊，我一喝咖啡就失眠的。都怪你。"

听完以后，新的文字消息跳了出来。

"你说，他们现在到底在做什么？"

"也许一言不合已经打起来了，明天刘小畅回来鼻青脸肿的。"

许熙然答道。

方默没声儿了。

许熙然也发了一条语音。

"我真的晕，先睡了。晚安。"

他一晚上没睡好。

第二天早上迷迷糊糊睁地开眼时，他的舍友正站在床边一脸关切地喊他的名字。

他想问有什么事，可一开口，声带却干涩得发不出声音。

舍友皱着眉头把手覆在了他的额头上，接着立刻惊呼："好烫！"

许熙然茫然地看着他，思维迟缓，整个人都显得呆滞。

"怎么办，我现在要去上课，"舍友纠结了一会儿，突然眉头舒展，"方默在寝室吗？我去帮你把他叫上来吧。"

方默出现得比想象中更快。

他一进屋就跑到了许熙然床边，接着也把手放在了他的额头上。方默的手凉凉的，许熙然觉得舒服，不由得眯起了眼睛。

"是不是因为昨天晚上着凉了呀，"方默收回手后整个人都变得忧心忡忡，"你先睡一会儿，我去借一支温度计。"

他刚要转身离开，被许熙然一把拉住了。

"你要留我一个人啊？"他说。

方默不知所措。他哭笑不得地看着拽着他的衣摆不松手的许熙然，纠结了片刻后，眼睛一亮。

他在许熙然床铺边弯下腰，俯身往里探去，拖出了一个抱枕，塞进了许熙然的怀里。

"有你老婆陪你。"他说。

许熙然愣愣地看着怀里的小遥抱枕，皱着眉，不说话。

等方默再次走到寝室门口，他终于回过神，抱怨起来。

方默回头看了看他，接着加快了步伐，跑了。

许熙然抱着抱枕，心中一阵委屈。

他觉得自己被抛弃，孤苦伶仃，身上所有的不适感受都在急速加剧。

太可怜了，他只剩小遥了。

许熙然脑子不停冒着泡，自怨自艾，沉浸在悲伤之中。好在方默没过多久便回来了，手里还提着一个袋子，里面装着不少东西。

方默对着他操作温度计时，他小声抱怨："你好残忍啊。"

"啊？"方默一脸莫名其妙的表情，接着看清了温度计上数字，立刻紧张了起来，"三十九度四，都快四十度了。去医院看一下吧？"

许熙然抱着抱枕摇头："不想动。"

方默一点也不体贴。他满脸严肃地扒开许熙然的手臂，抽走了抱枕，试图把他从床上拉起来："你起来，去医院，快点。不去医院至少去一下医务室。"

许熙然人不舒服，劲儿却不小，还仗着横躺着有体重优势，赖在床上不肯动。

方默努力了半天，床垫都有些歪了，许熙然还稳如泰山窝在被子里。

他累得站在床边直喘气："你三岁吗？能不能成熟一点？给我起来！"

说完，他伸手想要掀许熙然的被子，却被许熙然及时捉住了手腕。两人一阵拉拉扯扯，方默一不留神脚下一绊，整个跌在了许熙然的身上。

许熙然顿时一阵惨叫。

方默也狼狈不已。

许熙然极有可能是真的烧傻了。

方默觉得自己好像真的被当成了一个抱枕。

虽然现在傻了吧唧还粘人的许熙然很有意思，但恐怕再拖下去，他就要被高热烧到傻得不可逆了。当务之急，还是把这病号赶紧带去医院。

当他下床跑去打开许熙然的衣柜，那个病糊涂了的男人一直在小声嘀咕，抱怨方默又丢下他不管，多么无情无义。

"你对邹瞬肯定不会这样。"许熙然哼哼唧唧。

方默替他拿了外出的衣裤，走到床边，毫不留情掀开了他的被子。

"快起来，去看医生！"

在打车去医院的路上，许熙然的体温又升了。他一路都很安静，闭着眼倚靠在方默的肩膀上，脸颊透着不自然的绯红，偶尔咳嗽。

方默看着难受，时不时就想问他感觉怎么样，又怕会打扰他闭目养神。

等到了医院，预检时体温已经到了三十九度八。看着许熙然一脸木然的表情，方默慌张不已，牵着他跑上跑下。

化验结果显示没有病毒但有炎症。医生问许熙然是不是还有哪儿不舒服，他糊里糊涂地答不上来，只说嗓子疼。好在打了退热针后，他那不自然的高热终于逐渐退去。

方默陪他在输液室挂水，半瓶水挂完，再摸他的额头，已经不那么烫手了。

"还难受吗？"他小声问许熙然。

许熙然可怜巴巴地看着他："有点饿。我起床到现在没吃过东西。"

有胃口是件好事。方默很欣慰，在他手上拍了拍："那我去给你买吃的，你一个人没问题吧？"

许熙然有些好笑地看他："我那么大个人了，还能有什么问题啊。"

方默心想，啊呀，怎么恢复正常了。

让人松口气，又免不了有些惋惜。

路上接到了邹瞬打来的电话。

邹瞬才刚醒没多久。他严重宿醉，状态糟糕极了，说话时有气无力。

"我昨天喝得太多，糊涂了，有好多事记不清到底是真实发生过还是我在做梦。"他对方默说。

方默不等他细问，提前替他解答："你昨天大哭，说自己是个傻子。"

邹瞬沉默了。

"还说，后悔自己把他的联系方式删了。说完气得用头砸桌子，我好不容易才拉住。"方默为他详细描述经过。

邹瞬面子挂不住，咳嗽了两声："不是，我要问的不是这个。"

"那是什么？"

"我昨天回去的路上隐隐约约听到有人说什么……你有人格魅力，你比他们所有人都帅，你长得恰到好处，你是最完美的……"

"……"

方默的脸一下子就红透了。早知道邹瞬当时有意识，这些话他绝对说不出口。

邹瞬明显在忍笑："是我做梦吧？"

"对，你在做梦。"方默果断地说。

"啊呀，可惜了，"邹瞬说着，又清了清嗓子，接着语气突然变了，"还有，我记得好像是你告诉我的吧……"

"……什么？"方默警惕，努力回忆自己昨晚究竟对许熙然说了多少不方便被第三个人听见的悄悄话。

邹瞬的语调带着明显的忐忑："……老板来找过我？"

方默眨了眨眼。

"对，"他说，"他来找过你。"

电话那头静悄悄的。

"他说，一直联系不上你，所以过来确认一下你的情况。知道你好好的，又回去了。"方默把昨天说过的话又重复了一次。

"……他来找过我啊。"邹瞬又重复了一遍。

他的声音很小，不是在提问，只是在心里与自己确认。

方默忍不住笑了："对，他说他不放心你。"

邹瞬安静了片刻，再次开口时声音响亮了许多，带着无法掩饰的雀跃："我，我突然想起有点事，先挂了！"

他说完，不等方默回应，便切断了通话。

方默带着笑意看了会儿手机屏幕，编辑了一条消息。

"路上小心。"

方默在医院附近的便利店买了一小罐酸奶和一盒蛋糕。买完担心这些吃起来不够热乎，又买了两个茶叶蛋。

回到输液室时，许熙然正闭目养神。听见身边方默的动静，他很快睁开眼睛，然后微微地皱起了眉头。

"怎么回事啊。我在受苦，你看起来还那么开心？"

"邹瞬去找贺老板了，"方默冲他笑，"他开心死了，把我给传染了。"

许熙然听完，若有所思。

"想吃哪个，"方默把手里的东西举到他面前展示，"蛋糕还是茶叶蛋？"

许熙然视线在这两样东西上转了一遍："都想吃。"

"……看来你是快要好了。"方默说。

他说完拆开了蛋糕包装，递给许熙然，接着低下头剥蛋壳。许熙然还在输液，手不方便，这些事都没法自己做。

许熙然看着他，咬了几口蛋糕，问道："他那么崇拜人家，之前为什么还要故意躲着？"

"说来话长，"方默剥干净了第一个茶叶蛋，递到许熙然嘴边，张嘴比画，"啊——"

许熙然愣了愣，乖乖地咬了一口。

"这茶叶蛋壳都没怎么碎，剥开全是白的，看起来一点也不入味。"方默说。

"不啊，"许熙然满嘴都是食物，说话有点模糊，"挺好吃的。"

等他把方默买来的东西统统吃下肚，方默也大致把邹瞬的故事讲完了。

"所以，他觉得那个人看不起他，敷衍他，自尊心受辱，才拉开距离？"许熙然靠在椅背上地问，声音懒洋洋的。

"差不多吧，"方默点头，"谁都会希望自己心中重要的对象更在意自己吧。可是贺老板总放他鸽子，店也关得突兀，他肯定不高兴啊。"

许熙然点了点头，又不吭声了。

方默又看他一眼："昨天问过你了，你再代入一下嘛。如果你是贺老板，到底为什么才会来找他呢？"

许熙然调整了一下姿势，闭上了眼睛："与其说代入……我怎么觉得这个故事整个听着就另有隐情呢。"

"什么？"方默好奇。

"现在你说的所有的一切，都是在假设人家知道邹瞬崇拜他的前提下吧？"许熙然说，"那万一人家不知道呢？"

方默立刻摇头："怎么会不知道呢……他知道邹瞬表现得很明显啊？"

许熙然说："他当面说过吗？"

"不知道，可能没有吧，"方默说，"可是他在人家面前的时候那个状态，简直了……"

"不是啊，"许熙然头微微动了动，"如果他在那个人面前永远是那个状态，人家要怎么知道这很特别呢？根本没有对比啊。"

"……也是哦？"方默恍然大悟。

"他正式关店的时候，邹瞬都离职了对吧，"许熙然说，"之前他是有跟邹瞬提过的吧？"

方默迟疑过后愣愣地点了点头。

"他还跟邹瞬说，是因为家里的原因，"许熙然睁开了眼睛，侧过头看向他，"一般老板需要对临时打工的交代这些吗？"

方默好一会儿没说出话。

许熙然提出的假设完全在他的思维盲区里，之前从未想过。

"可是，邹瞬那么喜欢那家店，他正式关店前好歹该和邹瞬提一嘴吧？"方默问。

许熙然眯着眼睛想了一会儿，说道："他不见得知道邹瞬在意这些吧？"

方默愣了一会儿："啊？"

"邹瞬有明确表达出反对，舍不得，不愿意吗？"许熙然说，"又不是他肚子里的蛔虫，也不能因为人家处事得体将就，就要求面面俱到吧？"

"……可是，你这也只是想象吧？"方默问，"有依据吗？"

"有啊，逻辑链很完整啊，"已经信用破产过一次的大侦探许熙然依旧信心十足，"他因为担心特地跑来找邹瞬，知道了邹瞬只是故意不理他，居然一点也没生气，好像还松了口气。我上次就说了，只有两种可能。那如果邹瞬没有欠他钱……"

"你等等，"方默皱起眉头，"还是不对呀，那他为什么故意放邹瞬的鸽子？"

"所谓的放鸽子，不都是邹瞬自己瞎猜的吗？"许熙然说话的同时，手指在座椅把手上轻轻敲了两下，"这就是我之前说的，最典型的先有结论再倒推过程，看起来合理其实牵强附会。"

"……"

"他不是说临时有事吗，"许熙然说，"为什么非要假定人家在撒谎呢。"

"可是……"

"你刚才说，一共约了三次，有一次是邹瞬自己有事去不了对吧，"许熙然说着突然笑了，"那你有没有想过，也许对方也会产生一模一样的想法，担心邹瞬是故意放他鸽子，不想赴约。其实啊，真的不想见，一开始不约不就好了？"

方默恍然大悟："还有这种可能性啊？"

"邹瞬担心的事，也许人家也有类似的想法呢，"许熙然说，"怕自己跟年轻人没有共同话题，会露怯，担心小青年不稀罕跟长辈交流，会嫌烦。"

"……"

许熙然继续说道："我代入一下的话……有一个小朋友在自己屁股后头跟前跟后，肯定会有些成就感吧，也可能会有保护欲，就像对自己弟弟那样。"

方默被说服了。

"我睡一会儿，"许熙然闭着眼睛，毫不客气地指挥他，"帮我留意一下，快滴完了叫一下护士。"

邹瞬一直没有回消息。

方默认为这四舍五入就算是一个好消息了。邹瞬大概已经顺利见到了贺丞逸，然后发现事情真的就如同许熙然所推测的那样全是误会，也许正聊得投机，没空搭理他。

许熙然挂完了水，依旧没什么精神。烧退了大半，离开医院前又量了一下，三十七度八。不会烧成傻子了，方默终于松一口气。

"浑身都痛，"回到学校后，许熙然跟在他身后，慢悠悠挪动，"头也晕，哪儿都不舒服。你走那么快干吗，等等我啊。"

他一定没有意识到自己现在的模样非常像在撒娇。方默心里一阵暗爽，努力忍着笑放慢了脚步等他。

许熙然难受，他自然会担忧。可照顾许熙然、被许熙然依赖，又带给他一些享受。这种满足和雀跃，同他脚扭伤被许熙然照顾时很不一样，却能带来同等的满足感。

两人慢吞吞地往住宿区里走。走着走着，迎面看见一个同样慢吞吞但正在往外走的人。

这是他们两天来第四次偶遇杨琳了。

杨琳怀里抱着个装着书本的文件袋，手里拿着电话正在说什么，表情纠结。与方默对视了一眼后，两人很有默契地同时移开了视线。

　　大家都移动速度缓慢，错身而过的时间被无限拉长。许熙然因为身体不适比平日更迟钝，一直到双方只剩下不到两三米的距离，才注意到杨琳的存在。

　　他因为过去那些事而表现得很尴尬："小杨啊，好巧。"

　　杨琳冲他笑了笑，低头打招呼："学长好。"

　　方默见状，又跟许熙然贴近了点。杨琳的视线在他们两人之间停留了两秒，加快步伐，别别扭扭地走远了。

　　这个看似波澜不惊的小插曲就这么过去了。

　　"哎哎，"许熙然拉了方默两下，"这人是不是看着怪怪的？"

　　方默严肃地点了点头："你注意到了没有，那个电话。"

　　"没，电话怎么了？"

　　"杨琳表情很纠结，可是又不像不高兴，"方默仔细分析，"你说电话的那一头，有没有可能是……"

　　许熙然眉头一皱。

　　两人一同回过头去。杨琳已经走远了，只能看见一个小小的背影，正低着头拿着电话，步子挪得慢悠悠的。

　　"哎呀，哎呀哎呀。"许熙然意义不明地感叹起来。

　　方默暗暗地叹了口气。

　　刘小畅推开寝室门时还哼着歌，心情极为愉悦。

　　等他看见了正躺在方默床上的许熙然，立刻收敛了表情。

　　"你在啊，"他冲着许熙然笑，"他呢？"

　　方默从卫生间走了出来，看了看他，扭过头一言不发走到了自己床边。

　　他现在心态不好，非常酸，见不得这些春风得意的人。连带着看许熙然都有些不满意。

　　"你快回去吧，"他拉许熙然，"回去把药吃了好好睡一觉。"

　　许熙然闭上眼睛不为所动："懒得爬楼梯了，我在这儿睡也一样。"

方才两人回来时，方默原本想要陪着许熙然一起去他寝室的。走到半途，想起自己的抽屉里还有许熙然上次送来的冰宝宝贴，便顺路过来取。

没想到许熙然跟着他一起走进来，径直飘到他床前直挺挺地倒了下去，不肯动了。当时寝室没别人，方默便也就由着他去了。现在刘小畅回来了，方默心里尴尬，想赶许熙然回去，却又拿他没办法。

"怎么了，不舒服？"刘小畅问。

"没事，"许熙然闭着眼睛，"我吃过药喝过热水了。"

方默哭笑不得，叹了口气。

刘小畅回到自己的床铺，安静了一会儿后，突然开口。

"我能不能问你们一个问题啊？"

许熙然闭着眼没应声，方默回过了头。

"什么？"

刘小畅明显剪过头发，清爽了许多，配上那一脸羞涩，原本便清秀漂亮的面孔竟有几分楚楚可怜。可他说出口的话，却完全不是那么回事。

"你肯定……"他说着迟疑了一下，视线在两人之间飘了一圈，欲言又止。

方默一阵别扭："我，我怎么了？"

"肯定谈过恋爱吧？"刘小畅说。

方默尴尬无比。

原本躺着不动的许熙然瞬间睁大了眼睛，扭头一脸呆滞地看向刘小畅。

"没有吗？"刘小畅惊讶极了，"居然没有？不会吧？不可能吧？为什么啊？"

空气陷入了沉默。许熙然烧还没退，本就迟钝，此刻脸上失去了所有表情。

片刻后，他皱着眉头摸摸索索，似乎是想掏手机。

方默怕他点开屏保给刘小畅介绍他的老婆小遥，嫌丢人，赶紧打岔。

"你到底想说什么啊？"

刘小畅冲他腼腆地笑了笑："我想问问你。"

方默和许熙然两个单身人士安静地对视了一眼，然后同时开口："你说说看？"

这个房间里感情经历领先所有人的成功男士刘小畅向两个门外汉虚心求教。

"你没有和女生吵过架吗？"

他问完，整个寝室都陷入了沉默。

"喂？喂喂？"刘小畅有点尴尬，"理理我啊。"

许熙然一脸呆滞，舔了舔嘴唇："……大概，也许，可能没有吧？"

很显然，他根本没东西可以分享，只是单纯想听一听。

"为什么那么不确定？"刘小畅歪头。

虽然知道不是出自他的本意，且和他此刻想要探讨的内容非常不搭。但那动作配合他的外形，看起来很像是在卖萌。方默一时松懈，竟觉得他有点可爱。

"咳！"他大声咳嗽，"你是刚和别人吵完架吗？"

刘小畅闻言立刻皱起了眉头，为难起来："我……那个……"

他难以启齿，纠结了好一会儿，没下文。

方默心中难免好奇，正要追问，许熙然已经开口了。

"你是遇上什么难题了吗？说出来大家出出主意嘛。"

方默不禁侧目。这个人还生着病呢，居然那么八卦。

刘小畅扭扭捏捏的，眼神飘了一圈，勉强地笑了笑："呃，是这样的，我有一个朋友……"

方默看了看许熙然，发现许熙然也正回头看他。接着两个人很有默契地齐齐点头。

"哦，你朋友怎么啦？"

刘小畅把视线移向许熙然："他跟人，吵架又和好了，但是……"

许熙然突然躺平，伸手扶住了额头："怎么回事，我好像又烧起来了，我的头好痛。"

刘小畅又看回了方默。

方默没办法。他小心翼翼地放下了海苔，然后试探性地问道："你们是怎么吵架又怎么和好的？"

刘小畅低头陷入了沉思。片刻后他突然回过神来，猛抬头："是我朋友！"

说完两人对视了几秒，刘小畅的表情逐渐松动最终自暴自弃："行吧就是我。"

"到底是怎么回事呢，"方默说，"你得说得更具体一点，我们才好帮你分析嘛。"

原本瘫在一旁的许熙然又精神了，支起身子连连点头。

刘小畅叹气："就是我那天跟你说过的要去见面的那个人，见了以后果然嫌弃我的身高长相。"

"你不是说和好了吗？"方默说，"你们有好好聊过？"

"算是……有吧，我们吵了一架，吵着吵着大家都累了，也喊不动话，就坐下来冷静会儿，"刘小畅说着，脸愈发红了，"我当时情绪有一点崩溃，一个不小心……哎呀太丢人了，不说了……"

方默心想，不会是掉眼泪了吧？

"本来以为自己这样会显得更没有男子气概，没想到人家看了以后反而态度变好了，开始安慰我了，"刘小畅说，"之后我们促膝长谈了很久，算是说了不少心里话吧。我感觉气氛蛮好的。"

方默点了点头："那很好啊，算是和好了吧？"

"可是……"刘小畅愁眉苦脸，"我有点捉摸不准，我们现在到底是怎么回事？"

方默觉得自己可能是在许熙然的耳濡目染下被影响了，当下一顿推理，得出了一个自认十分可信的事件经过。

杨琳原本对刘小畅极不满意，十分嫌弃。谁知两人大吵一架后刘小畅猛然落泪，仿佛一只被雨淋湿的可怜小狗。于是杨琳动了恻隐之心，狠不下心指责。两人当初在能在网上相谈甚欢，说明很有共同语言，冷静下来以后，估计气氛还挺不错。

杨琳恐怕现在也很纠结，嫌弃他身材矮小长得比自己还清秀，又不忍心看他哭唧唧让他难过，纠结得很，才表现得别别扭扭。

"我刚才又发消息，也没回。"刘小畅叹气。

躺在方默床上装死了老半天的许熙然突然开口："你这么在意吗？"

刘小畅抿着嘴，没吭声。

他这模样看起来有点招人疼，方默不禁心软，又不知道该说些什么安慰，纠结片刻后递出一片海苔。

"吃吗？"

刘小畅伸手接过，叹了口气。

"往好的方面想。"方默试图给他一点信心。

"唉，"刘小畅皱眉，"这是被同情了吧！"

方默心中忽然有几分触动。刘小畅对杨琳或许比他想的要更认真。

"你们俩有闹过矛盾吗？"愁苦的刘小畅又毫无预兆问出了重磅问题。

方默倒抽一口气，许熙然则立刻呆住了。

当方默回过头去，与许熙然的视线不期而遇。

两人视线僵持不过两秒，许熙然一把扯过方默的被子，把脑袋整个蒙住了。

"我头好痛哦。"他在被子里闷闷地说道。

方默稀里糊涂转回身来，发现刘小畅正一脸惊喜地看着自己的手机屏幕。

"回我了欸！"他说。

"什么？"方默立即伸长脖子，"回什么了？"

"我问在干吗。"刘小畅说着把手机转了过来。

屏幕上最新的消息就两个字：上课。

他说完放下手机，一副松了口气的模样："原来在上课啊，怪不得那么久不理我。"

方默顿时恨铁不成钢："你傻啊！知道在哪儿，那赶紧去找她！"

刘小畅迟疑："会不会太唐突？"

方默脱力，指了指他的手机："那就到了以后报备一声！"

刘小畅对着手机一阵摆弄，很快又离开了寝室。

他走之前对方默和许熙然表示了感谢，与此同时露出了微妙的笑容。

"有机会多交流。"他说。

许熙然抬头看着天花板，方默低头看着水泥地，一直到关门声响起谁都没应声。

若刘小畅和杨琳能搞好关系甚至在一起的话，方默倒也乐见其成。杨琳也省得再绕着许熙然转，变相硌硬他。至于刘小畅，方默现在对他有了巨大改观。

"我以前还以为他是个很有城府的人呢，"他对着许熙然感慨，"也不知道是我太傻还是他当初太会装模作样。居然会气到哭，还挺可爱的。"

许熙然已经掀开被子，扭着头眯着眼睛看他，不说话。

"干吗啊？"方默觉得别扭。

许熙然抬起手，指了指自己眼角的位置："还说人家呢，这儿有泪痣的人都喜欢哭的。"

"真的，"许熙然说，"我老婆就是。"

方默背对着他坐下："谁啊！"

"小遥啊，"许熙然一副理所当然的语气，"你连我老婆是谁都不记得了，你也发烧了吗？"

方默站起身来："你快滚回自己房间，别赖我床上了。"

许熙然不情不愿坐起了身："你对我好凶啊，我还在生病呢。"

他一示弱，方默就不由得心软。

反正待会儿肯定还得帮许熙然带晚饭，等吃过了再把他赶回去好好休息也不迟。不如就先让他再睡一会儿吧。

他正想着，许熙然却站起了身，慢吞吞地向寝室的另一边走去。

"这是我的吧？"他说着，从方默床尾的衣架上拿下了自己的外套，举在手里看了看。

"拉链也没多大问题啊，"他拨弄了一下，"我带回去了？"

"随便你。"方默说完，躺在了许熙然刚才躺过的位置，"带着你的外套快走吧。"

许熙然看着他，迟疑了片刻又把外套挂回去了。

"算了，你喜欢那送你好了。"他说。

方默待了片刻，紧接着便被羞耻感所淹没："不是啊。我又不是故意想骗你的外套，我……"

许熙然笑了起来："你穿着挺好看的。"

"……"

"这是我少数拿得出手的衣服呢，"许熙然说着，坐到了床边上，"我妈给我买的。这个牌子好像挺有名的吧？"

他不认得，方默倒是知道。那是国外近年来刚流行起来的一个潮牌，国内没有专柜，只能代购，挺难买的。不算非常贵可也不便宜。

许熙然可能是看他平日热衷穿搭，默认他会喜欢这类款式。

方默不想被他误会贪小便宜，从床上爬了下来："不然……我和你换吧。我柜子在那边，你看看有没有喜欢的，随便拿。"

"不用啦，"许熙然笑道，"你的衣服都花里胡哨的，我也找不到能配的，穿着奇怪。"

方默拖着他走到了衣柜前，打开了门："也有比较简单的款式啊。喏，比如这个，你穿着也不会紧的。"

他说完刚想把衣服拿出来逼着许熙然立刻换上试试，兜里的手机振动了起来。

是邹瞬。

"拿去！"方默不由分说把衣服塞进了许熙然怀里，然后按下了接听。

他心里有些不好的预感。果然，电话那一头邹瞬的语气听起来无比消沉。

"方默，怎么办啊，"他说，"我找不到他。"

邹瞬说，他不仅去了贺丞逸的家，还去了他开的店里。

店门紧闭，门口贴着一张通知，说因故暂时停止营业，归期不定。家里也没人，按门铃没动静。邹瞬在门口等了半天，只等到贺丞逸的邻居。邻居告诉他，已经好些天没见着贺丞逸了。

"店门口的告示还是他手写的。"邹瞬说。

方默不解："这有什么讲究吗？"

邹瞬的语气听起来沮丧到不行，说的内容却是完全不合时宜："他的字写得好好看哦。"

　　方默接不上话，哭笑不得。

　　"怎么办？"邹瞬问。

　　"要不……你留个字条？"方默说，"等他回来了就能看到了。"

　　"我试过了，"邹瞬说，"他家的防盗门太严实了，塞不进去。我只能买个便签本贴在门上，可是这样很容易掉。"

　　"先贴着吧，过两天你再去也行啊，总不能现在一直留在那儿。今天就先回来吧。"

　　邹瞬听完安静了一会儿，叹了口气。

Chapter 19

俗话说病去如抽丝。

许熙然的烧又过了一天便彻底退了，可身上的不适感受却持续了一周之久。打不起精神，腰背酸痛，总爱犯困。

除了上课外他实在抽不出精力干别的，干脆社团活动全都请了假。

等终于再次出席，发现排练已经有模有样了。

比赛临近，参演人员为提前适应排练时也穿起了角色的服装。邹瞬很守信用，排练时态度积极认真，动作表情已是相当到位，看起来像是乐在其中。

方默今天有课，没来凑热闹。失去了这个桥梁以后，许熙然和邹瞬之间并无太多交情，话不投机。

比起跟他，邹瞬和社团里的女生们相处得更融洽。

当初刚来时他被一群姑娘围在中间整个人拘束不已手足无措。见面次数多了，居然她们彻底打成了一片。

许熙然同他只在刚开始打了声招呼，之后便再无交流。

其实他挺想去搭个话，问问近况。方默前几天提起过，邹瞬发现贺老板已经搬家了，完全找不着人，让他也不由得跟着担心起来。

不过两人毕竟没有私交，不好表现得太八卦。更何况，若有动静，方默绝对会向他转播，没必要自己去打探。

没想到排练临近结束，邹瞬竟主动跑来找他。

"有没有空，"他冲着许熙然咧嘴笑，"请你吃晚饭。"

许熙然惊讶不已。

很快他就知道了原因。

"方默说是你说的，"邹瞬看起来有点不好意思，"还说如果不信可以亲自来问你。"

许熙然心想，方默这人还真是个多话的传声筒，亏他单名一个"默"字，可太能叭叭了。

"……我说的那些也不一定有参考价值，"许熙然在他面前很谦虚，"都是瞎说的，说的时候还在发烧，不见得有道理。"

邹瞬显然不怎么喜欢这个回答。他一脸失落，笑容苦涩："哦，这样啊。"

"但也算是有依据的吧，"见他难过，许熙然不由得开口安慰，"他肯定是很关心你的。"

邹瞬点了点头，接着，问了一个方默曾经问过的问题："如果你突然联系不上方默了，会特地跑去找他吗？"

许熙然迟疑了一下，点了点头："会啊。"

方默就是一个那么让人放心不下的家伙。他们若是失去联络超过二十四个小时，自己一定会坐立不安。

原本还看起来有点沮丧的邹瞬不知为何突然笑了起来。

他意味深长地缓缓点头，单手撑在桌上支着脑袋冲着许熙然笑了起来。

"那你肯定也很关心他了。"他说。

许熙然心想，这不是废话吗？他刚想提出，邹瞬双手环胸，若有所思，笑容诡异。

"如果我没弄错……你之前对我挺有敌意的吧？"

"不是，我那是……"

觉得你对方默态度奇怪，想要试探一下罢了。这话说出来，太尴尬了。

许熙然吃了个哑巴亏，无言以对。

"你摸着良心说，是不是有企图？"邹瞬严肃地看着他。

许熙然快速摇头："真的没有！"

"行吧，"邹瞬耸了耸肩，"不承认算了。"

许熙然猜测邹瞬大概只是想跟他开个玩笑。

可最近越来越多的人对他俩产生了误解，他多少也会感到别扭，考虑要不要适当地拉开距离好方便澄清。

然而，当第二天方默找他一起吃饭，他还是毫不犹豫地答应了。

两人面对面坐在食堂里，方默明显情绪不佳，一直低着头，不吭声。

许熙然难免担忧。

"怎么啦，什么事不开心？"他问。

方默表情语气都带着尴尬，说话时并不看他："邹瞬昨天是不是跟你乱说话？"

许熙然愣住了。

"……他逗你玩儿的，你别当真。"方默又说。

他说完抬起头。两人视线还未接触，许熙然已经慌忙把头低下了。

"我知道啊，"他说，"我当时就跟他说让他别闹了。"

说完后，对面没出声。

两人安静地吃了一会儿，气氛少见的僵硬。

许熙然心想，完了，会不会是邹瞬一通胡乱猜测，让方默也开始怀疑了。要是真的被他误会，

他有点慌。方默这个人，不高兴起来特别明显。表情、语气，一点也藏不住。他明显在闹情绪了。

他和方默单独相处时，气氛很少会如此僵硬。

这一顿饭吃得没滋没味，许熙然浑身上下都不得劲。等吃完了两人收拾好了餐具一同往回走，许熙然接了个电话。

社团成员传来一个噩耗。眼看比赛在即，有成员突然出了点意外，没法上台了。因为所担当的角色比较重要，在整场表演中戏份较多不可或缺，所以必须赶紧找到一个替补。

"你认不认识身材比较高挑的，长得清秀的人？"许熙然在挂了电话后就近问身边的方默。

方默认真思索了一会儿："只认识你们社团的。"

许熙然当下摇头叹气。

"那完了，我熟悉的也就那么几个。"他说。

"到底是谁出问题了？"方默问。

他就站在许熙然身边，应该多少听到了一点电话内容，只是没怎么听清。

"常天，"许熙然说，"这小子突然长水痘了，现在已经离开学校回家了。"

方默有些惊讶："居然是他啊？"

"是啊，"许熙然说，"他说能把衣服假发都贡献出来。但是毕竟是男孩子嘛，尺码稍许有点大。"

"我看他也不算很高大吧？"方默不解。

"脸小造成的错觉罢了，"许熙然说，"其实他没比你矮多少，你……"

他说着，突然顿住了，接着上上下下把方默打量了几遍。

方默茫然了一会儿后有所警觉，微微后退："你想干吗？"

"……COSPLAY蛮好玩的。"许熙然对他说。

表情真挚，语气诚恳。还向前逼近了一步。

方默快速摇头："不了不了！"

"你没试过，怎么知道自己不喜欢呢，"许熙然循循善诱，说的话都特别熟悉，"试一下，也许会爱上。"

方默十分坚定："那不可能。"

"没有比你更合适的人了，你看过那么多次他们排练，流程肯定也很清楚，你就是那个天选之人。"

"你就瞎扯吧……"方默哭笑不得，"我哪里合适了？打扮起来效果肯定很恐怖。"

"说出来你可能不信，"许熙然搓着手看他，"常天平时穿私服的时候也跟你差不多。"

方默将信将疑。

"你和他有一点很像，"许熙然伸手比画，"对比身高来说肩膀偏窄。这样COSPLAY也不会很突兀。"

方默又想笑又觉得受不了："你倒是挺有心得啊？"

"还有啊，你脸颊这里，"许熙然伸手试图碰他的脸，"不像我，是有棱角的。

你的轮廓很柔和。"

他手伸了半天，方默一直在往后仰着闪躲，最终也没能够到。

"可是……"方默皱着眉，"我……我……"

"唉，实在不愿意就算了，"许熙然浅浅地叹了口气，"但愿还能找到其他合适的人选吧。"

方默欲言又止，最终还是没吭声。

"你不觉得还挺有意思的吗？"邹瞬在电话里怂恿方默，"根据我的亲身经历，真的，比你想象中好玩儿多了！"

"你扮的那个，周围都是妹子，当然好玩儿，"方默不愿意，"我可是要穿那套的！"

"多好看。"邹瞬说。

"……你是不是暴露了什么？"方默皱眉。

"咳！"邹瞬清了清嗓子，"而且啊，你有没有想过，这可是许熙然最喜欢的角色。"

"所以？"

"你不想试试吗，看他会有什么反应？"邹瞬说得跃跃欲试，期待无比。

方默沉默了。

他想象了一下那个画面，笑了。

想看，非常想看。若许熙然真的被惊到，他至少能笑到两人毕业。

可作为一个男生，心里总还有点矜持。

方默别扭扭："可是……"

"你说说，你好意思吗，把我骗来凑这种热闹，自己置身事外。"邹瞬又说。

"你露出马脚了，"方默说，"你就是不甘心，要拖我下水。"

"这可是 COSPLAY，"方默担忧，"万一很丑怎么办？"

"不可能吧，"邹瞬说，"你见过常天常打扮吗？还挺帅的呢。你要相信化妆这门高深艺术，懂不？"

方默迟疑。

　　"你什么时候对自己的长相那么没自信了，这不像你了嘛，"邹瞬说，"我打包票你化好妆绝对比常天还好看！"

　　方默盘着腿坐在床上，陷入沉思。

Chapter 20

当天晚上，许熙然从社团的微信群里收到了一则好消息。

已经找到了可以代替常天的人选，外形非常合适。等明天试装后肯定能带给大家一个惊喜。

许熙然松了口气，与此同时心头却又涌起几分失落。

这下，就没理由再哄骗方默去试试看了。

许熙然并不知道他到底适不适合去挑战 COSPLAY，之前说得像真的似的，其实都带了私心在胡扯。他就是自己想看罢了。

他躺在床上，在心里向自己提问。

呆滞了片刻后，他侧过身，搂住了他的抱枕。

他觉得不对。虽然没有恋爱滋润，但他的精神世界一直很充实。他有可以沉迷的爱好，有可以分享的同好。纸片人是假的，但寄托的感情是真的。他不空虚。

自我宽慰完毕，他给方默编辑了一条消息。

"我们顺利找到替补了，不用担忧啦。"

过了好一会儿，收到了方默发来的回复。

"不关我的事！"

许熙然有点疑惑。既然都找到了，肯定不会再去烦他，他这是激动个什么劲儿呢。

方默在第二天做足了心理准备，勇敢地推开了社团活动室的大门。接着很快就崩溃了。

负责为他做造型的姑娘笑嘻嘻地递给了他一盒脱毛膏。

"给你半个小时，把手上腿上的毛都处理干净。"她说。

方默惊呆了。

他的腿毛相比大多数同龄男性而言并不算浓密，他一贯自恋，对此并无不满。

腿上不长毛的男人，还叫男人吗？

"能不脱吗？"他拿着脱毛膏垂死挣扎，"在腿上刷点粉能盖住吗？"

他这几个月来时常跟着许熙然一起围观排练，同他的不少社友都混得很熟。这姑娘叫贝贝，跟他关系还挺不错。贝贝为人泼辣爽利，说起话来不怎么留情面。

"你在开玩笑吗，"她伸手在他背后用力一拍，"既然都答应了，这点觉悟总要有吧。快去！"

方默哭丧着脸进了准备室。

四十分钟后，他的四肢全都变得滑嫩光洁。

"明明也没少太多东西，可就是有一种凉飕飕的感觉。"他对赶来看热闹的邹瞬诉苦。

邹瞬笑得快要抽过去了。他扮演的角色长袖长裤，捂得严严实实，完全没有这方面的烦恼。

"挺，挺好看的啊哈哈哈哈哈哈哈，"他抱着肚子在椅子上滚来滚去，"摸起来好滑溜啊哈哈哈哈哈哈哈哈哈哈！"

听他笑得都快走音了，方默气得想打人。

"别激动别激动，"邹瞬努力控制表情，"你看，你到时候就这样去见许熙然，看他什么反应！多有意思！"

"你闭嘴吧，"方默哀号，"你只是想看我的笑话！"

他已经后悔了。

昨天他根本没好意思告诉熙然，自己就是那个被找来的替补。要是现在回头，也能假装无事发生过。

"你别那么激动嘛，"邹瞬强装镇定说完前半句，后半句又开始飘得不行，"还有更可怕的事情在等你呢和哈哈哈哈哈哈哈哈哈哈！"

方默心想，还能有什么？

他打开贝贝方才给他的袋子，立刻发出了一声惊叫。

"这这这……"他惊诧无比的抬头，"这，这……这这……"

邹瞬已经笑瘫，上半身倒在桌上，一抽一抽的。

方默忍不住在心中暗暗怀疑，这人昨天如此积极劝说，纯粹是想从他身上找点乐子。

"……我想回去。"方默说。

邹瞬缓了好一会儿，喘得像是刚跑完了一千米，说话时有气无力："大丈夫一言既出驷马难追，你现在退缩，才是真正丢掉了男人的尊严！"

方默抱头："滚吧你！"

临近下课，许熙然在微信群里看到了贝贝发送的新消息。

"一切顺利！"

那之后，还附带了一张照片。

群里很快又出现了不少消息，纷纷感叹好看。

贝贝发了个哈哈大笑的表情包，人家不好意思露脸大家等着看现场吧。

立刻就有人 @ 许熙然。

许熙然没啥感觉，毕竟长啥样都不知道。但是目前给人的感觉确实好看。

不过，好不容易找到替补，许熙然当然不会那么不给面子。

"棒！"

他面无表情回复道。

"就不咋地，"许熙然在电话里对着方默吐槽，"那个替补整个感觉都很僵硬。"

电话那头没出声。

"你说常天这家伙，怎么会在这种时候长水痘呢。"许熙然再次哀叹，"他看起来倒是挺适合的。"

方默还是不吭声。

"算了不说这个了，"许熙然果断切换话题，"晚上一起吃饭吗？"

方默终于开口，回了他冰冷的两个字。

"没空。"

"我想退出。"方默可怜巴巴对着贝贝说。

贝贝双手按在他的肩膀上："做人呢一定要讲信用。"

"……我觉得我这样很奇怪。"方默纠结，"也不好看，硬邦邦的。"

"你在开玩笑，"贝贝激动无比，"简直帅呆了好不好？谁说不好看，我杀了他！"

方默哭丧着脸，叹了口气。

"真的好好看啊，"贝贝捧着脸颊，欣赏面前自己辛苦了大半个小时化好的妆面，陶醉不已，"太美了，我现在就想向你求婚！"

"……呵呵。"方默皮笑肉不笑。

许熙然在一周后终于可以确定一件事。

方默在有意识地疏远他。以往，想要见方默是一件很容易的事情。他总是有空，随时可以约着一起吃饭或者做点别的事。就算许熙然不找他，他也会主动过来找许熙然。他们每天都会有联系。

但现在，他永远抽不出时间。去宿舍找他见不着人，发消息过很久才会，约他吃饭说在忙。

问他忙什么，也不肯说。

许熙然没法不去多想。他猜测方默十有八九是信了邹瞬的鬼话，所以故意躲避。

这太冤枉了。许熙然很委屈，觉得方默不公平。当初他误会邹瞬的时候，方默明明就没有疏远邹瞬。这不就是区别待遇？

然后他又想，到底要怎么才能解释清楚这个误会。他实在不愿意失去方默这个朋友。明明认识也没多久，可身边少了他，已经不习惯了。

他不抱期望地给方默发消息。

"再过两天我们社团要去比赛了，你要跟来看个热闹吗？"

方默又过了很久才回复，内容简洁。

"来。"

许熙然从刚上社团专门包来的大巴起就觉得不对劲。

方默一直低着头，手里还提着一个大包。他身边的座位空着，许熙然理所当然地坐了过去。

大巴开始行驶后，方默一直不看许熙然。许熙然却偏要盯着他看。

看着看着，心头突然涌起些许陌生感。

他花了半个小时才确定，会产生这样的感觉并不是因为太久没见他了。

方默的脸上确实出现了变化。他好像修过眉毛了，形状比起以往要更纤细秀气些许。这个改变很细微，却让他的整张面孔看起来有了不一样的气质。

许熙然心中涌出了一个奇怪的猜想。

"你包里是什么东西？"他问方默。

方默扭头看着窗外："机密。"

"你这段时间到底在忙什么呢？"他又问。

方默把包紧紧抱进怀里："……过一会儿你就知道了。"

一个小时以后，他的猜想成为现实。

"他在化妆呀，"邹瞬笑嘻嘻对着站在化妆间外的许熙然说道，"他没告诉你吗？"

"……COSPLAY？"许熙然问。

邹瞬没有正面回答，只是反问道："期待吗？"

许熙然耸了耸肩。

"只是有点惊讶，"他一副若无其事的模样，"还特地瞒着我，有必要吗？"

邹瞬笑得贼兮兮的："给你个惊喜不好吗？"

许熙然不置可否。他心想，有什么好惊喜的啊。早就见过照片了，并不合适嘛。方默化完妆肯定不丑，可是，一定比不过常天。

好气啊。他来帮忙，居然是通过邹瞬而不是通过他。简直过分。

"……那你守在门口干什么？"邹瞬又问。

许熙然嘴硬："好奇不行吗？"

方默在推开门前做了很久的心理准备。

之前排练时也有穿过几次这套衣服，但完整造型这还只是第二次。天气逐渐转凉，场馆里开着空调，可光着两条腿还是觉得凉飕飕的。其余需要穿短裙的女生大多为此特地穿上了丝袜。方默只能硬着头皮强忍。

生理上的诸多不适让他的心态变得愈发敏感。

所有见到他的人都说好看。他自己照过镜子，也觉得不错。许熙然上次只看了身形，说不喜欢，还说看起来很生硬。

方默不高兴，但心里依旧留着一份小期待。等他活生生站在了许熙然的面前，这个宅男会不会有一点不同的想法呢？

一推开门便迎面看到许熙然，完全在方默的意料之外。

今天的比赛是在一个大型动漫游戏综合展会中举行的，独占一个场馆。表演舞台和参赛团队的后台休息室都是临时搭建的。参赛团队众多，后台乱糟糟的，到处都是奇装异服的人在跑来跑去。

方默在这其中，一眼就辨认出了那个正穿着便装的男人。

许熙然正在和邹瞬说话。当他意识到方默的视线后，很快抬头看了回来。

两人的视线在空气中安静地相撞了。

许熙然盯着他的脸看了几秒后，又向下朝着他全身都扫了一遍。

方默紧张得不敢动，挺直了背脊，仿佛在接受检阅。他的双手背在身后，偷偷地搓了两下。

很快，他又意识到这个动作不太合适，会让他整个人显得过于紧绷。

方默心里打鼓，缓缓调整了站姿。

而与此同时，许熙然移开了视线。他的脸上竟看不出任何表情，十分平淡，甚至像是根本没有把方默认出来。

邹瞬开口冲他说了些什么。离得远，四周嘈杂，方默没听清。

许熙然在回答的同时还摇了摇头，依旧是一脸波澜不惊。

方默站在原地杵了几秒，突然十分羞耻。他十分后悔，恨不得能立刻从这儿消失。他觉得这一切都非常糟糕，还觉得许熙然也变得有一点讨厌。

好没意思，不该来的。

就在此时，背后传来了社团里另一个人的声音。

"许熙然！你在那儿发什么呆呢，过来帮忙呀！"

许熙然闻言回过头，平静地应了一声，一脸云淡风轻向着方默的方向迈开了脚步。

接着，他竟在平地左脚拌右脚，双手乱挥手舞足蹈向着前方一阵踉跄。好不容易稳住了身形，他已经冲到了方默跟前。一抬头，又和方默的视线对个正着。

空气凝固了半秒钟。

方默微微张开嘴唇，刚想开口，背后的声音又传来了。

"你在干什么呀，快过来啊！"

"啊？哦！"许熙然以不自然的音量大声回应后慌忙转身，想要从方默身边绕过去。

"咚"的一声闷响。

许熙然也不知在想些什么，一头撞在了门框上。

临时搭建的板材墙壁随之一阵颤抖，附近的人纷纷回头张望。

看起来很痛的样子。可许熙然竟完全没有停下脚步，捂着额头往里猛冲。

方默难免担忧，脱口而出："你还好吧？"

许熙然闻言停下脚步，回过头来。两人又对视了几秒后，许熙然的喉结滚动了一下，然后冲他露出了一个极其傻气的笑容，快速且高频率地摇了摇头。

还未等方默再说些什么，许熙然已经一溜烟小跑到了方才呼叫他的那位同学身边，蹲下了身，帮着一起整理待会儿上台要用的道具。

方默用看傻子的眼神看着他的背影，满头都是问号。犹豫了片刻后，他蹑手蹑脚跟了过去。

他走到许熙然身后，抬起腿，在他屁股上轻轻踢了一脚。许熙然立刻转身，很快大惊失色。

"别，别在这儿碍手碍脚的，影响我们做事了。"他说。

方默刚要再说什么，又有人扛着大型道具走了进来。再待着确实妨碍到其他人做准备工作，方默没辙，只能先撤退。

有生之年第一次参加这样的活动，多少会有几分兴奋好奇。

比赛要下午才正式开始，方默和邹瞬两个外援不用帮忙做准备工作，于是闲来无事便先去其他场馆逛逛开开眼界。

"你们两个刚才在说什么？"方默问邹瞬。

邹瞬一脸无奈："我问他，觉得你看起来怎么样。"

方默紧张："他是怎么回答的？"

"他说，'啊？你刚才说什么，我没听清。'"邹瞬摊手。

方默心里苦。

许熙然一系列表现未免也太诡异了。要说对他这身打扮毫无感觉，似乎不像。可要说欣赏，好像也不是那么回事。

"他是不是觉得我这样很奇怪，又不好意思直说？"方默问邹瞬。

"不，"邹瞬忍笑忍得面容扭曲，"我觉得不像。"

"……"

还没等方默好好反思一下，有一个举着相机的男生出现在了他们的面前。

"请问，可以让我拍张照吗？"

那之后，方默和邹瞬被困在原地至少二十分钟。

他在这些日子里认真学习过这个角色的招牌动作，此刻被各式相机、手机、摄影机围在中间，一一演绎出来，收获了无数带着陶醉的赞美。

有点羞耻，但确实还挺有意思。

邹瞬比他轻松很多。相比工具人男主角，大家对大帅哥的热情要更高涨一万倍。过了一段时间，人群非但没有散去，反而越围越厚。

开始有人对他提出奇怪的请求。

"请问，能不能摆一下这个姿势？"

有个戴着眼镜的胖胖男生说着，怕方默不明白，还自己演示了一遍。

方默有点不适。他低头看了一下，摇头："不行。"

"都是男生嘛，有什么不好意思，"那人又说道，"摆个动作就行了。"

方默微微蹙起眉头，看向那人略显圆润的脸和泛着油光的鼻头，开始不爽。

同样是宅男，对比眼前这些人，许熙然不仅长得鹤立鸡群，还充满了清洁感。他和面前这些完全不像是一个物种的。

他抿着嘴唇不吭声，周围又有不少人开始起哄。

方默觉得没意思，想开溜了。他刚沉下脸，听见背后传来一个熟悉的声音。

"让一让，请让一让好吗，让我走一下。"

是许熙然。方默赶紧回头，接着，便被终于挤进人群的许熙然一把拉住了手腕。

"不好意思，我们还有事，"许熙然说话时恶狠狠瞪着方才那个胖胖的男人，接着便拉着方默往外走，"都散了吧。"

围观群众纷纷让行，方默被许熙然一路拖着，走到了场馆的一个角落。

附近有几个逛累了正坐在地上休息的人。许熙然也不知是存心还是巧合，站在了方默和他们之间，完美阻隔了那些人探究的视线。

"怎么啦？"他问许熙然。

距离演出开始还有好几个小时，现在出来闲逛应该是不碍事的。

"你干吗穿成这样到处走来走去，"许熙然说话的时候并不看他，"奇不奇怪。"

方默只觉莫名其妙："在这里一点也不奇怪吧？"

场馆里打扮成什么模样的人都有，相较之下，方默的造型完全可以归入正常范畴了。

"那……那你一个人乱跑，万一走丢了怎么办？"许熙然又说，"场馆里人多信号差，电话都打不通。"

"不是一个人啊，还有邹……"方默说着下意识回头看了一眼，愣住了，"邹瞬呢？！"

"他和你在一起吗？"许熙然问。

方默茫然："刚才还在呢！"

他说完赶紧掏出手机。接着立刻就印证了许熙然说的话。这地方信号实在太差了，电话拨不出去。

　　"怎么办，"他问许熙然，"我们分头找找？"

　　许熙然想了想，否决了他的建议："我先送你回去，你在后台坐着别乱跑了。我去找就好了。"

　　邹瞬那么大个人，这儿也不算是什么危险地带，就算迷路了只要开口问一下回到后台没什么难度。

　　方默并不太担忧，于是点了点头。

　　两人一同往回走时，又有人来问方不方便拍照。每次方默还没来得及开口，都被许熙然给挡了回去。

Chapter 21

　　许熙然没有去找邹瞬。

　　他快步径直往前走，走了很久，一直到确定已经与方默拉开了足够远的距离，才停下脚步。他在场馆角落挑了个空位置，蹲了下来。

　　也不知道方默有没有乖乖地跟过来。

　　许熙然不放心，决定赶紧回去看一眼。

　　他向着比赛场馆的方向走了一阵，恍惚间突然意识到自己好像忘记了一件事。他刚才对方默说自己要去做什么来着？

　　想不起来，就先放在一边吧。方才慌慌张张地跑了，冷静下来，他又变得跃跃欲试，想要回去多看几眼帅哥。错过了今天，以后可就不知道什么时候才有机会了。

　　又走了几步，他远远看见了一个熟悉的声影，紧接着，便想起了自己方才打算做的事。

　　他应该去找邹瞬。

　　他现在找到了。邹瞬就站在不远处的角落里，仰着头，同一个男人说话。

　　邹瞬抓着对方的衣袖，眼睛几乎眯成了一条线，眼神却偏偏显得格外明亮。隔着些距离，邹瞬也没太大肢体动作，可许熙然还是看得出来，邹瞬现在很兴奋。

　　许熙然认得那个与邹瞬说话的人。他见过一次，与方默一起，在学校里。

　　场馆里人流密集，声音嘈杂。那两人却旁若无人，聊得很开心。

　　许熙然犹豫了片刻，决定不去打扰了。

　　虽不清楚在刚才那点时间里究竟发生了什么，但似乎这两人之间的误会已经解开，如今相谈甚欢，多好啊。

　　方默知道了，一定也会感到高兴吧。

注意到他出现的方默立刻冲着他挥了挥手。

"我找到邹瞬了，"他对方默说，"但是他现在很忙，我没好意思去打扰。"

方默果然好奇："忙什么？"

"那个贺丞逸来了，"许熙然说，"聊得正高兴呢。"

方默立刻瞪大了眼睛。

方默未免太适合这副打扮了。

他嘴上说着嫌弃，骨子里暗爽不已，恨不得多看看。

"事情的经过我不清楚，也没过去问。还是等他自己回来吧？"

方默一把拉住了他："快快快！带我去看，带我去看看！"

演出非常顺利。

方默这段时间肯定偷偷练习了不少。刚上台时看起来还有些拘谨，但很快就放开了。

坐在他斜后方有个男生大声感叹："好帅啊！"

那之后又传来了另一个男生的声音："醒醒！那只是表面的，你要是去你也可以。"

许熙然暗暗心想，什么东西，也不看看自己几斤几两，没点数。想完以后，他安静地抬手捂住了脸。

最终，他们的演出拿到了一个三等奖。奖金当场发放，数额比起他们的前期投入可谓不值一提，但大家依旧十分欢乐。

大家围在一起开了个短会，有人提议不如现在就去大餐一顿，把钱给花了。这个建议获得了所有人的一致好评。

不少女生懒得卸妆，只换了身衣服。还有些造型相对日常的，连衣服都懒得换。方默不敢那样，老老实实把那一身行头都拆了下来，脸也洗得干干净净的。

许熙然跑去后台找他们的时候，方默刚涂完乳液，正在拍脸。

"你好精致啊，"他身边的姑娘感慨，"我都没准备这些。"

方默很大方，把带来的那袋小样往人家面前推："用我的吧，洗了脸不涂点东西多难受啊。"

许熙然安静地走到他旁边，坐下，但没出声。方默侧过头看他，他就冲着方默笑笑。

不是不想说话，是不知道说什么才好。换下衣服以后的方默终于恢复了他原本熟悉的模样。可不知为何，许熙然看着他的面孔，还有些回不过神来。

化妆真是神奇的魔法，明明是同一个人同一张脸，看起来确实截然不同。

眼前的方默令他松一口气，却又不禁暗暗失落。

早知道刚才应该多拍几张照片的，没看够，还想看。

为了清洗方便，方默把刘海用发夹夹了起来，还没放下。此刻头顶上立着一个短短的洋葱，露出光洁饱满的额头。刚涂完水乳霜的皮肤隐隐透着光泽。

这打扮，许熙然也是第一次见。

他又暗暗想着，果然好看的人什么样都好看。

"难怪你皮肤那么好，"姑娘低头看了他的护肤套装，摇着头感叹，"比我还全！"

方默不知为何有些尴尬。他快速看了许熙然一眼，低下头咳嗽了一声："有些是邹瞬送的。"

"哦对了，"姑娘笑道，"邹瞬他人呢？"

"溜啦，"方默无奈地摇了摇头，"刚下台就一溜烟换下造型去和他朋友跑了，晚上不跟我们一起吃饭。"

那姑娘回忆了一会儿："就是刚才那个？我听他叫人家哥，原来是朋友呀。"

许熙然方才有听到邹瞬与方默的聊天。

贺丞逸之所以会出现在这样一个与他画风格格不入的地方，是为了邹瞬。邹瞬之前同他提起过，为了帮朋友的忙要参加 COSPLAY 表演。贺丞逸心血来潮过来看看，没想到两人在场馆里撞个正着。

也不知那短短的十多分钟里，两人究竟说了些什么。等他拉着贺丞逸给方默与许熙然做介绍时，已经变成了"这是我哥"。

模样怪嘚瑟的。

许熙然心里好笑，又替他高兴。

等那姑娘收拾完暂时离开，只剩下他们两个人，都不说话气氛就显得古怪了起来。

许熙然低头看着自己运动鞋，小声问道："为什么不早点告诉我？"

"……你一上来就和我说不像，我怎么和你说啊。"方默嘟囔。

"因为你没告诉我，我不知道，才会这么说啊，"许熙然认为他在偷换概念，"你让邹瞬帮你去联系的对吧？为什么不找我啊。"

"哦，还好没说，"方默看他一眼，"不然听不到你的真心话。反正你就是觉得不好。"

许熙然一时语塞。他觉得不是这样的，可又不知该如何解释，嘴张了半天，什么也没说出来。

"算啦，当我自作多情，"方默站起身来，"我看在你的面子上才来帮忙，最后好心当作驴肝肺，还被嫌弃。"

许熙然也跟着站起来，还往他的方向走了一步："不是啊！那个……好、好看的。"

方默瞥他一眼，扭过头："假惺惺的。"

"真的，"许熙然词穷，只会傻傻地重复，"好看的。"

方默终于看向他："是吗？"

许熙然低头掩饰似的咳嗽了一声："嗯，特别帅。"

方默终于高兴了点儿。他刚要开口，门外传来社长的声音。

"孩儿们！快点上车，吃饭去啦！"

方默闻言，低头快速地收拾起了东西。等他收拾完毕，刚要把包背上，许熙然突然冲了过来。

"你都累了一天了，"他说着抢过了方默的包，提着往外走去。

"你干吗，"方默很莫名，"我背得动啊。"

"我跟过来就是帮忙的，"许熙然说着笑了起来，"再说了，你不是我兄弟吗？应该的。"

方默无语。

许熙然提着包，边走边感慨："这么帅的兄弟，真是赚了。"

方默从背后踢他："滚吧你！"

一顿晚饭，所有人都兴致高昂。

许熙然却是相比往常要安静许多。

"你怎么啦，心不在焉的，"紧挨着坐在他身侧的方默凑到他耳边问，"不舒服吗？"

许熙然做贼心虚，猛地向另一边挪了一大截，把头摇得仿佛拨浪鼓。

他正在想，要是方默再扮一次就好了。也不知道方默今天感觉如何，有没有体会到其中乐趣，愿不愿意以后多试试。

"你干吗啊？"方默的眉头立刻皱了起来。

许熙然迟疑了一会儿，又点了点头："好像真的不太舒服。我先回去了。"

他说完站起身来，同其余人打了招呼，便要离开。他们选的聚餐地点就在学校附近，距离宿舍也是步行距离。

他想摆脱方默，可方默偏偏也跟着一起出来了。

"你还好吧，难道又发烧了？"他一脸担心，一边快步跟着一边伸手往许熙然额头上放。

许熙然连连后退："没事，就是昨天没睡好，太累，所以犯困了。"

方默皱着眉，将信将疑地看着他。

"回去睡一觉就好了，"许熙然说，"我一个人没事，你回去吃饭吧。"

方默却不依不饶的："出都出来了。你看着就没精神，我不放心，我陪你回去。"

回到宿舍，方默阴魂不散。他给许熙然发消息，问他身体好些没有，害得许熙然一直到半夜都睡不着。

好不容易犯了迷糊，这个住在他脑子里不肯走的家伙又在梦里出现了。

梦里的方默扮作白天角色扮演的模样，走到他跟前，问他自己帅不帅。

许熙然看着他，傻愣愣地点头。

许熙然在一片漆黑的寝室里猛然睁大了眼睛。

他在心里哀号，救命啊，他都梦了些什么乱七八糟的东西？

✦· Chapter 22 ·✦

许熙然又一次发烧了。

他半夜起床洗了把脸，洗完觉得不够，又用冷水洗了头。

那之后，他坐在马桶上安静地思考人生，一直到天光微亮湿淋淋的头发被体温自然烘干。

等终于爬回床上，一觉醒来，身子沉得仿佛被嵌进了水泥里。头痛欲裂，整个人昏昏沉沉，太阳穴一跳一跳。

手机就放在枕边，但因为昨晚心慌意乱忘记充电，已经自动关机。

许熙然闭着眼睛伸手在床边的柜子上摸索了半天，终于找到了充电器。顺利开机后，发现时间已经到了下午。他这一觉，把今天所有该上的课都睡过去了。

身体不适的时候情绪会变得低落且迟钝。许熙然软绵绵的大脑艰难而又缓慢地运转，思考了好一会儿终于想起了错过的究竟是什么课，接着又开始回忆老师都是什么样的人，到底好不好说话。

想到一半，大堆消息一股脑儿涌了进来。

好几个同学向他传来噩耗，告诉他今天老师心血来潮搞了个随堂小考。这无疑是个糟糕的消息。许熙然平日里一贯是个老实学生，极少缺课，几乎全勤。难得因病缺席，竟遇上这种事，简直倒霉透了。

他躺在床上，眯着眼睛看着手机屏幕，却全然没有心思去考虑该如何挽救这出悲剧。

他的注意力完完全全地被另一条消息吸引了。

"一起吃午饭吗？"

这是方默在两个半小时以前发来的。许熙然在这段时间里全无反应，他竟也没有再追问几句。

他怎么这样啊，许熙然想。

躲了他那么久，好不容易主动找他了，为什么不多关心一下呢？大白天那么长时间不回消息，多反常，方默就不会担心他吗？就算手机打不通，离得那么近，也可以过来看看嘛。

看了就知道他生病了。

然后他就可以享受方默的照顾。

许熙然摁灭了屏幕，闭上了眼，又拉起被子捂住了头。

不来也好。他现在很羞愧，没脸面对方默。

最心虚的时刻，耳边传来了他对不起的人的声音。

"许熙然，你在吗？"方默的声音隔着门，有点闷，"还在睡吗？"

"你这个人怎么回事啊！"方默好像有点生气，"才过了多久，怎么又来了。昨天我问你是不是发烧了你还不承认！"

因为昨天那时确实还没发烧。

许熙然坐在床沿上，低着头。

"你要么把衣服穿上，要么躺下把被子盖好，"方默凶巴巴地指挥他，"还嫌烧得不够厉害吗？"

许熙然抿着嘴唇，乖乖地挪上了床，拉起被子把自己严严实实地盖住了。

方默站在床边，微微俯下身来，把手盖在了他的额头上。

"好像没上次那么烫……"他低声说完，问道："我那天拿过来的温度计还在吧，你收在哪儿啦？"

见许熙然不吭声还一脸晕乎乎的，方默越发担忧。他放弃追问本人，自行打开了许熙然的柜子翻找起来。所幸，温度计就放在床头柜第一个抽屉的最外面，轻松就找到了。

许熙然烧得不算厉害，至少比上次好很多，三十七度九。

"要不要去医院啊？"方默征求许熙然本人的意见。

"不用吧，"许熙然扭着头看向另一边，"上次的退烧药还没吃完呢。"

"可是……"方默一脸放心不下。

短时间内连续两次发烧，难免会使人多想。

"真的不用，"许熙然说，"我……昨天晚上冷水洗头，所以着凉了。喝点热水吃了药就会好了。"

"……你为什么要用冷水洗头，"方默皱着脸，"我看你是脑子有问题。"

许熙然没否认，把被子拉得只剩下一双眼睛露在外面，小心地看他。

方默被那可怜巴巴的视线闹得没脾气。他叹了口气，问道："那你饿不饿？吃药前总要垫垫肚子。"

不问不觉得，听他一提，许熙然的饥饿感渐生。都下午了，一整天颗粒未进，就算生着病食欲不佳胃也会难受。

"有点儿。"他点头。

方默伸手，在他头发上轻轻揉了两下，说道："那我去给你买点吃的。你一个人乖乖的，可以吧？"

他的语气态度仿佛在跟幼儿园的小朋友讲话，许熙然心里别扭，不禁抱怨道："你真的当我脑子有问题啊。"

方默面露不满。

"你这次怎么那么正常啊？"他问。

"啊？"许熙然不解，"什么意思？"

"……你上次发烧不是这样的。"方默说。

自己上次烧糊涂以后是什么模样，许熙然已经记不太清了。毕竟那次烧到将近四十度，大脑都快沸腾，人早就糊涂了。

见他一脸傻样，方默叹了口气，摆了摆手便离开了。

等方默回来的时候，许熙然已经起床穿好衣服了。

方默在学校里的便利店买了即食热粥，已经加热过，捧在手里暖乎乎的。

许熙然坐着喝粥，他就无所事事地趴在一边的写字桌上仰着头看他。

"给你发消息不回，打电话不接。去你上课的教室也找不到人。要不是遇到你宿舍的人，告诉我他走的时候你还在睡，我都要担心你是不是故意躲着我了。"方默说话的时候依旧看着他，"后来想想，你昨天就不太对劲，肯定是又病了。"

许熙然不敢说话，逼着自己专心于面前的粥。

他心里有些不安，与此同时又为方默把他放在心上而高兴。

"那么容易生病，白长那么大的个子了。"方默说。

许熙然不说话，偷偷抬起眼来看他。

秋日临近傍晚时的阳光是金黄色的，斜斜地照进来，沿着寝室窗框的轮廓，在方默脸上染下一小片边缘整齐的亮色。

隔着不远不近的距离，许熙然感觉自己能借着那层光亮看清方默面颊皮肤上细小的绒毛。

他很快收回视线，仰头把剩下的粥全一股脑儿喝完了。

方默坐直了身体，低头看了看手机："好了，再过十分钟吃药。"

许熙然点头："我会记得的，你先回去吧。"

"……干吗，赶我走啊？"方默不乐意，"我待在这儿，万一你有什么不舒服的，我还可以帮忙啊？"

"能有什么要帮的，我睡一觉出一身汗就好了。"许熙然说，"我烧得又不厉害，有人在我也休息不好。"

"随便你吧，"方默说着站起身来，"那我走了。"

许熙然目送他一路慢腾腾地挪到寝室门口，心里忽然怪舍不得的。就算烧得不高，生病的时候人难免脆弱，会希望亲近的人能陪着自己。

方默突然转过头来。

"你真的不要我陪啊？"他问。

许熙然张了张嘴。看似平静的外表下，心中两个念头已经斗争了三百遍。

"真的不要啊？"方默又问。

"……你想留下就留下呗。"许熙然说。

方默立刻冲他笑了："我先下去把电脑搬上来，你等等我。"

许熙然吃过了药，昏昏沉沉地躺在床上，看着方默的背影，听着耳边噼里啪啦打字的声音，逐渐犯困，却又舍不得睡。

"方默。"他小声唤道。

正忙着赶作业的方默闻言立刻回过头来："怎么啦？"

"你为什么对我这么好啊？"他问。

方默一愣。

"为什么？"他又问了一遍。

"……我就是这么重情重义的一个人。"方默说。

"你会对邹瞬也这么好吗？"许熙然又问。

方默闻言竟笑出了声："他现在哪需要我对他好啊。人家刚认了个哥哥，高兴着呢。"

"哦，"许熙然说，"他不理你，你才对我好。"

方默整个身子都回了过来："你怎么回事，一生病突然变得婆婆妈妈的。"

许熙然不依不饶地问了第三次："所以你为什么要对我那么好？"

"因为……"方默低下头，抬手挠了挠下巴，"我们……我们是好兄弟啊。"

许熙然没吭声。

"感动吗？"方默问他。

"嗯，"许熙然点头，"感动。"

他说着，对方默露出了一个略显羞涩的笑容。

这样直白的承认，对男生而言，是一件挺不好意思的事情。若换作其他朋友，他恐怕不会如此坦诚，会选择开一些无伤大雅的玩笑糊弄过去，掩饰心意。

可方默不一样。

他比寻常男生更细腻，也更温柔。许熙然有很多好哥们，其中不乏感情深厚的，却不会有人像方默这样，会关心他的身体，主动陪伴照顾。

大多数男孩子都太粗糙了。

方默很特别。

许熙然感到一阵庆幸。能和方默成为朋友，像现在这样相处，是一件多么值得高兴的事。

刘小畅笑眯眯地在寝室里打电话。

他不怎么开口，大多数时候都在听，听得很认真，偶尔应和两声，语气带着浓重的笑意，水灵灵的大眼睛眯成缝儿。

方默心中恍惚，难以置信不久之前自己还觉得面前这个笑容满面的漂亮男孩非常阴沉可怕。

想来，许熙然要背大半的锅。

若不是被他先入为主灌输了那些信息，方默恐怕只会认为刘小畅不修边幅，很难想那么多。

现在的刘小畅对自己的外形终于有了一些追求，至少发型大有改进，剪得十分清爽。

看着他对着电话笑得那一副傻乎乎的模样，方默心情复杂。

刘小畅和杨琳第一次见面如此失败，后续竟还成为朋友。也不知杨琳是不是被打开了新世界的大门，从刘小畅身上体会到了男生的可爱之处。

好在，刘小畅很快就离开了，看那兴高采烈的样子，十有八九是要去找杨琳了。

方默怀着复杂的心情目送他离开，没过多久，收到了邹瞬发来的图片。

画面乱糟糟的，看着像是正在装修，令人摸不着头脑。

很快，紧随其后发来的文字解释了一切。

"嘿嘿，我在陪我哥一起看现场。"

方默挑了一下眉。

前些天，他从邹瞬那儿听说了整件事的来龙去脉，还挺乌龙的。贺丞逸有过关店的念头，但很快就打消了。之所以临时闭店，是打算重新装修一下。没想到还未动工，老家出了点急事，他父亲不小心摔折了腿，他赶回去照顾。

那两次所谓的放鸽子，确实是老家来了客人。那几个自来熟的远亲带着小孩过来游玩，吃他的住他的，还把他店里弄得乱七八糟，这才让他坚定了重新装修的决心。

那样的情况，自然是不适合让邹瞬去做客的。

现在倒好，他对邹瞬说，以后寒暑假若是没地方待，可以去他家住，他希望邹瞬能把他当亲哥，任何时候都不用客气。

方默暗自腹诽，贺丞逸不像哥哥，像个爸爸，看邹瞬的时候眼睛里全是慈爱。

从小亲情缺失的邹瞬对此毫无抵抗之力。

他现在高兴了，内心充实，还成天对方默炫耀，夸贺丞逸做的菜美味，为贺丞逸家新买的新款家用游戏机兴奋，还吹贺丞逸参与设计的咖啡店内设高雅有格调。

方默挺无语的，随意应付。

身边的人都高高兴兴，只有他，前途暗淡。

他的 COSPLAY 的照片以难以想象的速度传遍了校园，收获了无数惊叹、赞美以及侧目。

才刚涌起那么一丁点儿想要甜甜恋爱的念头，他原本异常好的异性缘却消失了。

这很不公平。

别人都能交到女朋友，宿舍里的其他兄弟也顺利脱单了。

他不过是玩了一次 COSPLAY，居然被断绝了所有后路，着实太不合理了。

"难道不是因为许熙然吗？"邹瞬在听过他的诉苦后说道，"问题不是在于你 COSPLAY，而是你和许熙然关系太好，接着又 COSPLAY。所以，她们会怀疑你跟许熙然一样是个宅男……"

一语惊醒梦中人。

"不是你怂恿我去的吗！"方默愤慨。

"啊，是这样吗？"邹瞬心虚了一下，飞快转移话题，"我刚才发给你的勺子，哪个好看？我哥让我挑一个，新开业以后要用！"

方默不想理他了。

再这样下去，不仅交不到女朋友，下一届的校草评选大赛也必定与他无缘。得赶紧悬崖勒马，挽救一下自己的形象了。

刚在心中下了决心，贴在耳边的手机突然振动了一下。他拉开距离看了一眼。

有新的消息，发件人许熙然。

点开一眼，蒙了。

"恋物语第二季第一集出啦！！！"

还不等他有所反应，第二条跳了出来。

"你在寝室吗？要过来一起看吗？"

"你还在听吗？"电话那头的邹瞬许久得不到回应，问道，"喂喂喂？"

"我在，"方默无奈地抓了抓头发，"我现在有事，得先挂了。"

"怎么啦？"邹瞬问。

方默张了张嘴，终究还是没能把"陪许熙然看动漫"这句话说出口。

"不是什么大事，"他说得小声，"晚点再跟你聊。

才刚切断通话，许熙然的消息又来了。

"嗯？人呢？"

方默叹气，按下语音回复。

"来啦！"

方默磨蹭了好一会儿才上去。

"拿了点零食，"他把手里的东西举起来给许熙然看，"一起吃。"

许熙然没有吃零食的习惯，但还是立刻点头："好。"

他的笔记本电脑不大，只有十四寸。两个男生一起挤在前面，肩膀自然互相挨着。方默对此不以为意。

按下播放键，他立刻滔滔不绝，没完没了地介绍了一大堆恋物语第二季的新制作班底。方默听得很认真，时不时点头，还会提问。

直到正片开始，他终于闭上了嘴。第二季第一集今天刚出，他也没看过，还来不及写小论文。

因为第一季受到广泛好评，第二季资金更加充裕。从片头起，每一帧画面都充斥着浓郁的炫技感。

方默双手环胸认真点头："这个我知道！"

许熙然皱着眉，没吭声。

片子继续播放。

"哇，小遥好可爱哦！"方默一边吃零食一边感慨。

他发出仿佛小松鼠一样咔嚓咔嚓的声音，令许熙然不由得分心。

"画面比上一季更精美了，是不是？"方默又说。

许熙然也学着方默的样子一小口一小口咔嚓起来。

"你怎么这么安静啊，"十分钟后，方默用胳膊肘顶他，"你老婆就在你面前，不激动吗？"

许熙然当场激动："不是，那个，我……"

"哇，不至于吧，"方默惊讶地看着他，"久别重逢那么感动吗，脸都红了？"

许熙然低头抹了把脸，片尾曲恰到好处在此时响起。

"第一集还蛮精彩的吧。"方默评价。

"你很喜欢吗？"许熙然问。

方默迟疑了一下，说道："挺不错的啊。"

许熙然短暂犹豫过后点了点头，没有发表意见。

"怎么啦，"方默不解，"你觉得不好看吗？"

"……还行。"许熙然说。

既然方默喜欢，那再批评就不合适了，会讨人嫌。

方默盯着他看了一会儿，摇头："你不正常。"

"你不觉得有点过了吗？"他说。

"……啊？"方默僵住，"什么？你在说什么？"

"恋物语第一季真正打动人心的地方，在于优质的剧本。但你看看第二季最重要的第一集，有什么？你能回忆起来任何剧情点吗？现在这样，完全是本末倒置，失去了真正的灵魂。"

方默愣愣地看着他，张着嘴，嘴里的零食差点掉下来。

许熙然表达欲高昂，停不下来。他握着鼠标开始拉进度条："你看这里，有必要吗？"

方默立刻摇头。

许熙然非常满意："对吧？不仅不萌，用力过度，反而产生了一种尴尬感。"

他说完，继续拉进度条。

"那个……"方默小声打岔，"我们待会儿一起去食堂吃晚饭好不好？"

"好，"许熙然随口应和，然后拉着方默再次专注画面，"你看这个镜头，有没有发现一个非常严重的BUG？"

方默先是看了看他的脸，接着才缓缓地把视线挪到了屏幕上。他皱着眉头一脸严肃地凝视了许久，最终小心翼翼地摇头："……什么 BUG 啊？"

"啧，"许熙然恨铁不成钢，一边说一边用手指用力点桌子，"制作组就是乱画！"

"……"

"身材的差异是人设的重要组成部分之一，连这点都不尊重，可见制作组不过是把这部作品当成一件可以获利的商品罢了。他们根本不懂真正的恋物语！"

"这样吗……"方默愣愣地看着他。

"乱改人物设定只是表象，真正体现出的是他们对观众的蔑视，仿佛我们就那么肤浅会被这种行为所讨好。这简直是羞辱。"

"这么夸张？"方默惊讶。

"不信我再给你分析分析，"许熙然继续调整进度条，"来你仔细看。"

等他终于解析完毕每一个分镜头，已经过去了整整两个小时，说得口干舌燥。

"消消气消消气，"方默顺他的背，"你说得对，很有道理，他们根本在瞎搞，这根本不是恋物语也不是小遥，对吧？"

许熙然为自己刚刚挽救了一只迷途羔羊感到欣慰："对，你能明白真是太好了。"

方默小心地伸出手，用一根手指缓慢地合拢了他的笔记本盖子，问道："……你饿不饿？去食堂吗？"

说得太投入，确实消耗不小。许熙然点头："走吧！"

他暗自得意，方默对于他侃侃而谈的模样表现得十分信服，自己在方默心目中的形象必然无比高大。

Chapter 23

这样的念头很快就彻底消失了。

"但是，"方默撑着桌子，一脸忧愁，"以你为宅男标准的话，我跟你之间至少隔着一条银河。"

他俩此刻现在中间只隔着两个饭盒。

许熙然皱着眉头盯着他的脸看了会儿，说道："不是我的错觉吧，我在你的话里品出了那么点儿居高临下的鄙视味道。"

"有吗？"方默立刻坐直了身体，低下头夹起了菜，"别想太多。"

绝对有，这个人明明兴致勃勃陪他一起看，甚至都玩过了COSLAY，居然还看不起宅男。这不合理吧？

"宅就宅，再加别的形容词就有点多余了。"他批评道。

"那叫什么？"方默看他一眼，"你又不胖，不能叫肥宅。"

怎么换来换去都是羞辱性词汇呢？

"我当然不胖，我可是很爱运动的。"许熙然认真为自己平反。

"还热爱运动呢，"方默说，"当初跟我说喜欢篮球，也没见你打过。整天宅在寝室里。"

"前阵子天太热嘛，"许熙然说，"而且事到如今，你有什么立场说我宅？"

方默歪着头眨了眨眼："……什么叫'事到如今'？"

许熙然不禁笑了："你的COSLAY照片在学校BBS刷屏了。"

方默眯起了眼睛。

"咳，"许熙然忍着笑扭过头，"长得好看果然做什么都引人注目。"

方默垂下视线，脱力地叹了口气："都是你害的，我毕业之前找不到女朋友了。"

"这能赖我吗？"许熙然不满，"之前校花对你有意思，你是怎么对人家的？

单身都是有理由的，你多审视一下自己吧。"

方默甩他一眼，继续吃饭。

许熙然耸了耸肩，低头偷笑。

方默像是拉不下脸，小声说道："再说了，我也就是不找，真的想要女朋友还不容易吗？"

"是是是，说得对，"许熙然说，"真是谢谢大帅哥陪我一起单身了。"

方默瞥他一眼，不吭声了。

两人一同回寝室，走到半途，路过学校的篮球场，几个身穿运动装的男生正在场上挥洒汗水，气氛热烈。

其中一个男生带着球连过两人，然后一记潇洒跳投。姿势满分，可惜球撞在篮筐上，飞了。

眼看那篮球在地上弹了几下后距离自己的越来越近，许熙然心中一亮。他快步走过去，弯腰捡起了篮球。

那几个追着球过来的男生嘴里一句"谢谢同学"才说到一半，许熙然突然把球拍在了地上。他弯下腰，在对方因为意外而僵硬的那几秒钟内，带着球一个灵活转身绕过了他们，接着运着球快速向前跑了几步，稳稳停了在了方才那个男生投篮失误的位置，一跃而起。

篮球在空中划过了一个完美抛物线，砸在篮板上，飞了。

球在地上弹了几下，咕噜噜向前滚，最终停留在了方默的脚边。方默安静地弯腰把球捡了起来，递还给了那几个呆住了的篮球少年。

"太久没打了，手生，不然肯定可以进的，"许熙然一边走一边面红耳赤地强调，"我练过，还是蛮准的。"

方默看着地面，似乎是在忍笑，小幅度点头："嗯嗯嗯，看得出来，你的姿势看起来很标准。"

"那肯定，"许熙然说完立刻向前跑了几步，跳起来对着空气投出了不存在的篮球，"三分！"

"嗯嗯嗯嗯嗯，"方默继续点头，"刚才这么发挥肯定就进了。"

许熙然害羞："应该可以。"

他有点亢奋，静不下来，一路蹦蹦跳跳。

"哎对了，"方默突然问他，"你们班有没有报名参加学校的篮球比赛？"

许熙然想了一会儿："好像是有听说过……他们来找过我，我那段时间因为在忙着社团的事，就推了。也不知道后来有没有组满。"

"啊，可惜，"方默说，"看你这么喜欢，我还以为你会去参加呢。"

他随口一说，许熙然回到寝室后第一时间给他们班的体育委员打电话。

得到的结果让双方都很惊喜。截止日期在后天，眼看只差一个人就可以报名，这阵子他们正在努力动员想抓紧最后的机会。没想到许熙然自己送上门来。

和体育委员确认过后，许熙然又立刻给方默打电话，问他到时候来不来看。

"来啊，"方默一口答应，"什么时候正式比赛？"

许熙然心想，天知道。他啥都没问就急着过来宣扬了。

要是稍微晚一阵再开始就好了。他好几个月没打了，确实手生得不行，得好好练练。

方默本身不怎么爱打篮球。穿着大背心和一群男人在一小块场地上流着臭汗挤来挤去抢球，他身处其中总觉得别扭。

但他挺爱看。许熙然今天的那一番操作令人窒息，可方默还是挺想看看他正经打球的模样。

他在当晚又给许熙然发消息，问他在正式比赛前会不会练习，能不能围观。

竟惨遭拒绝。任由方默威逼利诱，他都不为所动。

方默没辙，只能随他去了。

隔着不到三米的距离，理应感情顺遂的刘小畅正在跟人讲电话。他声音压得很小，但若竖起耳朵多少还是能听得清。

方默心里抱怨，却又忍不住细细地听。

"没有啊，我没有不想去，但我确实对逛街没什么兴趣。你要去我就陪你好了。啊？不是你说要去吗？想去就去啊。那现在到底怎么说啊，去还是不去？……确实没什么意思啊，网上买不也一样吗？没有啊，我不是说了吗，你想去我当然陪你啊，你干吗呢？啊？真的？你确定不去了吗？……你不会是生气了吧。没有？真的没有？呵呵那就好。既然不去，那我们不如……欸？突然有事？……是什么事啊？有什么不方便说的啊……行吧行吧，你忙你的。这么早？现在才几点啊。好吧，那你好好休息，晚安。"

方默震惊了。

就算听不到对面的声音，光靠脑补，方默都能想象出杨琳被气成了什么样子。

刘小畅挂了电话，发了会儿呆。一抬头，和方默对视了。

两人各自露出了尴尬又不失礼貌的微笑，接着若无其事转过头去。

方默心里有点着急。虽然对杨琳依旧没什么好感，这些天里也没少诅咒这些整天在他面前撒狗粮秀恩爱的人都没好果子吃，但真的看到了潜在的感情危机，他还是忍不住想要提个醒。

正纠结该如何开口，刘小畅突然问道："你现在有空吗？"

"怎么？"方默立刻应声。

他回过头，发现刘小畅正在冲他笑。

"来聊聊。"刘小畅说着，拉着椅子挪到了他的床边。

方默坐起了身："怎么啦？又有什么烦恼了？"

刘小畅笑得有点勉强，缓缓地叹了口气："有一点吧。来向前辈讨教一点经验。"

零经验前辈方默认真点头："你说说看？"

"一般男女两个人凑在一起都该做些什么呢？"刘小畅问。

方默陷入了沉思。不就是吃饭逛街看电影，还能有什么呢？这么一想，找女朋友果然是没什么意思。

"……也没什么，"方默说，"不就是……呃，那些大家都会做的事嘛。"

刘小畅点了点头，一脸感慨："这样啊。那你说男女双方会对对方的行为习惯不满意吗？"

"人和人相处，肯定是需要磨合的嘛。"

"你以后也会强行要求你女朋友做出改变吗？"

方默迟疑了一下，摇了摇头。

希望和要求是两回事，中间隔着尊重。

"看情况吧。"他对刘小畅说。

刘小畅叹了口气，说出了自己的苦恼："有个人嫌弃我太土了。"

方默一愣。

"说我不修边幅，衣服就这么几件来回穿，不懂得打扮，灰头土脸的，"刘小畅苦恼，"可与此同时又希望我更有男子气概。你说说，这是不是自相矛盾？"

方默上下打量了他一遍，问道："请问，你会把头发剪了也是这个原因吗？"

刘小畅点头："嗯，我对象说邋遢。"

"虽然我不建议随意干涉对方的喜好，但……"方默诚恳地看着他，"但那个人确实是为了你好。"

刘小畅伸手抓了抓如今清爽利落的短发："以前嫌麻烦嘛。我头发长得快，过一阵就要剪，好麻烦。不过现在这样大家都说挺好的，变化很大。"

可不是，方默心想，从鬼变成人了。

"男子气概又不等于不收拾，能让自己看起来舒服点有什么不好呢，"方默用自己举例子，"我喜欢收拾自己，也没被谁说过女生气啊。"

刘小畅视线飘了一下："行吧。"

说完，他一脸感慨地叹了口气："我真的挺羡慕你的，不像我，干什么都被人说女生气，也就头发留得最邋遢的那段时间好一点。"

方默想起了一件事。

他来到这个寝室的第一天，刘小畅也问过他，有没有被人说过很女生气。他当时以为刘小畅讽刺，故而满心不爽。现在看来，这个人极有可能只是十分单纯的表达自己的羡慕。

这让方默哭笑不得，也让他对刘小畅这个人的芥蒂彻底消散无踪。

"那个人是不是约你去逛街？"他问。

"嗯，"刘小畅说，"但是不知道为什么又说不去了。"

"你到底愿不愿意一起去？"方默又问。

"愿意啊，"刘小畅说，"当然愿意啊。"

方默皱眉："那你为什么要在电话里说没意思？"

"因为确实没什么意思啊，"刘小畅摊手，"这人也不是自己想逛，是想帮我挑点衣服。可我又不需要。再说了，要打扮网上买也一样，干吗非要去店里呢？换来换去麻不麻烦，还贵，退换货也不方便。"

"……"

"是不是不能说出来？"刘小畅如梦初醒。

方默摇着头感慨："我真的服了。你以前那副特别有城府的样子到底是怎么装出来的？"

刘小畅尴尬地移开了视线："你看，我长这样，也只能在别的地方努力维持自己的气质了是不是……"

"……"

"先不说这个，"刘小畅摆手，"所以，我不能把我的心里话说出来吗？"

"你动动脑子，谁会喜欢听这些，"方默终于有了一点确实可以传授的经验，"你和你对象在一起的时候，她表现得再无理，说的话再不靠谱，只要是她喜欢的你都只挑好听的说。她开心，你也开心，大家都开心，不好吗？"

刘小畅皱着眉头："心里话都不能说？那不是相处得很累吗？既然是想要长久的感情，彼此之间肯定要坦诚一点吧？"

方默看着这根朽木，心中一阵无力，还有那么点意难平。

"你一定要坦诚表达的话，那就换个角度再多说一点也行啊，例如你喜欢的话我陪你去呀。或者说刚好我也想去之类的。"

刘小畅想了一下："……感觉这样挺虚伪的。"

方默心累。

"但你这样，杨琳肯定不高兴啊，"他耐着性子继续跟刘小畅讲道理，"你就非要惹人家生气？"

"当然不是啊，我……"刘小畅说到一半，突然警觉，"你怎么知道的？"

"就你刚才那样，不生气才怪。谁会乐意……"方默还想继续跟他讲解，被打断了。

"不是，你认识杨琳？好像没跟你提起过啊……"刘小畅疑惑。

方默顿时尴尬。刘小畅确实没提到过，他的消息来源全靠偷听偷看。就算并非出自本意，对着当事人也很难说得出口。

略一思索后，他决定避重就轻："杨琳和许熙然一个专业，我们以前一起吃过饭，所以认识。看到你们俩经常在一起，就猜到了。"

刘小畅点了点头："都是一个学校，也不奇怪。"

"那些不重要，关键是你刚才说的，"方默下断言，"百分之百会让人家不高兴。但你的出发点肯定不是想惹对方生气吧？"

"……你怎么知道生气了？"刘小畅问。

"废话，"方默恨铁不成钢，"杨琳在电话里说不气对吧？然后你就真的相信了是不是？"

"老实说，我也觉得像是在闹别扭，"刘小畅的表情一时间看不出究竟是在心虚还是在委屈，"但也不知道要怎么劝。我又不是不愿意陪。比起我说了什么，难道不是我的行动更重要？而且，都不承认自己在生气，我还能怎么办呢？"

"没法聊了，"方默躺了回去，"你走吧，把人气死了拉倒。等闹掰了我帮你庆祝。"

早就该发现了，这个人的脑回路根本就不正常。

"……"刘小畅却不肯走，一脸纠结看着方默，"我又怎么了啊？"

方默叹了口气，再次起身："我突然想起来一件事儿，你老实回答我。"

刘小畅点头："什么？"

"你那时候到底为什么偷听我讲电话？"方默问。

刘小畅回忆了一会儿，才终于想起来："我那天不就说了吗，你一副默认寝室没人的样子，我不好意思出来。可是等了半天发现这样下去也不是办法……"

事到如今，方默终于醒悟，这番看似歪理的解释竟是大实话。刘小畅脑子真的有点奇怪，一般人代入不了他的逻辑。

他哭笑不得："你那时候看起来那么淡定，一点也没不好意思的样子啊？"

刘小畅闻言，清了清嗓子，调整了一下表情："这样？"

神情淡漠，嘴角似笑非笑，视线也轻飘飘的，又是方默熟悉的看着就觉得讨打的模样了。

方默犹豫了一会儿，问道："你是不是觉得自己这样会比较帅啊？"

刘小畅保持着那副模样，对着他耸了耸肩，一脸高深莫测。早几个月方默见他这样心里就起鸡皮疙瘩，此刻却忍不住笑喷了出来。

"你这人是不是有病啊，"方默说，"一直这么端着累不累？"

刘小畅立刻松懈了下来，也冲着他笑："还好吧，习惯了。不觉得那样看起来比较阳刚吗？"

方默心想，不，还是很清秀，跟阳刚不沾边。

他没说出来，因为意识到刘小畅可能有点自卑，或者远远不只有一点。因为过于缺乏自信，所以才在奇怪的地方虚张声势，试图获得心理上的平衡。

方默叹了口气："没必要，真的没必要。你看现在还不是有人在意你？"

刘小畅冲他笑了笑。

方默拍了一下他的肩膀："要好好珍惜知不知道？"

刘小畅垂下视线，点了点头："嗯，我真的不想让杨琳不高兴，想要好好相处。"

"光想没用，你要有行动，"方默说，"你赶紧打个电话把我刚才教你的那些复述一遍，保证有用。"

刘小畅面露难色。

方默无奈："用说的不好意思，发消息总可以吧！"

刘小畅抱着手机一阵输入，写一点儿删一点，还时不时停下来琢磨一会儿，表情严肃又认真。

方默好奇："都写了些什么呀？"

刘小畅却不愿意给他看，把手机屏幕按在胸口蹭蹭倒退回了床上，盘着腿缩在角落接着继续低头努力打字。

"我这是好心想帮你把把关好不好，"方默为自己的八卦找借口，"万一你胡言乱语又把人给气到了怎么办？"

刘小畅脸有点红，犹豫了一会儿，还是摇头："不用，我自己写。这样才有诚意。"

方默觉得没意思了。百无聊赖地躺回了床上，他自己的手机突然振了一下。瞥了一眼，是许熙然发来的消息。

才刚一点开，他就惊了。

许熙然给他发来了好长一段文字。

内容大意是，今天一天过得非常开心。虽然恋物语的第二季很垃圾，但是有方默陪他一起看，跟他交流感想，他还是感到很充实很有意义。好像不管多不高兴的事情，只要跟方默待在一起就会变得没什么大不了的了。这阵子连续两次生病，也多亏了方默照顾他。这些话当面时说不出口，但他是发自内心感激的。人生得一知己不易，值得珍惜，希望他们的友谊天长地久。

原话酸溜溜的，很符合他一贯热衷小论文的风格。

方默飞快地看完，心情复杂无比。他有点高兴有点感动，又有抑制不住的尴尬。想吐槽突然发这些东西简直莫名其妙，与此同时又觉得许熙然这个人未免太过可爱。

正当他打算再看一遍细细品味一番，那一大段文字居然凭空从对话框里消失了。

许熙然按了撤回。

难道是意识到自己这种行为很傻了吗？方默有点好笑，刚想告诉他"晚了我都看见了"，那大段文字又再次出现了。

"你干吗重发一遍？"方默问。

许熙然很快回复了。

"有一个病句，我改一下。"

方默愣了半秒，笑喷了。

他又认认真真把那些话一字一句地重新念了一遍，一时间没发现哪里经过了修改。而对面却已经没耐心了。

"你不说点什么吗？"

许熙然催促。

方默看着那行文字，想了半天，整理不出头绪。方才还嘲笑刘小畅，轮到自己才发现，无论是友情还是别的，有些话，太过真心，便很难轻易说出口。

"算了，当我没发过。"

许熙然又说。

方默刚想赶紧输入点什么安抚一下他，屏幕上又跳出了一行字。

"啊啊啊！怎么撤回不了了！"

撤回的时间限制早就过了。方默没忍住，又笑出了声。他把那占满了两屏半的文字一一截图，然后给许熙然发了回去。

"撤回也没用的，我留底了。"

"你真的就没别的想说的吗？"

许熙然有些不甘心的样子。

方默给他发了一条语音："文笔不错，给你打个八十五分吧！"

满分十分。

Chapter 24

刘小畅周末还是去逛街了。

他终于有了些许长进，还给杨琳准备了一份小礼物，出门时情绪高涨。

方默今天也有安排，要去看许熙然的篮球比赛。

报名的队伍还挺多，分组不怎么讲究，都是抽签决定的。理论上周六周日各有一场比赛，今天打完如果赢了明天再比，若输了便到此为止。

许熙然看起来信心满满。

"倒不是自我感觉良好，"他在赛前对方默说，"我们队伍里有一个校篮球队的大哥，身高一米九七，手臂和我的腿一样长。我就等着躺赢了。"

方默认为他谦虚了，毕竟许熙然的腿还挺长的。

等实际到了现场，他才发现许熙然的话并不算很夸张。那位大哥，方默得仰着脑袋才能直视，对话一阵怕是会得颈椎病。他那双手臂一张开，整个人宛如一道墙，压迫感十足。

就连许熙然，站在他旁边都有了几分"小鸟依人"的架势。

对手是抽签决定的，比赛场地也一样。学校里室外篮球场的数目远大于室内篮球场，许熙然他们运气不咋的，今天的比赛在室外。如今已是深秋，只穿短袖看着就凉飕飕的。

方默难免担忧，怕许熙然若是着凉了又会生病。

许熙然倒是劲头十足，热完了身整个人一副停不下来的样子站在场边跳啊跳的，到了双方队员打招呼时依旧在原地蹦跶个不停，显而易见的亢奋。

场边观众人数不怎么多，比赛双方班级组织的啦啦队占了八成，方默混在里面还挺突兀。

为免引人注目，他偷偷往角落里挪了几步。

挪到了最边上，隐约听到了前方传来一个女孩子的声音。

"你是说许熙然啊？"

方默的耳朵顿时就竖起来了。

比赛正式开始，场上场下喧哗声一片。另一个女生回答的声音被彻底盖了过去，完全听不清。

方默往声音传来的方向挪了半步，终于又听见了之前那个女生说的半句话。

"……嗯，他是蛮帅的。"

那两个对话的女生站在方默的斜前方，只能看见背影。

方默一会儿往左挪，一会儿往右挪，试图看清她俩的长相，均以失败告终，还因为在人群中不停移动而被人瞪了几眼。正打算放弃，又听见第一个女生再次开口。

"可是我听说他有对象欸！"

方默的耳朵又竖了起来。

接着，他终于听清了另一个女生的声音。

"那是假的啦。我前阵子去问过，他说那个小遥只是一个动漫角色。"

"那好啊，你是不是想去挑战一下？今天就是个机会呀！"

方默厚着脸皮强行向前挤了一排，然后飞快地侧过头看了一眼。

那个对许熙然有意思的姑娘个子小小的，长得不算特别漂亮但很秀气。

就在此时，周围一阵欢呼。

方默赶紧把注意力移回场上，原来是开场两分钟后终于有了第一颗进球。

拔得头筹的竟是许熙然。

他一脸兴奋地向着观众区扫视了一圈后，笑着冲方默所在的位置挥了挥手，接着再次投入到了比赛中。

错过了他的精彩发挥，方默惭愧又遗憾，刚要劝说自己接下来认真专注于比赛，那两个女生又开口了。

"你看你看，他对着你招手啊！"

另一个没吭声。方默又瞄了一眼，发现她脸都红了。

"有戏嘛，"前一个女生怂恿她，"我看好你！"

方默无语又好笑。

正当他犹豫要不要主动搭话打破她们不切实际的妄想时，伴随着场边一阵惊呼，哨声响起。这次方默看清了，是对手犯规了。他对篮球的具体规则了解不深，只知道裁判说了几句话后许熙然拿着球站上了罚球线。

方默想为他加油鼓劲，又担心大声喊话会打扰到他，双手紧张地握成了拳头，心中暗暗祈祷。

就在此时，他身边那个看起来柔柔弱弱的女孩子抬起双手拢成了喇叭状，靠在嘴边用力呐喊道："加油！！！"

许熙然没回头。他低头看着手中的球，深呼吸了一口，又抬起头来看向了不远处的篮筐，缓缓抬起了双臂。随着一记看似轻巧的抛射，篮球快速地在空中划过一道曲线，最后无惊无险稳稳地落入了篮筐之中。

周围爆发出一阵欢呼。

居然还挺帅的。相处了那么久，早就习惯了这个傻子平日里呆头呆脑总是掉链子的模样，这一幕着实让方默有几分惊艳。

许熙然两投皆中，高兴得握紧拳头原地蹦着"耶"了一下，接着立刻回头向方默的位置看了过来。

他在笑，眼睛亮亮的，露出两排大白牙。因为大量跑动，他的头发被风吹的有些凌乱，脸颊上挂着湿漉漉的汗。

方默有错觉自己听到了他声音。

许熙然在问，我帅不帅，厉不厉害？

方默也跟着笑了起来，抬起手在腰间偷偷对他比了两个大拇指。许熙然与他短暂对视了两秒后，笑意满满地转过身去再次投入到了比赛之中。

看来这个貌似不靠谱的家伙之前并非自吹自擂，确实有两把刷子，该是练过不少。

正想着，身边那两个人又开始了。

"他肯定是听到了你喊加油的声音！他还冲你笑你看见了没？"

方默微微挑了一下眉毛，侧过头飞快地看了一眼。

赛场上，许熙然还在挥汗如雨来回奔跑努力发挥。这种没有门槛的校内比赛都是重在参与，队伍水平良莠不齐。他们的对手平均身高还不到一米七五，完全被压着打，场面并不激烈。那位将近两米的校队选手明显态度松懈。倒是许熙然，投入无比，无疑是整个赛场上最认真的一个。

认真的男孩最可爱，那两个女孩再次发出感慨。

"还真的是蛮帅的嘛。"

方默十分刻意地清了清嗓子，转过头去。

"你们是许熙然的同班同学吗？"他面带微笑，十分友好地问道。

那两位女生齐齐侧过头，很快表情各自有了变化。之前方默与她们拉开了一点前后差，她俩并未注意到身边站着这么一个大帅哥。

大帅哥还主动同她们搭话，一时惊讶慌张也是人之常情。

那个不停怂恿的女生短发丹凤眼，模样还挺利落，率先回过神来，也冲着方默笑了笑："对呀，你和他认识？"

"嗯，我是他的朋友，"方默点头，"你们可能听说过我。"

这话极其自恋，果然让那两个姑娘露出了微妙的神情。

方默冲着她们露出了爽朗的笑容："江湖传闻，许熙然的朋友方默也是个宅男，你们没听说过吗？"

当着当事人的面说八卦被逮个正着，任谁都会尴尬。两个姑娘家立刻就脸红了。

"请问，"那个对许熙然有点意思的清秀姑娘小心翼翼地开口，"那传闻到底是不是真的呀？"

短发姑娘立刻用胳膊在她身上轻轻撞了一下："啊呀，人家当面跟你开玩笑，肯定是假的啦！你真是的。"

清秀姑娘没作声，视线依旧落在方默脸上，表情既认真又紧张。

方默存心想逗她，耸了耸肩，半开玩笑似的反问道："你猜呢，我看起来像宅男吗？"

"……他说你们不是。"那姑娘小声说道。

方默点了点头，又冲她笑了一下："那就不是。"

有他站在旁边，那两个女生再也不敢旁若无人地说悄悄话了。

到了后半场，对手已经彻底失去了斗志，场面变得不太好看了。方默算着时间，打算等比赛结束立刻去找许熙然跟他道喜。正琢磨要怎么夸才能让这家伙更高兴一点，突然后知后觉，意识到自己好像准备不足了。

他两手空空，连水都没准备一瓶。

好在距离篮球场不到十几米的距离就有自动贩卖机，方默当即挤出了观赛人群，跑了过去。

不巧的是，机器里的纯净水和运动饮料都卖完了，只有果汁咖啡和碳酸饮料。最近的便利店跑过去大概需要两三分钟，算算时间好像也来得及。反正都出来了，方默并未犹豫太久，赶紧出发。

没想到便利店生意好得出奇，收银台前排起了长龙。方默有点后悔，可来都来了总不能白跑，只能硬着头皮等待。当他终于赶回赛场边，比赛已经结束了。

许熙然的班级大获全胜，队员们正在场边等待其余几组比赛的结果，好确定明天的比赛对手。

除了队员，还围着不少他们班里的同学。但方默一眼就看见了自己想找的人。

许熙然正仰着头举着瓶子喝水。而他面前，站着刚才那个清秀女生。

许熙然郁闷得要死。

今天上场前，他耍了点小心思。他存心想要在方默面前出点风头，跟那位校篮球队的高大队友商量了一下，问能不能帮个忙，多给他传球。那老哥特别够意思，一口答应，场上果然给他猛打助攻，效果非凡。

许熙然自己也很争气，全场超水平发挥。

春风得意之际，一回头，发现方默根本没在看他。

这家伙，笑容满面与身边的两个妹子聊得正欢，竟对赛场上挥洒汗水费尽心思试图耍帅的自己视若无睹。

这是何等的心塞，对他的士气造成了毁灭性的打击。

好在他们的对手已经被彻底击溃了意志，后半场依旧有惊无险地度过。等比赛终于结束，许熙然刚想去逮方默，扫视一圈，发现人居然不见了。

　　他为了在方默面前长脸挽回声誉，这一个星期日日苦练，才终于找回了一点手感。今天打得如此努力，本以为付出总算有所回报，没想到方默竟不屑一顾。

　　周围的队友和同学都在庆祝，许熙然这个今天表现最亮眼的选手却是情绪无比低落。不久前他还觉得自己帅得要命，现在觉得自己像个傻子，而且是特别可怜饱受欺侮的那种傻子。

　　有同学给他送水，他道过了谢随手拧开瓶盖就往嘴里猛灌，也没留心对方是谁。

　　一口气喝了大半瓶，才低下头，只见刚才还在心里抱怨的那个人就站在前面不远处，手里还拿着一瓶运动饮料。

　　两人对视了两秒，方默别别扭扭地挪到了他跟前。

　　"你刚才去哪儿了？"许熙然立刻问道。

　　方默把手里的瓶子举了起来："买这个。"

　　空气安静了片刻后，他放下了瓶子，然后把视线挪到了在场的第三个人身上。

　　"我是不是来得不是时候啊？"他说。

　　许熙然这才发现，来给他送水的就是方才同方默交谈甚欢的那两个女生中的一个。

　　方默话语暧昧，那姑娘有点不好意思，红着脸冲着他俩笑了笑，接着快步跑开了。

　　许熙然心中立刻警觉。他们刚才聊得那么投机，现在姑娘还对着方默脸红，这说明了什么？

　　方默这家伙，果然是随时随地都能"招蜂引蝶"。

　　那女生虽是许熙然的同班同学，但以往两人交集甚少，也没怎么说过话，并不熟悉，印象里是个挺安静的女孩子。也不知道方默喜不喜欢这一型。

　　正想着，方默突然开口："刚才那个妹子，跟你关系很好吗？"

　　许熙然立刻警觉。

　　他对人家还挺关心嘛。也是，那妹子既然安静内向，应该不会主动跟陌生男性搭话。所以，方才是方默主动找她聊天的？

　　"为什么不理我？"方默又问。

才迟疑了没多久，他竟还催上了。

许熙然心情复杂，移开视线不看他："一般般吧，不熟，名字记不住，没有联系方式。"

言下之意是，别问我要，没有。

方默闻言点了点头，伸手在他背上拍了一下，主动转移了话题："你看你这一身汗，赶紧擦一擦再穿件衣服，小心又生病。"

刚才还不觉得，停下一阵后皮肤湿答答的确实有几分凉意。怕再生病了给方默看笑话，他赶紧问人借了点纸巾，拿着往脸上身上胡乱抹了几下。

方默很快就笑了，冲着他抬起手来："又不是毛巾，你这样擦肯定会破呀。看看，纸屑都粘脸上了。"

他说着，小心翼翼地帮他把粘在面颊上的碎纸屑一一摘了下来。等清理完毕，冲着他笑了一下："好了，又帅了。"

许熙然小声问："那刚才在场上帅吗？"

方默点头，还对着他竖起大拇指："牛啊！全场最佳！"

许熙然看着他滚动的喉结，心中忽而一动。

"……这个是买给我的吗？"他说。

方默放下瓶子："但是你已经有啦，我白买了。"

许熙然一口气把手里还剩下的小半瓶全喝了个精光，然后向着方默展示空瓶："不够。"

方默有点傻了。

运动饮料带一点淡淡的桃子甜味，许熙然又灌下了半瓶。

"还渴吗？"方默问。

许熙然放下瓶子摇了摇头。

方默冲他伸手："那还我吧。"

见许熙然愣愣地没动静，他又补充道："我也口渴啊！"

把只剩下半瓶水的瓶子拿回去后，号称口渴的方默却没立刻喝，只是拧紧瓶盖提在了手上。

就在此时，一个巨大的身影突然出现在了许熙然的背后。

"我今天够不够意思，"他那个身高接近两米的队友一把搭在了他的肩膀上，笑着问道，"你要好好表现，是不是为了刚才给你送水的那个妹子？"

方默的眼睛瞬间就瞪圆了。

他一脸惊诧地看向正揽着许熙然肩膀的队友，很快又把视线移到了许熙然的脸上。

"怎么了？"队友个子高大神经也粗，"不好意思啦？那我肯定猜对了！"

"滚滚滚，"许熙然脑门都要发热了，用力推他，"我什么时候说过那种话，你别乱说……"

奈何对方人高马大，完全推不动。这位老哥依旧笑嘻嘻跟他打趣："你把我利用完了就这么对我？"

在这个过程中，方默一直保持着诧异的表情凝视着许熙然的脸，灼热的视线几乎就要把他的皮肤烫出两个洞。

好在此时抽签结果终于出了。体育委员一阵吆喝，不速之客终于离开跑去关心明天的赛程安排。

现场只剩下面面相觑的方默和许熙然。

过了好一会儿，方默问道："你喜欢她啊？"

许熙然毫不犹豫地摇头且大喊："没有啊！"

之后，便是一阵沉默。

方默皱起了眉头："所以，你有喜欢的女孩子，但不是她？"

"不是，他误会……"许熙然一时间陷入了尴尬。

总不能直白说出来，不存在那样的女孩子，我只是想要在你面前耍帅吧？

方默在意极了："谁啊？你居然完全没有跟我提过？"

"没，没有。"许熙然尴尬，"说了是误会。"

他这番态度加深了方默的误解。在上下打量了他几遍后，方默又问道："我确认一下，你喜欢的这个人，是真实存在的生活在现实世界的身边的女孩子吧？"

许熙然愣了一下，摇了摇头。

解释不清了，还不如误导一下省事。

"我就说嘛，你怎么对恋物语第二季评价那么差，"方默一脸揶揄，"原来是移情别恋了。"

许熙然顿时不能忍："我是那么肤浅的人吗？我那天说了那么多原来你根本没听进去，我对第二季不满意是因为……"

"反正你就是有新老婆了，对不对？"方默打断他。

许熙然为了回避这个话题，反将一军："你干吗那么激动啊，刚才比赛的时候我看你一直在和她聊天，难道是你喜欢的类型？"

"想什么呢，"方默矢口否认，"随便聊聊罢了。"

他俩在这儿光顾着毫无营养的对话，其余人都已经纷纷散去了。明天还要比赛，不适合立刻庆祝，早点回去好好休息才是正事。

许熙然披上了外套，和方默一同往寝室的方向走。

"她给你加油，我才跟她搭话，"方默说，"人家看起来很关注你嘛。"

"还真是你主动搭话呀？"许熙然的重点完全不对。

"你不对劲，"方默看他一眼，"要不是对人家有意思，干吗那么在意？"

"不是，我的意思是……"许熙然慌慌张张解释，"你要是有了喜欢的女孩子，我肯定关心啊。"

方默低下头，摸了摸鼻子，没出声。

"到底有没有？"许熙然又问。

"我可是很有追求要求很高的，"方默说着，舒展了一下手臂，"这辈子还没遇上过能合我眼缘的姑娘呢。"

许熙然挑了一下眉头，表情看着还挺不爽。

方默笑着伸手拍了他一下："真有保证告诉你。倒是你，新老婆呢？给我看看。"

"没有新老婆，"许熙然强调，"我对小遥一心一意。"

✦· Chapter 25   ·✦

方默第二天是带着黑眼圈去看许熙然的比赛的。

"你怎么啦？"许熙然这个昨天才大量运动过的人倒是精神奕奕，"没睡好吗？为什么那么没精神？"

方默打了一个哈欠，眼眶变得湿答答的。他吸了吸鼻子，又用手擦了一下脸，才答道："不小心通宵了。"

许熙然盯着他看："你晚上不睡觉，做什么呢？"

方默怪不好意思的："看漫画。"

许熙然惊讶中带着欣喜："你终于彻底开窍啦！什么漫画那么好看，来分享一下？"

方默心想，你恐怕不会喜欢。

漫画是夏点点给他推的，就是那天那个女生。后来他们加了微信，聊着聊着夏点点就给他推了一个漫画软件，并且强烈推荐一部漫画。

剧情挺不合理的。那主角很漂亮，设定却非要说他平平无奇，还安排了一大堆各有特色的人在他周围。熟悉的那种套路。明明 BUG 无数，但这漫画每一节都断在特别抓心挠肝的位置，逼得人兴致勃勃往下看。方默已经急个半死。

而此时，天已经蒙蒙亮了。

为了看许熙然的比赛，他只睡了不到四个小时就挣扎着爬了起来，可说是感天动地。

"到底叫什么呀？"许熙然皱起眉来，"你现在怎么什么都不肯和我说了。"

方默困困的，神志不清，心里模模糊糊想着，去他的霸道总裁，还不如面前这个傻了吧唧会冲他撒娇的人。

"你还好吧？"他一脸放空始终不说话，许熙然有点担心了。

"我看的那个，你肯定不会喜欢，"虽然意识到自己此刻的行为可能带来恶劣后果，可人在过度困倦的时候难免缺乏理智，"别人推荐给我看的，等发现题材不对劲的时候已经晚了，看都看了所以就看下去了。"

许熙然更好奇了："什么题材？不对劲还那么吸引人？"

"恋爱题材。"方默说。

许熙然笑了："少女漫画啊？原来你喜欢这种？"

方默摇头："……不算吧。"

他说着，掏出手机，将那个一目了然的封面展示给许熙然看。

许熙然果然愣住。

"主角画得太好看了，我就点开随便看看，"方默冲他笑了一下，"没想到一不小心就熬夜了。"

许熙然皱了会儿眉，问道："那……好看吗？"

方默大脑运行缓慢，一时间不知道该怎么形容，于是双手抱着胸歪着头陷入了沉思。

好像也没有很好看，就是吊人胃口罢了。以许熙然过往口味推断，恐怕不会感兴趣。

两人站在场边专注聊漫画，许熙然的队友很快不耐烦了。

"许熙然！你干脆搬去三〇一算了，天天在那闲聊，快去热身！"

方默立刻回过神来。而他面前的许熙然则瞬间慌张了起来。

"他们说着玩的！我以前解释过，结果越传越离谱了，不过他们应该也没当真就是说说……"许熙然结结巴巴地解释。

方默平静地看着他："都怪你总是乱开玩笑。"

许熙然闭上了嘴。

"你老实交代，是不是背着我也这么开玩笑？"方默又问。

许熙然快速摇头："没有，没有。"

"怎么就那么多话啊，"他队友的声音再次传来，"你还比不比了？"

许熙然转过身，一边往场边移动，一边扭着头继续对着方默强调："真的没有，真的。"

方默扬起一边的眉毛，看着他，并不说话。

许熙然心里慌。

他确实没有在别人面前主动开过这种玩笑，虽然旁人用这个来调侃许熙然时他也没有反驳。

男生之间这类玩笑非常普遍，过分强调，反而显得做贼心虚。

许熙然一边走一边在心里暗暗在意，打算等比完赛，也去鉴赏一下那部漫画，看看到底有什么魅力，那么吸引方默。

"许熙然！"远处体育委员冲着他大吼，"你去哪儿啊？！"

在沉思中已经横穿整个场地就要跑去对手阵营的许熙然赶紧停住脚步。接着，他第一时间回头朝着方默的方向看了一眼。

方默果然在笑。

完了，又出糗了。想要在方默面前保持一个帅气的形象怎么就这么难。

连打两天比赛，对日常运动量并不算太充足的普通大学生而言还是辛苦了点儿。许熙然昨晚睡得不错，精力充沛，但身上的许多处肌肉却依旧处于疲劳状态。甚至酸痛难耐，行动时也多少会有几分不适。

队伍里除了那位篮球队的大哥，战斗力全都打了对折。相比昨天一个个生龙活虎的模样，比赛过程宛如被按下了慢速播放键。

幸运的是，对手也没好到哪儿去。有大哥坐镇，他们依旧保有优势。

不幸的是，许熙然的根本目的只是想在方默面前秀一下。昨天圆满完成任务的代价，就是今天战斗力被大幅削弱。

投篮特别讲究手感。状态不好，命中率也跟着直线下降。连续几次打板后，他有点儿心虚地朝着方默的方向看了一眼。

在捕捉到方默的身影前，他心里暗暗祈祷，希望方默没看见刚才的丢人画面。

他的期待应验了。

方默竟又和昨天的那个女生站在一起。两人相谈甚欢，眼神压根不在球场上。

许熙然心塞。

面对面的时候，夏点点又是一副文静腼腆的模样。

但方默很快发现那只是表象。这姑娘在现实中看似内向，说起话来也挺直接的。当他告诉夏点点昨晚品鉴过了她在朋友圈大力推荐的漫画后，夏点点十分惊喜。然后她红着脸，有些害羞又无比激动地告诉方默，她还有更多同类作品可以分享。

方默红着脸婉拒了。

已经被消耗了一整夜，他可不想再为了这类奇怪的作品困得神志不清。

比赛赢了，许熙然却情绪极低。

"好棒啊又赢一场！"方默比起之前精神了许多，一边说一边把手里的运动饮料递了过来，"你怎么这么厉害啊，昨天那么辛苦今天还能打满全场。"

许熙然别别扭扭地把水接了过去，却没立刻打开："你真的有在看吗？"

为了吸引方默的注意力，他就差爬上篮球架倒立了。可方默全程都跟那女生挨在一块儿，聊得热火朝天。

"当然啊，不然我不睡觉特地跑来这儿晒太阳是为了什么啊？"方默说。

说不定是为了见哪个女孩子呢。许熙然想着，转头四下张望了一圈，竟和不远处的夏点点视线撞了个正着。

这姑娘正偷偷朝着他俩的方向打量，与许熙然对视后似乎是受到了一点惊吓，立刻缩了缩脖子转过身去背对他们。

做贼心虚，她肯定是在看方默。许熙然往旁边挪了两步，试图用肉体挡住她的视线。

"怎么啦？"方默疑惑地看着他，"我特地给你买的，不渴你也喝两口啊。"

许熙然看了他一眼，拧开瓶盖喝了两口。

方默今天给他的这瓶是清新柠檬味，口感怪怪的。他还是更喜欢昨天的活力桃子味。

"是不是很累？"方默有些担忧，"都打完了，早点回去休息吧。"

回程路上，两个人都没怎么说话。

许熙然体力有点透支，心情也不好，自然低沉。方默缺乏睡眠，刚才短暂地精神了一会儿后如今又犯起了迷糊。

走到半途，许熙然终于还是没忍住，问道："你和那个女生很熟吗？"

方默有点回不过神："啊？哪个女生？"

"姓夏的那个。"许熙然说。

方默呆滞了片刻后，冲他笑了笑："就是她给我推荐的那个漫画。"

许熙然一愣。

"刚才在跟她交流感想，"方默说着，非常夸张地打了一个哈欠，眼眶又变得水润润的，"我发现，这方面还是你比较厉害。"

"哈？"许熙然跟不上他的思路了，"和我有什么关系，我……我又没看过那种漫画。"

"不是啊，"方默摇了摇头，笑意愈发明显，"一样是给别人推荐自己喜欢的作品，你介绍起来就条理清晰，头头是道还很深刻，能讲出非常多很具体的东西。她刚才给我推荐，介绍词基本就是'好看''超级带感'，没了。"

这突如其来的意外夸奖，令许熙然受宠若惊。他低下头，摸了摸鼻子："我也只是有感而发，随便说说。"

方默点头："你是个有思想深度的人。"

许熙然快乐了。连疲劳过度的身体都没那么沉了。

方默抬头冲他笑："你要看看吗？她推荐我的那个漫画。"

许熙然一度觉得自己有点危险。

但当他下载了那个APP，搜索到那本漫画，硬着头皮看了几章后，认为自己没有任何问题。

他对主角无感，但一看到那个霸道总裁就来火，恨不得一拳往他脸上招呼。装什么装，有病似的。

看完第一本，他已经快要窒息了。

难以想象，方默竟会为了这样一部作品通宵。究竟是哪个点打动了他？

许熙然很想去问问方默，又怕打扰他休息。

因为想知道这个问题的答案，他又鼓起勇气点开了第二本。

看完前三本，许熙然终于彻底宣告战败。

刚想放下手机，方默给他发了条消息。

"你看了吗？"

不到五分钟，方默就出现在了他的寝室里。

"我都一觉睡醒了，你怎么还没看啊，"他有点不满，"我还想听听你的感想呢。"

"我下载了，把开头看了。但是刚打完比赛有点累，所以洗完澡就也休息了一会儿。"因为不想进行任何评价，他胡乱找借口。

方默点了点头，然后上上下下打量了他一番，若有所思。

许熙然紧张："干吗呢？"

"你是不是肌肉酸痛啊？"方默问，"我看你今天场上动作好像比昨天笨重一点。"

许熙然迟疑了一下，用力点头："是有点，所以才没发挥好，本来可以更好的。"

"你对自己要求好高啊，已经很棒了好吧，比其他人强多了。但你还没恢复过来今天就又那么辛苦，等明天估计得手脚都得酸得抬不起来了，"方默说着，双手在身前搓了搓，"不如，我给你来一套按摩服务？"

"啊？"许熙然呆滞地看着他。

"运动过以后最好是按摩一下肌肉帮助放松，这样第二天才不会太难受，"方默兴致高昂摩拳擦掌，"我小时候经常帮我爸妈按摩的，手法可棒了。今天免费让你享受享受。"

"不用了吧？"许熙然不知道自己在慌什么，往后退了一步。

方默根本不听，抬手指床："快！去那儿！躺下！"

许熙然头皮麻麻的。他心想，怎么回事，这方默为何突然如此亢奋。

他老老实实在床上躺平，觉得自己仿佛案板上的一块肉。

"我还是趴下吧？"为了不与方默对视，他小心地打申请。

说完后，也不等方默回应，他一骨碌转了个身，正面朝下，脸朝墙，进入掩耳盗铃模式。

方默不以为意，舒展了一下手指后冲着趴得老老实实的许熙然大喊了一声："我开始啦！"

片刻后，那双手软绵绵地按在了许熙然的肩膀上。

方默先是立起手掌在他的肩膀和后背附近像剁菜似的敲了一圈，没怎么太用力。虽不知这样究竟是否能缓解肌肉疲劳，但感觉倒真还挺舒服。

"舒服吗？"方默语气轻快。

许熙然点头："嗯。你真的学过啊？"

"没有，"方默笑道，"我胡说的，拿你练练手。"

许熙然有点无语，但看在被敲得确实享受，于是收回抱怨老老实实地当他的小白鼠。

方默在他的肩膀和背脊上来来回回敲了好几遍，把他的肌肉都拍打得酥软无比。因为感觉过于良好，许熙然开始犯困。

就在此时，方默突然直起身来，又一次开始搓手。

"我要用力了！"他说。

"放松点放松点。"方默在他背脊上拍打了几下，接着继续认真用力地揉按起来。

许熙然越发僵硬。

"你就那么怕痛啊？"方默微微侧身看了看他的表情，"那我轻点吧。"

"不用，"许熙然闭着眼睛摇头，"再重一点也可以。"

"不行，"方默说着，力气就小下去了，"我手累了，重了按不动。"

"你身材真的很不错嘛，明明肩膀挺宽的，腰倒是窄，"方默说，"这样从背后一路按下来，这里的弧线特明显。"

许熙然趴着装死，任由这个压根不会按摩的家伙往他身上按来按去。

见他宛如尸体，方默咂了咂嘴，又轻轻咳嗽了一声，在他背上拍了一下："算了，好像我在折磨你似的。你转过来，我帮你按按腿。"

许熙然忍无可忍，扭着身子扯被子："我突然很困！我睡一会儿！"

"那是不是说明我手艺还不错，"方默问，"舒服吧？"

"行行行，好好好，舒服舒服舒服舒服，"许熙然别别扭扭地从他下面挪出来，小声嘀咕，"我看你就是在打击报复。"

"啊？"方默下了床，蹲在床边，笑着看他，"报复什么？"

"没什么，"许熙然拉好被子，"我真的困，睡会儿。"

"我最讨厌别人话说一半了！"方默不依不饶的，"交代清楚才许睡！"

两人一番拉拉扯扯，许熙然很快因为身体劣势败下阵来，被方默按在床上猛挠胳肢窝。

"我想起来了，你上次还说等我脚好了要给我好看，"方默兴致高昂，"君子报仇十年不晚！"

"我什么时候说过呀，我怎么不记得，别别别，"许熙然痛苦地闪躲，"而且，这么说我根本没挠你啊，你能不能学一下我高尚的品质不要乘人之危？"

方默笑嘻嘻："我只知道什么叫趁他病要他命。"

　　方默走的时候，许熙然原本就脱力的身体变得更为疲惫不堪。

　　但他的心情却是不坏。

　　那样的打闹显得幼稚，却也让人感到舒畅。

　　有些时候，幼稚不是一件坏事。做一个孩子多开心啊，轻松自在，无忧无虑，可以无所顾忌地任性胡闹。

　　许熙然在心里暗暗猜想，方默笑得那么开心，是不是也和他一样对此乐在其中。

　　可以肯定的是，方默也爱跟他待在一块儿。

　　在离开之前，两人还约好了第二天中午一起吃饭。方默甚至记得他的课表，知道他明天上午在哪一栋楼上课，去哪个食堂最近最方便。

　　许熙然想，也不知道方默为什么要羡慕人家谈恋爱。

　　反正他不羡慕。

　　第二天的课，老师拖堂了。许熙然怕方默等急了，趴在桌上偷偷发消息，让他多等一会儿。

　　好不容易熬到下课，正打算赶紧整理东西去找方默，座位前方传来了一个不怎么熟悉的声音。

　　"许熙然，你待会儿是不是要去跟方默吃饭啊？"

　　许熙然抬头，发现是前些天在赛场边跟方默相谈甚欢的那个女生。虽是同班，但两人之前并无太多私交。许熙然努力思索，只想起她姓夏。

　　他微微蹙起眉头："怎么了？"

　　这个女生会知道他们俩的行动计划，只可能是方默告诉她的。也就是说，他们私底下一直在联系。这个认知让许熙然不由自主地想了些有的没的。

"这个你拿着，里面是说好要和方默分享的东西，"那姑娘脸有点红红的，递过来一个 U 盘，"校园网太卡了，我流量又不够用，就都给他装在里面了。你待会儿给他吧。"

许熙然伸手接过："什么东西？"

对方低着头，扭扭捏捏的："资源。"

"啊？"许熙然有点愣。

他面前那个看起来一脸清纯的姑娘还是那副羞答答的模样："我之前跟他说过的，你给他就行了。"

"……"

许熙然看着手里那个粉红色水果糖造型的可爱 U 盘，陷入了沉思。

姑娘冲他笑了一下："那我走啦！"

"等等，"许熙然叫住了她，"你们为什么会分享……这，这种东西啊？"

那姑娘冲着许熙然眨了眨眼，又笑了笑，并不开口。

许熙然皱着眉头："他，让你给我的？"

"嗯，他说你们过会儿会见面，给你就行。"

"哦，我知道了，"许熙然点了点头，冲她挤出了一个略显僵硬的笑容，"谢谢啊。"

"这里面是什么东西啊。"

和方默见面以后，许熙然在把那个糖果 U 盘递过去的同时问道。

"谁知道呢，"方默把 U 盘收进口袋，"你有兴趣吗？"

许熙然没吭声。

一个男生和一个女生交流这类资源本身是一件很暧昧又引人遐想的事。但根据之前获得的信息来推断，这个 U 盘里装着的艺术作品的人物设定极有可能相当单一。于是事情瞬间就变得复杂起来了。

"你干吗呀，"方默看了他一眼，很快又移开了视线，"一副见了鬼的表情。"

"你跟她已经那么熟了吗？"许熙然问。

"你说夏点点啊？"方默问。

原来她叫夏点点，许熙然终于有了些许印象。他点了点头。

"是这样的，"方默低下头，伸手摸了摸鼻子，看起来尴尬中还带着几分紧张，"我跟她之间呢……有一点误会。"

"什么意思？"

"她……反正，她对我有一点误解。"方默说得很小声。

"啊？"许熙然睁大了眼睛。

"之前那个漫画不是她推荐的吗，"方默说，"听说我看完了，她又给我推荐别的。"

"傻啦？"方默抬起手来，在许熙然面前晃了晃。

许熙然咽了口唾沫，把视线挪向了方默的外套口袋，问道："你真的觉得这些看起来很有意思吗？"

"倒也没有，我跟她说了不用了，"方默说，"可是她太热情了，我怕扫她的兴，就先收下吧。"

许熙然傻傻地点了点头："这样啊。"

"怎么了，"方默又问，"我看这些很奇怪吗？"

许熙然沉默了片刻，摇头："没有啊。"

Chapter 27

方默几乎可以确定，在大学毕业以前，只有羡慕身边的情侣们的分了，自己是不会有机会了。

晚上入睡前，他出于好奇，久违地登上了学校的BBS。大半个月前，有人发了一个帖，说听闻本校两届校草形影不离，不知是不是真的。

评论区言之凿凿，有人说自己亲眼所见，也有人说认识两人的舍友，又或者是朋友的朋友的朋友什么的。

最近的一个回帖，就在半天前。那人说，中午在食堂看到两个人一起吃饭了，看着关系特别铁。

方默哭笑不得。

奇怪的是，他心中并没有太多负面情绪。虽然嘴上对着许熙然抱怨过不少，可若他真的为此困扰，早就与许熙然保持距离了。

那些麻烦，都抵不过和许熙然待在一块儿的舒心快活。他想，许熙然应该也是这么认为，才那么不避嫌。

事已至此，澄清无望，就随他去吧。

方默躺在床上想了半天，睡不着，干脆摸出了手机。某宝App显示他有一条未读消息。点开后，是前些日子咨询过的代购，告诉他衣服买到了，可以付尾款。

方默一阵欣喜。那次不小心撕坏许熙然衣服，方默说过要买一件赔他。许熙然在那之后从未提起，显然是已经忘了。但方默没忘。后来从许熙然那儿顺来的那件外套，许熙然本人穿着很好看，这个牌子的风格十分适合他。方默看上了他们家的当季新款，想买两件，和许熙然一人一件。

怕许熙然嫌太贵不愿意收，他连借口都想好了。就当作是生日礼物嘛。

只是没想到那外套太过抢手，还挺难买。原本方默担心时间紧张会错过，如今算算让代购单独寄个急件应该是能赶上的。

方默快速地付了尾款，然后思考，许熙然生日是不是该请他吃顿饭。那可是圣诞夜，这个人和自己一样没对象，正适合凑合报团取暖。

幻想飞速破灭。

"那天不行啊，我妈前几天说要来找我，我已经答应她啦。"许熙然说。

说不失望是假的。但许熙然的理由太义正词严，方默没辙："哦，这样啊。"

"她难得回来一次，专程来陪我过生日的，"许熙然认真地补充，

"不太好拒绝。"

方默点头："我理解呀！"

说完后，两个人互相看着对方，表情都有几分紧张和局促。

气氛怪怪的。

"那……如果我出去了，你圣诞夜跟谁过呀？"许熙然又问。

方默抿着嘴想了一会儿："就不过了吧。我那天下午还有课，而且马上要期末了，我作业没做完呢，得抓紧了。"

许熙然点了点头，没吭声。

"你那天几点出去？"方默问。

"大清早吧，"许熙然说，"要先去机场接我妈，陪她去酒店安置好了再去市区逛逛。"

方默又问："那几点回来？"

"应该不回来了，"许熙然说，"我妈在这儿待两天，我这两天都不回来，陪她。"

"行吧，"方默点头，"那你早上出去之前过来找我，我有东西要给你。"

许熙然扬了一下眉毛，想要开口询问，很快又憋了回去。他点了点头，冲着方默露出笑容："好。"

脸上堆满的全是发自内心的欢喜和期待。

原本还有几分低落的方默立刻被感染，心情也变得轻快起来。

"对了，我一直想问的，"他说，"你父母是不是都不在国内啊？"

"不是啊，只有我妈在国外。我爸在国内，但离这儿挺远的。"许熙然说。

方默试探性地问道："是因为工作？"

"我是不是没有和你提过啊，"许熙然的神情略显尴尬，"他们不在一起了。"

"……啊，抱歉。"方默愣了一下，赶紧道歉。

"没事啦，很多年了，现在都挺好的，跟我关系也不错，"许熙然又冲他笑，"因为他们都有新家庭了嘛，所以能在一起的机会不多。"

难怪他放假也住在学校里。双亲都组建了新的家庭，就算依旧感情深厚，相处时也多少会有不适应吧。

方默一顿脑补，心疼了。

"对了，我还有一个弟弟和一个妹妹，都在上小学，特可爱，"许熙然挺开心的样子，"下次给你看照片。"

这个年龄差，无疑是他的父母各自重建家庭后生的孩子。许熙然本人对此一副接受良好的模样，方默听着却有点不舒服。

许熙然心里不可能没半点委屈。想想都觉得可怜透了，方默恨不得现在就安慰许熙然告诉他没关系，我在呢。

正看着他的许熙然很快面露惊讶之色："你……你怎么了呀？"

方默抿着嘴唇，摇头，不开口。

"我又没有被虐待，"许熙然哭笑不得地抬起手来，"你哭什么？我爸妈都对我很好，真的。"

"……你也太多愁善感了，"他轻声说道，"我当初说你肯定爱哭，你还不承认。"

方默摇头，用袖子胡乱抹了一把脸："我没有喜欢哭，这不一样的。"

"你肯定瞎脑补了，"许熙然说，"我没受过委屈。"

"……哦。"方默吸了一下鼻子。

但他心里想的却是，可我却觉得委屈了。

许熙然没有完整的只属于他的家人，没有独一份的关爱，放假没有可以回去的真正的家，方默觉得委屈。

"好了好了好了，"许熙然笑得无奈，"差不多可以了啊。你再哭，我真要觉得自己可怜巴拉的了。你看，我妈还特地千里迢迢飞回来陪我过生日对不对？"

这么一说，方默又不为许熙然那天没法跟自己在一起而感到遗憾了。许熙然依旧被他的母亲深爱着，这一点很重要。

他认真点头："嗯。"

"方默。"许熙然突然叫他的名字。

"怎么？"

虽然已经止住了泪水，但他的声音依旧带着些许鼻音。

"……没事，"许熙然又摇了摇头，"没什么。"

方默立刻伸手扯他："给我说！"

许熙然笑了起来，又叹了口气："我第一次看到有人因为这个哭。"

"啊？"

"大家听说了以后，一般只会表示遗憾或者安慰开导我什么的……"许熙然说，"你怎么就哭了呢。"

方默脸一红："不知道。"

许熙然却又问了一遍："你为什么要哭啊？"

"……我眼睛进沙子了。"

这明显是一句胡话，就连说的人自己都觉得假。可许熙然却没有提出任何异议。他点了点头，微微靠近了些许。

"那我帮你吹吹好不好？"他问。

方默心口一阵慌张，立刻扭过头："已经没有了。"

只不过半秒后，他就推翻了前言。

"好像还有一点。"他垂着视线小声说道。

许熙然点了点头，一脸郑重地抬起手来，小心地扶着方默的头，对着他的眼睛小心翼翼地吹了一口气。

那动作完全不对，吹不走眼睛里的沙子，只让方默下意识想要把眼睛闭上。

"忘了问了，是哪只眼睛啊？"他说。

方默愣愣地摇头。

许熙然过得确实不算糟糕，甚至相比同龄人而言过得还挺滋润。

他在那之后告诉了方默很多事。

他的父母是在他刚上小学时分开的，之后他便一直跟着父亲生活。几年后他父亲再婚，对方是一个非常温柔的女人，对他十分友善，总是客客气气的。就算之后给他又添了个妹妹，也并未厚此薄彼，相反会刻意地对他更为偏心些。高中时他开始住校，周末回家，桌上总是摆满他爱吃的菜。

没什么不好的。可看着他们一家三口其乐融融的模样，他却不知为何越来越不爱回去了。仔细想想，可能是缺了点名为归属感的东西。

他的后母怕他是因为心里有芥蒂，还特地跟他父亲商量着给他买了房，产证上只有他一个人的名字。

许熙然一开始认为没必要，后来又觉得挺不错。他不去住，但他终于可以放肆买手办不愁没地方堆了。

他的母亲在当初和他父亲分手后就去了国外，很快也有了自己的新家庭。但她这些年来从未减少对他的关心，嘘寒问暖，时常寄来礼物，每年都会回来看他，给他很多很多零花钱。

全都挑不出毛病。

所有亲戚都说，虽然父母离异，但他还是非常幸福的。从小到大身边的朋友，也总羡慕他能拿两份零花钱。要真让他说说有什么不满意，他也说不上来。都挺好的，连他那两个弟弟妹妹也很喜欢他。

应该没有任何值得难过的事吧。

可偏偏有一个傻瓜，才听了一半就眼泪掉个不停。

这让许熙然第一次愿意直面自己内心深处那个小小的空缺。

他不再刻意回避，因为有一份更温暖柔软的情绪，把那空缺填得严严实实。

临近圣诞夜，方默原本还不错的心情逐渐焦躁起来。

他的包裹出了点问题，在海关卡了特别久。等终于顺利出关再次踏上旅程，时间已经来不及了。

二十三号的晚上，官网显示包裹已经到了本市，而他收到了许熙然明显带着兴奋的消息。

"我七点过来找你会不会太早?"

这个时间，明天就算会派件也肯定赶不上。方默愁眉苦脸，悲伤地输入回复。

"不用了，别过来了，没东西给你了。"

许熙然很快回了他一个问号。

方默叹气。

"东西还没到，等你回学校再说吧。"

许熙然过了好一会儿才回复。

"那你七点的时候会醒着吗?"

这问题听起来奇奇怪怪的。方默明天上午没课，若不是为了许熙然，自然会想要睡个懒觉。

"怎么啦?"

他问。

"醒着的话那我还是来一次吧。"

许熙然说。

方默特地起了个大早。许熙然七点不到就出现了，敲门惊醒了除方默外全寝室的所有人。

寝室里一片怨声载道，方默赶紧冲出去，然后把门小心合上。

他俩站在走廊里。方默还睡眼蒙眬，许熙然已经打扮得整整齐齐，看起来精神奕奕。

"快，我赶时间呢，"他面带笑意看着方默，眼睛亮亮的，"专程来听你对我说句话。"

方默哭笑不得地看着他："生日快乐。"

许熙然笑意更甚，点了点头："那我走啦!"

他说完，冲着方默挥了挥手，向着楼道的方向跑去。等到了楼道口，他又转身远远地望过来，方默依旧站在门口。

他冲着方默挥手，方默也冲着他挥手。

等他的身影彻底消失，方默才重新回到寝室，重新钻进被窝打算补个觉。

"你们大清早的搞什么呀？"他的舍友之一带着倦意抱怨。

"唉，"另一个叹了口气，"这大概就是校草之间的恶作剧。"

方默早已放弃解释，只认认真真地道了个歉。

直到当天下午，方默的包裹终于有了消息。学校代收点的快递柜给他发来了取件码，提醒他及时取件。

许熙然回校以前都送不出去，但方默想早些拿到手欣赏一下自己精心挑选的外套实物究竟如何，于是下课后特地绕了个路。没想到，在快递代收点门口遇上了一个熟人。

从某种程度上来说，他和杨琳其实相当有缘分。曾经有过的每一次照面，都是不期而遇。

注意到了对方的存在后，两人都有些尴尬，别别扭扭地扬了下嘴角就算是打过了招呼。

虽说有过一些不愉快，可杨琳跟刘小畅相处也有一阵了，方默最近和刘小畅关系融洽。理论上，对待朋友的朋友总该保持基本的友善。

可惜杨琳似乎不这么想。在展示过最低限度的敷衍笑容后非常刻意地移开了视线，甚至还转过身去尽量背对着方默。看来是依旧对当初的经历耿耿于怀。

方默当然也没兴致去贴冷屁股，便干脆地当这个人不存在，利落地取了包裹便离开代收点往住宿区走去。

尴尬的事情发生了。

杨琳与他同一时间走了出来，向着同一个方向移动。

这么一来，他们俩全程都顺路。

两人都刻意想同对方拉开距离，于是很有默契地一个走在道路的最左边一个走在道路的最右边。杨琳故意加快脚步，方默就存心走得慢一些。

等拉开了大约十米左右的距离，才开始用正常速度前进。

方默看着前方杨琳的背影，突然意识到，这家伙今天晚上应该会和刘小畅一起出去。杨琳手上拿着一个小小的盒子，应该是刚从快递柜里取出来的。外面难看的快递包装纸盒已经被拆掉，露出了里面漂漂亮亮的深蓝色包装。那无疑是一份圣诞礼物。

真好啊，方默心想。

但又转念一想，自己现在这样，也没什么不好的。

然后他又想，不知道杨琳对刘小畅到底是什么感觉。这两人的开始有点古怪，按理说刘小畅的外形也不合杨琳的择偶标准，她会愿意试着接受，极大可能是出自恻隐之心。那现在呢，现在的杨琳对刘小畅又有几分认真呢？跟一个思维模式异于常人的异性相处，肯定会有觉得累的时候吧。听刘小畅上次倾诉烦恼，这两人日常有不少小矛盾，也不知道现在好些了没。

刘小畅已经是他的朋友了，方默还是希望他的朋友一切顺利。

逐渐靠近宿舍区，方默脑中灵光一闪，想到了些什么。

圣诞节，杨琳手上拿着一份包装精美的礼物，无疑是要送给刘小畅的。这么看来，自己方才的担忧似乎有了些许答案。

会认真为对方准备惊喜，拿在手上一脸春风得意，必然是在乎的。

在为刘小畅感到欣慰的同时，方默的心头冒出了些许担忧。

他从口袋里掏出手机，拨打了刘小畅的电话。

通话很快被接通，刘小畅语气轻快，显然心情不错："什么事儿啊？"

"你今天晚上要出去吧？"方默开门见山问道。

"对啊，"刘小畅很高兴，"马上就出门了，怎么？"

"你有没有给杨琳准备礼物？"方默问。

刘小畅闻言瞬间陷入了沉默。

不祥的预感应验了，方默眼前一黑，摇头又叹气："我就知道！"

刘小畅怪心虚的："……这问题很大吗？"

方默看了一眼前方脚步轻快的杨琳，说道："我看不乐观，她好像给你准备了。"

"完了，"刘小畅意识到了问题的严重性，"怎么办，我现在随便找点什么？"

"你在寝室？"方默问。

"对，"对面传来翻找的声音，"要命了，我现在一时上哪儿找去啊？我把我手上的拆下来行吗？"

"你傻啊，你整天带着，人家会没见过吗？"

"……就说新买的！"刘小畅慌张。

"你冷静一点，"方默说，"那么明显的事情，被拆穿了不是找抽吗！"

刘小畅没吭声，翻找声不断。

方默叹了口气，问道："你手头现在还宽裕吗？"

"还行吧，"刘小畅说，"但我现在上哪儿买去？"

"我卖给你，"方默说，"你打开我的柜子，最下面那个抽屉。"

一阵响动后刘小畅发出疑惑的声音："这都是什么？"

"最里面，有一个没拆过的，方方正正的盒子，"方默说，"你先拿去吧。"

刘小畅激动："大恩大德无以为报！不过……这是什么东西？"

"涂脸的，"方默说，"被你嫌弃很女生气的东西。"

"不不不，这现在就是我的救世主，"刘小畅说，"我先去找个东西包一下！"

挂了电话，方默如释重负。日行一善，心情愉悦，连看杨琳都顺眼了不少。

几分钟后，他远远地在宿舍楼下看到了刘小畅的身影。

他前方的杨琳也看见了，立刻大幅度地挥了挥手，加快了脚步。

这种时候凑上去打扰不合适，方默有心放慢了脚步。

杨琳似乎是想要珍藏惊喜，把那个小包装放进了口袋里，没有立刻拿出来。刘小畅却是没那么多心思，方方正正一个盒子捧在手上。

方默眯起眼细看，很快又是哭笑不得。看颜色材质，这家伙情急之下用来包礼物的居然是草稿纸。还不如不包呢。

等他磨磨蹭蹭地靠近时，那个简陋的包装已经在杨琳手里了。

杨琳发出了与他相同的感慨："这什么呀，你也包得太难看了！"

方默因为好奇偷瞄，却见杨琳很快面露惊喜，还有些许羞涩："……你还写字了呀？"

这个刘小畅，倒还有点脑子，在草稿纸的内侧写了点酸话。

杨琳低头看了几秒，脸都红了，小声嘟囔的同时抬手轻轻地在刘小畅身上推了一下："什么乱七八糟的。"

啧啧啧，方默暗暗摇头，决定赶紧离开非礼勿视。

与两人擦肩而过时，刘小畅非常热情地与他打招呼，一脸感激："回来啦！"

杨琳飞快地看了方默一眼："你们认识？"

"我舍友，"刘小畅笑眯眯的，"听他说你们也认识，还一起吃过饭？"

这无疑让杨琳想起了糟糕的回忆，面色有些难看了。

方默见状，主动说道："你们聊吧，我有点事，先上去了。"

说完便往楼道里走。

几秒后，背后传来刘小畅的嘀咕："干吗呀，这么帅吗还盯着看。"

"哪有！"杨琳的声音大声反驳，"帅什么呀，他长得好奇怪，还不如你呢。"

方默心中一阵无语。这个人，审美是不是异于常人？

上楼时，他出于好奇，在拐角处的窗前向下望了望。刘小畅正抬手欣赏着自己手腕上的新表。

方默对时下年轻人中流行的潮牌颇有研究，一看表盘就知道价值不菲。这个杨琳，倒还挺舍得。相较之下，他临时赞助的那瓶面霜，可要便宜得多。

好在杨琳并不介意，看着一脸高兴的刘小畅，也是一脸喜滋滋。

这可能是刘小畅时尚改造计划中的一环吧，方默想。

✦· Chapter 28 ·✦

许熙然坐在商场里发呆。

他身边坐着好几位男同胞，大多不是在玩手机就是在放空自己。等他们的另一半从试衣间里出来，他们还得努力捧场，其中个别需要买单。

许熙然比他们更累。当与他同行的那位女士提着大堆的衣服走来，交给他的任务要更艰巨许多。

"快，都去换上试试，"外表依旧明艳动人的黄女士把那些衣服全堆在了许熙然身上，"看看合不合身。"

已经在许多家店里受过苦的许熙然可怜巴巴地求饶："我饿了，我们先去吃饭好不好？你买了够多了，我能穿到明年了。"

黄女士有些嫌弃地看了他一眼，叹了口气，把那好几件外套一一放在旁边的空座椅上，来回审视了几遍后从里面拿了几件出来在许熙然身上比画。经过几轮淘汰，最后挑出了其中两件。

"那就先买这些吧。"她说。

导购领着她去结账，留在原地的许熙然被身旁那些人用奇怪的眼神注视。

许熙然尴尬极了。等黄女士提着包装好的袋子走过来，他伸手接过后故意用周围都能听到的音量问了一句："妈，我们晚上吃什么呀？"

黄女士甜甜地挽住他的胳膊，答道："不是早就说好了吗？"

那些视线变得更古怪了。

"其实没必要啊，我自己也能买，"许熙然边走边劝，"一下子买那么多，我寝室柜子都放不下。"

黄女士眼神含着笑，上下打量了他一圈后点了点头："你是不是交女朋友了？"

许熙然一愣，慌忙摇头："没有啊！你思维怎么那么跳跃？"

黄女士闻言，叹了口气。

许熙然大概知道她的想法。这位女士对自己的宝贝儿子有一些误解，总觉得他长得天下第一帅。之所以没对象，极有可能是因为实在不会打扮。她在三年前见识过许熙然某件胸口印着美少女头像的 T 恤以后无比惊慌，之后每年回来都要领着他买一堆男装。

可惜她的心血大多白费了。许熙然还是喜欢穿自己买的那些较为简单轻便的衣服，也懒得把时间花在搭配上，两件外套就可以撑过整个季节。

"那你倒是有点长进，"黄女士说，"今天这件外套挺好看的，我还在偷偷猜是不是你女朋友送的呢。"

许熙然顿时脸上有些烧。

他今天穿的这件外套，是方默强行跟他换的。方默的衣品一贯都好。许熙然以前没这个意识，从不注意旁人穿着，只知道方默看起来永远都是舒舒服服养眼又引人注目的。最近他时常穿方默给的这件外套，短短时间里被不同对象夸了许多次，才意识到差距。

"怎么啦，"黄女士很敏感，"难道是别人送的？"

"不算是，本来是我朋友的，"许熙然低下头，"他把我衣服弄坏了，所以赔给我。"

"唉，也是，"黄女士再次叹气，"要是真的交了女朋友，圣诞节怎么能跟我一起过呢。"

许熙然低着头，不吭声。

晚饭时，除了他们母子，还来了一些亲眷。黄女士难得回来一次，总要聚聚。他们在餐厅定了个包间，满满围了一桌。

许熙然同其中大多数人都感情淡薄。自从他父母离婚，母亲这边的亲戚同他便鲜有交集。上大学前因为并不同城，极少见面，所有的联络也不过是每年过年时打个拜年电话。

长辈们聊得热络。作为桌上唯一一个晚辈，他在承受了一堆诸如"几年级了""有女朋友了吗""什么学校什么专业""成绩如何""还有多久毕业"

的例行盘问后，终于能安静地玩一会儿手机。

打开朋友圈，这样一个特殊的日子，全世界都幸福洋溢。

邹瞬在十分钟前刚发了一张照片。背景是一家圣诞风格浓郁的咖啡店，最前方的餐桌上，摆着一杯热气腾腾的咖啡。许熙然听方默提过，贺丞逸的店重新开业了，节日人手不足，特地拜托邹瞬去帮忙。圣诞夜加班，听起来是个苦差事，这位不缺钱的大少爷却看起来挺乐意的，还给图片配了一堆花里胡哨的圣诞元素小表情。

再往下拉，是已经很久没有交流过但一直留存在他好友列表里的杨琳。杨琳发的照片第一张看起来没什么特别，餐桌上几个摆盘精美的餐点，两份餐具。因为加了滤镜，画面温馨可爱。第二张就有些莫名其妙了，是一张皱巴巴的草稿纸，被折出过痕迹又被小心抚平，似乎写着些字，可惜看不清。

继续往下拉，许熙然微微蹙起了眉头。

前几天，他刚加了夏点点的微信好友。这姑娘的朋友圈好像有分组，他和方默能看到的东西不太一样。方默对此的解释是，她当初不小心把他分到了同好那一栏里，后来发现方默真的去看了她喜欢的那些东西，于是将错就错了。许熙然作为一个普通同学，看不到那些奇怪的东西。

而现在，她在普通同学分组里发了一张洋溢着甜蜜气氛的照片。照片上是两只交叠在一起十指紧紧相扣的手，稍小一些的那只在上面，稍大一些的那只在下面。两只手放在桌面上，看那桌子的颜色纹路，有点像是学校食堂的二楼雅座。

明明只是普通的秀恩爱，可对于有过怀疑的许熙然来说，一不小心就多想了。照片上稍大一些的那只手，因为被压在下面，只能看到几根白皙纤长的手指。

和方默的好像有那么点相似？

照片的配词很简单，只有两个字：我们。

更让他在意的是，方默给这条朋友圈戳了一个心。

许熙然忍不住了，给方默发去消息。

"你现在在哪儿？"

方默秒回。

"刚从食堂出来，打算回寝室。"

"一个人？"

许熙然追问。

方默给出的答案让他更为在意。

"不是啊，和朋友一起。怎么啦？"

许熙然盯着那行字看了几秒，刚想再次追问，被人从身侧用胳膊肘撞了一下。

"你干吗呀？"黄女士小声问他，"怎么好好吃个饭一脸苦大仇深的。"

许熙然摇头："没事。"

黄女士不信，上下打量了他几遍，十分笃定地说道："有心事了。"

见许熙然移开视线并不吭声，她又问道："和谁发消息？"

就在此时，手里的手机振了一下。方默又发来了消息。

"你的礼物到了，可惜你不在。"

许熙然瞄了一眼屏幕。方才还疑神疑鬼，此刻却不由得扬起了唇角。

黄女士上下打量了他几遍，露出了了然的笑容。

许熙然知道她不信，再次强调："是我兄弟，关系很好。"

"哦，你'好兄弟'今天有约没空陪你？"

她的表情语气，完全是把许熙然的解释当成了掩饰。

再强调只会显得心虚，更古怪。许熙然没辙，只能顺着往下说："不是吧，他说打算回寝室了。"

黄女士立刻瞪大了眼睛："那你为什么不去约人家啊？"

她这说的就有点不讲道理了。许熙然无奈："我这不是来见你嘛？"

"啊呀，啊呀，"黄女士愁了，"你不会跟人家说你没空是因为要去陪妈妈吧？应该没有吧？"

"……"许熙然眨巴了两下眼睛，"这有什么不能说的？"

黄女士拍大腿："怎么会那么傻，你爸怎么教的！"

"啊？"许熙然全然不能理解，"这有什么不能说的？"

黄女士直摇头："没法跟你们男人解释，总之扣一百分。"

现实世界中的女人一贯都是很难理解的，就算是自己的亲妈也不例外。好在方默不是女人。

"他没有介意啊。"许熙然说。

黄女士无言地看着他，脸上的表情带着悲痛，可能正在想着些"这居然是我亲儿子"之类的丧气内容。

"真的，"许熙然认真又耐心地解释，"本来……他有点误会，知道了那些事以后担心我过得不开心，大概觉得我不怎么和你们待在一块儿，容易寂寞吧。我告诉他你会来陪我过生日，他很高兴的。"

黄女士微微扬了一下眉毛。

"我看得出来，他是真的高兴，"许熙然再次强调，"他没有介意。"

黄女士微微眯起眼睛，点了点头。

许熙然刚要再说两句，手机又振了。迟迟等不到回复，方默抱怨了。

"你很忙吗？不理我？"

黄女士伸长了脖子，飞快地看了一眼，露出了揶揄的笑容。

"哟，"她说，"你看。"

"什么呀，"许熙然哭笑不得，"跟你真是说不清了。"

"我就说嘛，你今天心思根本就不在，"黄女士苦笑着叹了口气，问道，"现在还有车回你们学校吗？"

许熙然有些惊讶，一时没应声。

"还有的话就快去吧，"黄女士说，"真是的。"

在犹豫了片刻后，许熙然放弃了解释。

因为，他此刻真的很想立刻回学校。

许熙然在路上认真研究了一会儿夏点点的那条朋友圈，有了一些啼笑皆非的新发现。

不小心点了一下"我们"那两个字后，文字界面瞬间放大，露出了大堆空行后被隐藏起来的部分。

"我们。

是共产主义接班人。ps，图是网上随便下的，和文字没有关系。"

许熙然再去看那张照片，背景就变得不怎么像是学校食堂了。而且，仔细看看照片里的那只手也没有方默的漂亮。方默的手指骨节更不明显，皮肤细腻。忽略尺寸，其实是有点像女孩子的。

正想着，就收到了方默发来的消息。

"你到酒店了吗？"

许熙然笑着回复。

"快了。"

"到了以后给我打个电话吧。他们都不在，我一个人好无聊。"

许熙然不是很擅长撒谎，不知道该答应还是拒绝。想了一会儿，他决定错开话题。

"你不是说要赶作业和好好复习准备考试吗？"

方默发来了一张照片。写字桌，打开的电脑，电脑前立着书本，书页上画满了重点，还写了不少字。看起来，一副好学生做派。

"在复习呢。"

他说。接着很快又发来一条。

"但也想跟你打电话。"

许熙然对着这行字看了一会儿，起抬头，问前座的司机："师傅，大概还要多久啊？"

"今天路上堵，不好说，"师傅摇了摇头，"至少一个小时吧。"

许熙然低头输入。

"你先好好复习，再过一个小时我给你打电话。"

许熙然发现自己失算了。从他们晚饭的地方回学校，若是坐车，得先坐地铁再换公交，很麻烦，中间要走不少路。原以为打车回去能快些，没想到今天日子特殊路面交通不畅，反而要用时更久。

他出来时就已经晚了。黄女士问他，你现在回去，有没有给人准备圣诞礼物？总不能就这么空着手吧。

面对许熙然傻愣愣的脸，她恨铁不成钢。其实许熙然觉得，今天买了那么多衣服，完全可以从里面随便挑一件借花献佛。可惜，好像还不方便说出来。

黄女士替他出了主意，加点了两份点心，又切了块生日蛋糕，让他一起带回去。天气凉，但车里热。许熙然有些担心时间拖得久了，蛋糕上的奶油会融化，到时候就不好看了。

所幸开出市区以后，路况一下子变好了许多。他坐在后座不停地催，把司机闹得头都大了。

终于在学校门口下了车，才刚关上车门，手机就响了。是方默给他发来的消息。

"一个小时到了！"

许熙然提着点心，边笑边拨通了电话。

"你怎么这么准时啊？"他对方默说。

方默的声音听起来闷闷的："我好无聊啊。你现在在酒店吗？"

"还在路上。"许熙然说。

他走得很急，步子迈得特别大，声音听起来就有点喘。

"你在上楼吗？"方默好奇。

"没有，是在走路，"许熙然说，"你复习完了？"

"不想看了，没意思，看得头晕，"方默说，"我刚才去洗了个澡，打算和你聊一会儿就睡了。"

"你舍友都还没回来？"许熙然又问。

"没呢。对了，我跟你说啊，刘小畅今天差一点就要面临危机。"

"发生什么了？"许熙然好奇。

"杨琳给他买了块一千多的手表做圣诞礼物。"方默说。

对普通家庭的普通大学生而言，四位数的礼物绝对算得上奢侈。

"嚯，"许熙然下意识地看了眼自己手里提着的点心，心里一阵寒碜，"她还挺富裕。"

"但是，刘小畅什么都没准备，"方默说，"杨琳还不得气死呀。"

虽然不能完全类比，许熙然却不禁在此刻对黄女士的高瞻远瞩涌起了几分感激。

"怎么不说话啦？"方默问。

"在走路呢，"许熙然问，"那后来呢，怎么解决的？"

"当然是在我的无私帮助下咯，"方默说，"我把自己刚买的面霜借给他了。"

许熙然笑了："他是不是用草稿纸包了包？"

"你怎么知道？"

"还在上面写了话吧，"许熙然说，"杨琳发在朋友圈里了。"

"唉，多亏了我。"方默自吹自擂。

"了不起，"许熙然配合得吹捧过后，又问道，"那你们寝室另外两个老兄呢？"

"他们说要很晚才能回来，不知道要浪到什么时候了。"方默说。

他们学校在奇怪的地方特别人性化。每到这类节日会适当放宽门禁时间，过了十一点只要在楼下登记依旧可以进出。现在才临近十点，估计那些人正玩到兴头上。

"你怎么不跟他们一起去啊？"许熙然问。

"我跟去干吗呀，"方默笑道，"还有那位单身的老哥，是去参加那种活动，你懂吧？几个男生几个女生一起，以搞对象为目的互相认识一下，吃个饭唱个歌闹一闹，那叫什么来着？"

"联谊！"许熙然说。

"哦对，好像是叫这个，"方默笑道，"我说是群体相亲他嫌老土，说应该叫联谊。我对这种活动又没兴趣。"

"为什么？"

方默沉默了一会儿后，反问道："你猜？"

"也是，你要是想谈恋爱，也没必要去这种活动。"许熙然说。

"你真的不是在爬楼梯吗？"方默问道，"怎么声音听起来那么喘。"

"我在，"许熙然答道，"刚才在走路，现在在爬楼梯。"

"你住的酒店没有电梯？"方默不解，"你到底在做什么呀，都这么晚了，阿姨没和你在一起吗？"

许熙然学着他方才的样子，反问："你猜？"

方默没吭声。

片刻后，当许熙然终于来到了平地后长舒了一口气，方默又问道："你到底在……在哪里啊？"

许熙然心想，自己果然不适合制造惊喜。在让方默感到高兴以前，他已经忍不住先傻笑了起来。

"我在……呃……"

他支支吾吾边说边笑，声音特别抖，听着怪怪的。方默却完全没有追问。

许熙然终于停下脚步。

"……在，你开门就能看到的地方。"

话音刚落，中间几乎没有任何间隔，他面前的房门就被打开了。

门里站着一个看起来有些傻气的，又非常可爱的，正满脸不可置信的，对许熙然而言十分特别的人。

这个人在大约十五个小时以前，站在差不多的位置，对他说，生日快乐。

现在，距离他的生日彻底过去还剩下不到两个小时。

"蛋糕吃吗？"许熙然把手上的袋子提了起来。

方默身上穿的是睡衣。他头顶上贴着一个奇怪的东西，把他前额的刘海全都拢了起来。刚才在照片里还摆着电脑和书本的桌面现在放着一些瓶瓶罐罐，其中一个正打开着。

"你不是说不回来吗？"方默低着头，把那些东西快速地整理了起来，放进了抽屉。

许熙然将袋子里的几个盒子一一拿出来，摆在方默的写字桌上。

"来收我的生日礼物。"他说。

方默闻言眼睛一亮。他立刻冲着许熙然笑了笑，竖起手指："你等着！"

说完，他转身跑到了柜子边，从里面取出一个盒子。

"你猜是什么？"他问许熙然。

许熙然看着盒子上的 LOGO："……衣服。"

他想，方默可能是真的当他傻。明明不久前才抢走一件自己同品牌的外套。他就算记不住这牌子怎么念，看到了总会有点印象。

方默对这番腹诽一无所知，依旧是很高兴的模样。作为送出礼物的人，他根本不等许熙然这个寿星动手，就已经迫不及待地抢着把盒子打开了。

他把衣服举起来："好不好看？"

许熙然根本没细看："好看。"

这不是他平日里会为自己选择的款式，应该同黄女士的审美很接近。但方默显然很喜欢，那就足够了。

许熙然伸手接过去，然后当着他的面把新收到的礼物穿在了身上。

"帅吗？"他整理了一下，问道。

方默上下打量了他一翻，扭过头，坐到了桌边。

"饿了，"他低着头，"我要吃蛋糕！"

许熙然原本还带了一小包蜡烛，想搞点形式主义，再许个愿什么的。刚打算掏出来，蛋糕已经被方默一叉子截成两截，他只能假装无事发生过。

除了蛋糕以外，许熙然还带了一份糯米糍和一份牛奶冻。都挺管饱的。方默各吃了一小块，很快散发出一股似是而非的甜甜奶油味。

"难怪你皮肤那么好，"许熙然看着他的面颊，"你每天都涂那些啊？"

"……不行吗？"方默说。

"行，"许熙然点头，"当然行？辛苦你一个，大众饱眼福。"

方默有些狐疑地看向他："你是不是在讽刺我？"

"哪有。"许熙然说。

空气安静了下来。

两个人都坐在桌边，不开口，想着各自的心事。

气氛变得怪怪的。方默可能是有些尴尬，低着头挣扎了一会儿，问道："恋物语最新一集你看了吗？"

"哈？"许熙然愣住了。

恋物语第二季，每出一集，许熙然都要拉着方默骂足半小时。

他苦大仇深，深恶痛绝，但又偏偏一集不落。最新一集是今天刚出的，他还没来得及过目。

方默见他不反对，自作主张搬出了笔记本。才刚把笔记本放到桌上，许熙然问道："你这样穿着睡衣，会不会冷啊？"

方默看着他，迟疑了几秒，点了点头："稍微有一点。"

于是最终，他们把笔记本搬到了床上。方默裹着被子，和许熙然挤在一起，两人背靠着床头并排坐，笔记本搁在许熙然弯起的膝盖上。

新一集的内容还是延续了第二季的整体风格。画面精美，剧情无聊注水，逻辑缺失，人物性格塑造刻板。

放眼望去，都是让许熙然大肆批判的点。

但他今天很安静。

方默在片头曲播放完毕不久后，打了个哈欠，眯起了眼，之后随着时间的推移，身子逐渐向一旁歪。

"困？"许熙然问。

方默轻轻摇了摇。

许熙然微微侧过头，看向了方默。方默眼角水润，表情迷迷糊糊。许熙然心想，这明明就是困了，他把背脊挺直了些许。

"你头上贴着的这个到底是什么？"他问方默。

方默动了一下，睁大眼，醒了。他飞快地抬起手来，一把抓下了头顶那片方方正正的小薄片，抱怨道："你怎么不早点提醒我！"

那东西拆掉以后，他的刘海就松垮垮地落了下来。

许熙然微微侧过头去看。方默的刘海乱糟糟的不怎么整齐，却一点儿也不显得邋遢。

方默的视线还落在前方的电脑屏幕上，漆黑的瞳孔中映着色彩鲜亮的画面。

"看什么看，"方默抬手整理了一下发丝，"不许看了。"

他的声音听起来软绵绵的。刚才说不困，绝对是假的。

许熙然不听话，没有移开视线，还是看他。那糟糕的动画出现在方默的眼睛里，似乎变得更有吸引力。

"看什么啊……"方默小声抱怨。

动画里，小遥正在发脾气，用软软的声音进行愤怒发言，尾音拖得长长的，听起来毫无杀伤力。

许熙然重新把视线投注到显示屏上，偷偷笑了起来。

方默微微支起身子，表情不善地看向他："你笑什么？"

许熙然扬了扬下巴指向屏幕："你看我老婆多可爱。"

方默眯起了眼。

小遥脸气得鼓鼓的，双手握成两个小小的拳头举在胸前，还用力跺脚。

方默很快轻轻地"喊"了一声，又重新靠了回去。

"……今天不分析啦？"他问。

许熙然很难回答，他一直不专心，注意力不在画面上，只记得只字片语。

"今天要开心一点，不说那些扫兴的事。"许熙然说。

方默点了点头，应道："也是。"

片刻后，他又补充："所以我也不和你一般计较。"

许熙然笑道："谢谢。"

方默失去了抬杠的余地，沉默了好一会儿。

直到动画演出过半，他才再次开口："你不是说要陪阿姨吗，怎么回来了？"

"说了呀，回来拿礼物，"许熙然说，"明天再过去。"

"阿姨在这儿待几天？"方默又问。

"一个星期，她在那边有工作，不方便留太久。"

方默点了点头："那……你过年是回你爸那儿咯？"

许熙然一时没有应声。

方默意识到了什么，再次追问："怎么了，是有什么别的安排吗？"

"还没决定，"许熙然终于缓过来了，"我爸前几天在电话里跟我说，他们过年的时候不想跑亲戚，打算趁着假期去国外旅游，让我赶紧把签证办了。"

"……哦，"方默点了点头，"那挺好的。"

"但我不是很想去，"许熙然说，"也不知道为什么，我明明挺喜欢阿姨也挺喜欢我妹，可就是不喜欢跟她们朝夕相处待在一块儿。有点拘谨。"

"觉得像在做客？"方默问。

"是有一点，"许熙然说，"阿姨对我太客气了，反而就……亲近不起来。"

这些话，他上次没有跟方默提。那时担心说出来显得奇怪，现在却又觉得什么心里话都可以告诉他。

原本还担心方默这个爱哭鬼听了会不会胡乱脑补接着哭唧唧，却没想到这家伙居然笑了起来。

"我知道了，"方默说，"你这个人就喜欢别人对你不客气。"

许熙然扬眉："什么逻辑？"

方默冲他笑："所以你和我亲近，喜欢和我一起混，对吧？"

许熙然愣了一下，也笑了。

方默说得可能是对的。

相处时过于客套友善，反而无法交心。许熙然知道自己本质是个挺俗的人，跟最亲近的人才能无所顾忌。他对方默的所有的好都出自本心而非客气，说了没关系就绝不会再在心里暗自腹诽，夸他就一定是真心觉得他好。他也会在方默犯傻时笑他是笨蛋，偶尔吐槽他。他从来把最真的一面给他看。

方默也不是个很能藏住心事的人，情绪总摆在脸上。许熙然不用担心他嘴上说着没事脸上堆着笑心里却在计较。这样的相处，轻松且充满安全感。

他父亲的妻子是一个温柔善良的女人，许熙然相信她是发自肺腑想要同自己好好相处，绝无坏心。但可惜，他们大概永远无法成为真正的家人了。他每一次回家，都是在做客。

"那你如果不跟他们一起去，过年打算待在哪儿呢？"方默又问。

"我本来是想，他们走了我一个人回家待着也挺好的，"许熙然说，"后来又觉得……既然这样的话，也没必要特地回去了对吧？"

方默坐起身来，转过头看他："所以呢？现在什么打算？"

"我跟你提过吧，我在这儿有一套房子，平时不住人，"许熙然说，"离学校不是很近，所以也很少去。我过年的时候可以去那儿住。"

方默看着他，眨巴了两下眼睛，欲言又止。

许熙然对他笑："到时候来找你玩儿。"

方默是本地人，放假肯定会回家。待在同一座城市，就算离得稍稍远些，要见面总还是方便的。相比千里迢迢飞回那个毫无归属感的家，许熙然更愿意留下来。

"不行啊，我觉得不妥，"方默摇了摇头，挪着身子与他凑得更近了一些，"大过年的，你一个人，不好吧？"

"那也没办法啊，"有他这话，许熙然心里已经觉得很暖了，"你到时候可以给我打电话，我们一起跨年呗。"

方默低下头，安静了片刻，似乎是在认真思考这什么。好一会儿后，他抬起头来，重新看向了许熙然。

"……我还有一个别的方案。"他说。

"你要过来陪我吗？"许熙然问。

"不是，"方默摇了摇头，露出了笑容，"是你过来陪我。你到我家来过年吧，我们一起吃年夜饭。"

许熙然惊讶："这会不会太奇怪了？"

"不奇怪啊，"方默说，"邹瞬去年过年就是住在我家的。我爸妈人很好的，你来就是了。他们大鱼大肉招待你。"

"邹瞬？他为什么过年要住在你家？我记得他也是本地人吧……"许熙然难免在意。

"他和家里吵架，"方默尴尬地笑笑，"他跟他爸完全没办法相处，临近过年闹得起飞狗跳。他脾气倔，跑出来以后身上没几个钱没地方可以去，我跟我爸妈提了他们就主动说让他住过来。我们就是那次以后关系才变得特别好。"

"这么夸张，"许熙然问，"那现在呢，他跟家里缓和了吗？"

方默摇头："没呢，还是挺僵的。他爸妈为了逼他服软断了他的生活费，他连口头上示弱都不愿意，去年大半年时间一直忙着打工，还借了助学贷款。后来是他姥姥姥爷心疼了，每个月偷偷给他塞钱才缓过来。"

许熙然心中一阵唏嘘。他见邹瞬性格开朗明快，便默认他必定生活顺遂，实则不然。所谓家家有本难念的经，便是如此吧。

相比邹瞬，他这样特殊的家庭情况反而要过得更舒坦。他双亲在感情上于他都心怀歉疚，故而平日里对他少有约束，并且出手阔绰。他母亲从来开明，对他十分尊重。而他父亲稍显古板，偶尔与他观念不合，阿姨肯定会帮着劝。就算哪天他真和其中一方闹得不可开交，至少还有另一方能够依赖。

　　"你来不来嘛？"方默听不见他的回应，催促起来。

　　许熙然依旧有几分犹豫，可心情却无比明快。

　　能结识方默，与他成为如此亲密的友人，何其幸运。

　　方默带给他太多快乐与欣慰，还让他更为自信。他被一个出色的、充满魅力且备受欢迎的人所青睐，这让他感到自己也变得优秀起来。

　　"只要你父母不介意，好啊。"他说。

　　"不介意，肯定不介意，"方默重新靠了回去，"他们本来还跟邹瞬说，让他今年也过来呢。"

　　"那……邹瞬今年不去了吧？"许熙然问。

　　"废话，他今年有地方去了。"方默说。

　　"是要去他姥姥姥爷家过？"

　　"你好笨，"方默笑道，"当然是跟他哥一起过。"

　　许熙然问："那个贺老板不回家过年吗？"

　　"好像是打算把老家的父母接过来吧，"方默说，"邹瞬说他家挺宽敞的，临时住一下问题不大。邹瞬以前都把寝室放不下的随身物品寄存在我家，前阵子也带走了，堆他哥家里去了。"

　　"这么好，"许熙然感慨，"这贺老板挺阔绰的吧，那么关心邹瞬，至少生活费是不愁了。"

　　"你开玩笑，"方默说，"他也就短暂穷了那一阵。他姥爷有矿，不是修饰词是真的有矿。你看他平时那样子，像是没钱的人吗？"

　　"……"

　　"不提他了，"方默与他拉开了一点距离，"你确定了，那我就跟家里说啦？"

　　许熙然点头："嗯，应该是没问题的。"

　　他只要跟他爸说一声不想去旅游就可以了。通常情况，他爸劝过几句后就会随他去了。

"但我要用什么理由去啊," 许熙然提前紧张, "平白无故大过年的不回去住在同学家里,你爸妈不会多想吗?"

"你家里人都出去旅游了,你不想去,这不是现成的理由吗?"方默说。

"……会不会有点勉强?"

"怎么会?"方默笑道,"如果你在这里没有房,这完全就是最真实的理由吧!不要做贼心虚!"

许熙然深吸一口气,笑了笑:"那好。"

两人谈话间,动画已经播完了片尾曲。

这一整集讲了什么,两人全都不曾注意。

聊久了,方默又开始犯困,眼皮直打架。

这时,不远处的寝室大门被人"砰"一下用力推开了。

方默一抖,立刻睁开了眼睛。

进来的是方默的那位单身舍友。他似乎喝了不少酒,脚步虚浮眼神迷离,茫然地盯着方默的床看了一会儿,才回过神来。

"咦,老兄你也在啊,"他说,"你们在那儿干吗呢?"

许熙然回答:"在,在看动画……"

方默坐直了身体,用力点了点头。

两人顿时尴尬,对看了一眼,都不出声。

"怎么,你打算今天留在我们寝室了呀,"方默那醉醺醺的舍友闭着眼继续问道,"他们俩今天都不回来,你住下也行。"

"……不用,我马上就回去了。"许熙然说着便起身下床。

"你们在看动画吗,我怎么没听到声音?"那舍友又说。

"刚放完了。"许熙然说。

"那你们还坐在那儿干吗?"舍友不解。

"本来在讨论剧情,被你打断了。"方默说。

明明本来也没做什么见不得人的勾当,光明正大的,可不知为何,两人迫于气氛,都害羞起来,开始胡乱掩饰。

"不早了，我还得洗澡呢，"许熙然红着脸往外走，"先回去了。"

身后立刻传来方默的声音："晚安。"

等许熙然走到寝室门口，他又说道："早点休息。"

许熙然点了点头，回头冲他笑："你也是。"

"啧啧啧，"方默的舍友抬起头来，"没眼看。"

等许熙然洗漱完毕躺上了床，手机里有方默不久前发来的新消息。

"你是不是还没许生日愿望？"

许熙然后知后觉，发现自己确实是忘了。他原本打算先点个蜡烛才吃蛋糕，还特地带了打火机，到时候顺便许愿。方默提前开吃，把他的计划打乱了。

他并不介意，本来，这样的形式主义便可有可无。

可现在，他有了一个极为想要实现的心愿，迫不及待说出口。

"我的愿望是未来每一年的生日都跟你一起过。"

答复来的特别快。

"好的。"

许熙然看着那两个字，笑了。

他知道自己说了些不切实际的话。方默没有指出，也不吐槽，选择了配合。这让他一时间因为感动而不知如何回复。

思前想后，他先发了一个笑得龇牙咧嘴的表情包，然后又输入，"谢谢你。"

方默回答，"不客气。"

✦ · **Chapter 29** · ✦

许熙然第二天睡过了头，临到中午才被黄女士的电话吵醒。

终于见到黄女士，已经是下午了，许熙然满脸羞愧。

"哎哟，"黄女士皱着眉头，"昨晚几点睡的呀？"

她应该还在误会。许熙然也懒得解释了。就这样吧，万一让黄女士产生更大的误解，那可就麻烦了。

他冲着黄女士憨笑："呵呵。"

黄女士表情复杂，但很快便跟着笑了："明年带过来一起吃个饭。"

许熙然心想，那好办，到时候就说不了了之没有下文了吧。当然了，他跟方默，不管过多久应该也一定会现在这样关系要好。

"哦。"他点了点头。

黄女士也跟着点了点头，接着把视线落在了他上衣胸口的 LOGO 上。

"这个和我之前给你买的是一个牌子嘛，"她说，"你哪儿来的，国内应该买不到吧？"

"……朋友送的，"许熙然说，"生日礼物。"

黄女士在他身上拍了一下："挺好，很衬你。"

两天后，许熙然接到了他父亲再婚对象打来的电话。

阿姨怕他忘记，催他别忘记去办签证。得知他不打算与他们一道出去旅游，表现得有些失落。

"茜茜很想你，每天扳着手指头等你回来，"她对许熙然说，"你爸也是。你别看他平时不说，心里一直挂念你呢。"

许熙然张了张嘴，一时间不知如何回应。

他本来已经做出了决定，可这简简单单两句话，让他产生了动摇。

就在此时，背后传来了呼唤声。

"许熙然，快点，准备热身了！"

许熙然赶紧对电话说道："阿姨我现在忙，晚点再给你打电话好吗？"

"没事，"电话那头的声音一如平日般温柔，"还有时间，你再考虑一下吧。"

挂断电话后，许熙然把手机塞进包里，又把包交给了一旁的负责看管的班委。

他们班仗着好签运和那位人高马大技术出众的篮球队队员，一路过关斩将，竟打进了八强赛。再过不到二十分钟，比赛即将开始。

能进八强的都是硬茬。顺风顺水了一路，这一次他们的好运到了头，第一仗便对上了冠军候选队。对方五个人全是体育特长生，其中三个还是自家大神的队友。许熙然身高好歹也过了一米八，看他们全得仰着脖子。

今天的比赛，基本看不到获胜的希望。当初他们班会参加，本就是凑热闹，并没指望打出多好的名次。如今的成绩，已是意外惊喜。

但即使如此，作为谢幕战，大家还是想要好好努力拼搏一下，说不定就有奇迹发生呢？

八强赛都是在室内体育馆进行的。许熙然站在赛场边向看台扫视，很快便在前排找到了熟悉的身影。

方默和夏点点还有另一个姑娘坐在一起，视线对上，立刻抬起手来，握着拳做了一个加油打气的动作。

许熙然刚想笑，却见夏点点用胳膊肘撞了方默一下，伸手递给了方默一件东西，接着小声说了几句话。

离得稍稍有些远，许熙然听不见看不清，见方默笑容古怪，心中好奇起来。

方默低头看了看手里的东西，又抬头看了许熙然一眼，笑得肩膀直抖。许熙然正打算把双手拢成喇叭状大声喊话，视线中方默竟直直站起了身。

在许熙然发愣的短短几秒内，方默双手拿着方才从夏点点那儿拿到的东西举至头顶，快速展开。

那是一张大幅海报，上面用醒目的荧光色彩笔写着几个花里胡哨的卡通字体：许校草所向无敌！

大字周围，还点缀着十多个"加油"字样，看起来欢脱无比。

许熙然当场停止呼吸。

"给我收起来！"他涨红了脸大喊。

方默这一番动静本来只吸引了周围小部分的视线，他这一嗓子，倒是全场馆全都听得清清楚楚。

所有人都盯着那张海报看，看完又把视线投向许熙然。

周围笑声此起彼伏，许熙然痛苦极了，双手合十对着方默比画，求他高抬贵手网开一面。

方默眨了眨眼，把海报收了起来。还不等许熙然松一口气，夏点点竟也站了起来，又给方默递了另一张。

看她脸上兴奋的表情，许熙然笃定里面的东西会让自己当场崩溃。

方默乐颠颠地接过，像方才那样并未检查，又大刺刺对着球场快速展开。

场馆内安静了两秒，喧哗声四起。

许熙然抬手捂住了额头。

方默此刻才扬起头来，瞄了一眼上面的字样，看清后顿时一僵。

方默一把捏掉海报，坐了回去。

许熙然低着头脸烧了会儿，笑了。

很丢脸，但想到刚才方默那副惊慌失措的样子，心中又有几分大仇得报的宽慰。他在周围人的起哄声中重新抬起头来，对着看台比了一个 OK 的手势。

看台上下又是一阵喧闹。

方默脸通红，对着他用力地"呸"了一口。

围观群众因为赛前的这一出闹剧而产生的期待最后落空了。

许熙然和他的队友们都拼尽了全力，奈何硬实力差距过大，还是输了。

好在输得不算难看，用许熙然队友的玩笑话说，"输的很有尊严"。许熙然拼得很，有好几次亮眼发挥，自觉还挺帅气。

赛前有心理预期，这样的结果不算遗憾，可到了赛后握手，他心中不免涌起几分失落。

见他神情低落，对方队长在与他握手时笑着同他说道："实在是不好意思啊，没能让你顺利地……"

他话说一半，"嘿嘿嘿"笑了三声。

许熙然的队友很不给面子，也跟着笑了起来。

"我说然哥今天怎么发挥那么好呢！"一旁有人起哄，"怪我们，我们拖累你了。"

这时候解释只会被加倍嘲笑取乐，许熙然干脆反客为主，大声嚷嚷："记住了啊，你们得请我吃饭！"

他说得坦荡，周围人便也不再没完没了，很快便笑闹着散了。

等回到休息室，他的手机上有两条新的消息。

一条是方默发来的。

"不关我的事！我不知道上面的内容！"

另一条是他爸发来的。

"为什么不回来？"

进了八强，虽败犹荣，晚上他们要去庆祝，在学校附近的火锅店吃饭。

许熙然心里有事儿，有些心不在焉，又被调侃。还有人跟他开玩笑，说不介意把方默一起叫来。

许熙然倒是想。比起和临时队友胡侃，他更想跟方默找个安静点儿的地方聊会儿天。

他爸的那条消息他还没回。

毕竟是亲人，几个月不见，他自然也会想念。他想见他，也想见可爱的妹妹。他愿意跟他们一起坐下来吃顿饭，再消磨些时间，度过一整个下午，然后离开，离开前约好过一阵子再聚。

这样对他来说是最完美的。

可惜不行。要么朝夕相处，要么干脆不见，并没有折中的选项。

他的内心更倾向于后者，这是他之前就已经确定的事。可现在，他不可避免地为此而产生了一些负罪感。

周围一片喧闹，他在桌子底下偷偷编辑消息。

"晚上有时间吗？"

按下发送后不到半分钟便收到了回复，方默一副很警惕的模样。

"你想干吗？"

许熙然一阵好笑。他有心想逗逗方默，故意说得暧昧不清。

"想和你谈谈心。"

方默回了一个问号。

又过了十几秒，当许熙然还在整理措辞，他又发来了一条消息。

"是不是发生什么事了？"

许熙然把方才打得那几个字一一删除，重新输入。

"嗯。"

晚上九点半，还在校园里活动的学生不多。许熙然和方默一同坐在他们往日喂猫的那个小花园里，四下静悄悄的。

方默蹲在地上，小幅度地甩着捡来的草叶子。他面前这段时间飞速成长已经变得圆滚滚的猫咪睁大了眼睛，全神贯注地扑啊扑。

"所以，你还是打算回去？"他问。

许熙然迟疑了几秒，摇了摇头："不知道，我不太想回去，但是又怕自己这样会显得……"

"什么？"方默回头看他。

"显得很没良心，"许熙然说，"无情无义。"

"会吗，"方默重新看向小猫，"会产生负罪感恰恰是因为你重感情吧？"

许熙然看着他的背影，片刻后站起身来，走到他身边，也蹲了下来。

"已经这么胖了呀。"他说。

"也许人家只是毛茸茸的呢，"方默说，"冬天了，小猫毛变密了，看起来也就胖了。"

许熙然伸手在猫下巴上摸了一把，感慨道："好像是，手感更好了。"

这猫亲人，被摸下巴，立刻仰起脖子享受起来，等许熙然再多摸几下，干脆躺倒在了地上，露出肚皮。

"好大一只，"许熙然感慨，"你确定真的只是因为绒毛变长了？"

"呃……"方默丢掉了草叶子，摸了摸下巴，"这学校里喂它的人不少吧。"

许熙然在猫咪柔软的肚皮上轻轻地戳了戳，又在猫咪抗议前收回了手。

"再过一阵放假了怎么办，"他担忧，"会不会饿着？"

方默蹙起眉头，想了会儿，说道："不只是饿，等再过一阵就要降温了吧……"

两人一同陷入了沉默。

学校里猫咪很多，有些在许熙然入学前就已经存在，大约是有过冬能力的。

可面前的这个小白胖子毕竟喂了那么久，哪怕没起名字，也有感情了，许熙然舍不得它受委屈。

"怎么办呢？"他小声自言自语，"我现在也没条件收养它。"

方默伸出手，在猫咪的鼻尖上轻轻戳了一下："……对了，我前几天已经跟家里说了，过年有朋友来住。"

许熙然看了他一眼。

"他们已经帮你把房间都准备好了，"方默看向他，"你要是不来，显得很没良心，无情无义。"

许熙然一下子哭笑不得。

"我爸妈很好相处的，也很有爱心，"方默说，"我可以去问问他们愿不愿意养一只猫。"

许熙然连忙点头："好！"

"但是呢……"方默一脸意有所指，"有一个前提条件。"

许熙然笑了："你就这么舍不得我呀？"

"不是啊，"方默说，"你不想回去对吧？给你一个正当合理的借口，不好吗？"

"那我要怎么跟家里说话呢，"许熙然摇头，"我朋友用可爱猫咪威逼利诱，逼我必须去他家过年？"

"你傻呀，"方默拍他一下，"就说你捡了一只猫，要照顾，走不开呗。"

"……他们肯定让我去寄养。"许熙然说。

"对哦，"方默如梦初醒，"还有寄养这一招啊！"

　　许熙然刚想再说些什么，兜里传来了手机默认的铃声。只听声音，他也能大致猜到是谁打来的。

　　他爸迟迟等不到回复，来催了。

　　"你阿姨说你不打算跟我们一起去玩，"接听后他的父亲开门见山，"为什么？你不来，我房间都不好订，两间太多一间太少。"

　　他说话总是拐弯抹角，别扭得很。

　　"也有家庭房，你们订家庭房就好了吧。"许熙然说。

　　他爸沉默了几秒，又说道："茜茜听说你不打算回来，哭了。"

　　"她现在还醒着吗？"许熙然问。

　　"睡了，"他爸说着又强调，"她可想你了。"

　　"我明天亲自给她赔罪吧。"许熙然说。

　　他爸又沉默。

　　过了好一会儿，他才开口："你阿姨总担心是不是有什么地方做得不好。"

　　"没这回事，"许熙然说，"我其实是……是有别的事情……"

　　"什么事？"他爸立刻追问。

　　许熙然皱着眉，看着依旧躺在地上的小胖猫，心想，总不能真的说要养猫吧？

　　见他踟蹰，方默伸出手，轻轻拉了拉他的衣袖，接着仰起脸，凑到了他的另一只耳朵边，小声说道："你就说，要陪朋友。"

　　许熙然缩了缩脖子，下意识地跟着说了出来："我要陪朋友。"

　　他爸惊讶了好一会儿，才问道："陪朋友？"

　　"是，是啊，"许熙然心虚，"我都答应了，现在反悔不好。"

　　"这样啊，"他爸很在意，"是什么样的朋友？"

　　许熙然只能凭空想象。他瞄了依旧蹲在他身旁的方默一眼，说道："对我很好，很关心我。"

　　"哦，"他爸似乎是接受了这个理由，很快又问道，"那你现在零花钱还够不够用？"

　　许熙然连忙点头："够啊，够的。"

说完，他很快推翻前言："……当然了，你要多给我一点我也不介意。"

一旁的方默笑出声。

许熙然怕电话那头听见，伸手捂住了他的嘴。方默激烈抵抗，反而发出了更大的声音。

他爸听见了动静，好在没多想："你在宿舍啊？"

"嗯，对，"许熙然说。

"那好吧，先不说了，你早点休息。"

眼看对面就要挂电话，许熙然喊道："等等！"

"怎么了？"

不只他爸，方默也好奇地看向了他。

"你们回来的时候，要不要顺便过来玩几天，"许熙然说，"我带你们四处逛逛。"

对面一愣，很快应道："好，我和你阿姨商量一下。"

挂了电话，许熙然心情一派轻松。

"赞！"他笑嘻嘻看向方默，"你真是太机灵了，这下一切完美无缺。"

"你什么时候把猫带回去？"许熙然问。

"就这个星期，"方默说，"我妈说，既然要带回家，那就别再让它多流浪受苦了。可我这两天考试，抽不出时间。"

作为学生，头等大事还是学习。

方默成绩一般，学习态度中等偏下，算不上什么好学生。每到期末，真正考验的都是他临时抱佛脚的能力。

刘小畅的情况比他更糟糕，每天早出晚归泡在图书馆埋头苦读。方默比下有余优越了不到两天，发现人家就算复习都比他过得滋润。

杨琳居然是个学霸，不仅完全不需要担心自己的功课，还有余力为刘小畅辅导。两个人一有时间就去图书馆。

方默习惯性羡慕之余，自觉也算幸运。

他马上就要有猫了。就算是带回家给父母养着，也是他家的宝宝。

跟家人沟通这件事比想象中更轻松。

他父母爱干净，初时稍有犹豫，怕猫咪掉毛或者随便上床。方默稍一撒娇，便立刻应允了，等挂了电话，又发消息过来催着要看照片。

他的父母从来都是好说话的。听方默说小猫咪没地方去会挨饿受冻，可能还会被陌生人欺负，便再也硬不下心肠，还夸宝贝儿子有爱心。

方默一直到上了中学，才知道原来自己的家庭氛围很特别。

人在缺乏对比的时候，很难发现自己有多么幸运。他一贯以为所有父母都是那么温暖的，是能让子女放心信任和依靠的。

他考试考砸了，也敢把试卷拿给父母看。在学校干了坏事被要求叫家长，也从不隐瞒。有想要的东西，就会主动跟父母开口。在名为"家"的地方，他的情绪无须隐瞒。

他的父母一直到年近四十才终于有了他。老来得子，自然万般宠爱。他们俩退休前是小学教职工，脾气耐心都好，又懂得引导。

从小到大，方默被批评过教育过，却从未被责骂过，更不曾挨过打。他的父母总能找出许多奇特的角度发自内心地赞美他，让他从小就坚信自己是一个特别可爱的小孩。

也曾有亲戚对他父母的教育方式提出质疑，认为这会把孩子宠坏。

方默确实被宠成了一个有些娇气的、略微以自我为中心的人。但与此同时，他也是一个自信的、积极的、大多数时候总是十分快乐的人。

快乐是无价之宝。所以，哪怕方默成绩从来不算优秀，人缘普普通通，浑身都是小毛病，他父母依旧觉得怪不错的。

因为几乎对他没有要求，于是时时刻刻都对他满意。

对方默而言，家是一个代表着美好与安心的地方。他希望许熙然也能拥有同样的体验。

把猫带回家需要做的准备工作可不少。

方默提前在网上购买了猫咪日常需要的各类生活用品寄回了家，又买了装猫专用的包包，预约了附近的宠物医院。

考完最后一门，他便迫不及待地拉着许熙然一同去小花园。

计划很简单，先把猫哄进包里，接着立刻带去宠物医院做检查。

许熙然一路兴奋，快到目的地时，心情却不自觉变得紧张。

"它会不会恨我们？"他问身边的方默。

方默一脸严肃："……别给自己心理负担，你代表的是正义！"

许熙然心想：方默这个人怎么回事，变得傻乎乎的。

"它以后不和我亲了怎么办呢？"他又问。

大半年时间累积起来的好感度若真就此彻底葬送，许熙然想想就苦涩。所谓费时费力不讨好，就是这么回事了。

"别怕，"方默说，"待会儿让医生配合我们一下演个戏骗骗它就好了。"

"怎么骗？"许熙然问。

方默还没来得及回答，前方的树丛里突然传来沙沙声响。紧接着，一只圆滚滚的小胖猫从里面钻了出来。

猫咪显然是听到了他俩的声音，主动出来迎接的，叫声又娇又嗲，绕着两人的脚边来回蹭，亲热极了。它只当这两位老朋友又是来给它投喂顺便陪它玩耍，对于未来将会发生在自己身上的灾难和幸运一无所知，浑身散发着欢快又甜蜜的气息。

许熙然捂心口："我觉得自己好过分！"

方默在他旁边蹲了下来，向着猫咪尾巴下面的部分探头探脑："圆滚滚的呢！"

刚才还痛心疾首的许熙然立刻也兴致勃勃地俯下身去看："真的吗？我看看？"

小猫咪完全不知道这两个人类究竟在做什么，因为心情愉快而把尾巴竖得高高的。

"还挺可爱。"方默说。

许熙然点头。

确认可以收养它，方默兴冲冲地在网络上一阵搜索，打算认真系统地学习养猫需要注意的种种事项。很快他就发现，几乎所有的贴士里，都建议给猫绝育。

在转发给许熙然看后，两位男同胞对此产生了不必要的同理心，纠结不已。最终，理智战胜了惊惶。

小胖猫身上的毛不怎么干净，肚皮却是圆滚滚的。许熙然特地带来的猫粮，它啃了几口就放在了一边，专心对着他俩撒娇，蹭完了一圈还翻肚皮。

"有一种被爱的感觉。"许熙然微微陶醉。

方默从背后解下背包，拉开了拉链，残酷地说道："带它上路吧。"

猫咪被抱起来的时候依旧很乖，完全没有任何抵抗之意，温顺无比。

"它好信赖你哦！"方默说。

许熙然回过头，发现方默正对着他挤眉弄眼。

"完全不知道你想对它做什么呢！"方默又说。

许熙然无语，摇着头把猫咪放进了包里。小家伙这时才开始紧张，伸长了脖子向外张望，想要出去。许熙然见状在它的小脑袋上揉了揉，哄道："乖啊，带你去过好日子。"

猫咪虽然听不懂，却被他的温柔爱抚所安慰，眯起了眼。

临近过年，许多商店都已歇业，好在他们要去的宠物医院依旧照常营业。

路上方默向许熙然提出了一个听起来很奇特的建议。他说，可以跟医生配合在猫咪面前演一场戏，假装是医生强行抢走了他们的猫，他们奋力抗争却不敌。这个争夺的过程只要足够逼真，一定能顺利哄骗这只单纯无知的小猫咪。之后再表演一出解救它的剧情，一切便完美无缺。

"这样它就不会恨我们了。"方默说。

许熙然目瞪口呆，一时间也不知道方默这番话到底有几分认真，是不是在跟他开玩笑。

"是真的！我看网上都是这么说的！"方默强调。

许熙然在犹豫之中走进了宠物医院。方才还跃跃欲试的方默此刻不知为何矜持了起来，压低了声音跟他说悄悄话："记得我刚才跟你说的吧？待会儿你去告诉医生，让他们配合一下。"

"你自己怎么不去？"许熙然说。

方默低头逗猫。

敢情是他自己也觉得这个建议听起来很愚蠢，怕被取笑，所以需要许熙然去替他丢人。

许熙然犹豫。他无法确定方默对这个建议到底有几分认真，若自己抵死不从，他会不会不高兴。

所幸，没等他鼓起勇气向医生提出这个奇葩请求，被告知今天没法立刻做手术。

猫咪绝育是个小手术，可也不能说做就做。现在，小家伙得先洗澡、驱虫，等到一周后，再带来打针。打完了针，再观察半个月，才可以正式进行手术。

"医生，我在网上看到一种说法，"许熙然委婉地说道，"有些主人怕猫会记恨，所以让医生配合着……"

他还没说完，医生哈哈大笑："我知道我知道，可以是可以。不过你要是能赶在它第一次发情前就送来，它更不会记恨。"

医生给出的理由是，在这个时候摘掉它的蛋蛋，它便可以保持一生纯真无瑕，永远也意识不到自己究竟失去了什么。

发过情的猫咪就不一样，它们已经懂了，渴望过了，就知道自己哪儿不对了。

许熙然和方默听完惊讶不已，合不拢嘴。

他们给猫咪在宠物医院办了一张卡。办卡就得起名。猫咪被带去洗澡，两人坐在一边苦思。提案不少，可惜最多只能获得一票。

咪咪小白之类的听起来太俗，想叫小遥可它是公的。

方默冲他嘿嘿笑："那叫它然然好不好？"

许熙然伸手轻轻弹了一下他的脑门："怎么不叫默默？"

"那不行，我爸妈养着。它叫默默，我也叫默默，喊起来分不清。叫然然就不会啦，反正我爸妈也不会这么叫你。"方默振振有词。

"不行，"许熙然抗议，"我小时候也叫然然，听着出戏。"

方默闻言，反而来劲了："那不是正好！这个名字多可爱！就决定是然然了！"

他说完，也不等许熙然有所反应，抢过登记表快速地把"然然"两个大字填到了宠物姓名栏里。

"我会因为这个名字对它更好一些。"方默抬头冲许熙然笑。

许熙然张了张嘴，最终无可奈何地叹了一口气。

然然本来就是一只小肥猫，洗过澡又被吹干后，不仅白了还胖了。它的毛介于长毛和短毛之间，如今蓬松起来，圆乎乎的。

小家伙有生之年第一次洗澡，受了不小的惊吓，被带出来时缩成一团，眼睛瞪得滚圆。一见着许熙然和方默，它立刻"喵喵"大叫，仿佛在喊救驾。

方默把猫抱进了怀里，开口时明显在强行忍笑："你是不是已经想我了呀？"

许熙然在旁边咳嗽。

方默又问："你喜不喜欢我？"

然然"喵喵"叫。

许熙然无言以对，转身跑去找医生问之后的注意事项。

医生给猫做好了驱虫，叮嘱他们过一周再带来打针。接着又指导他们买了些必需品。

回去的路上，方默没完没了。

"然然好乖哦，医生叔叔刚才夸你你听见没有呀，"他把猫搁在膝盖上，笑眯眯地揉它的面颊，"然然是最乖最可爱的小猫猫。"

许熙然即将崩溃。

"啊呀，"方默突然想到了什么，表情凝重，"有个大问题。"

"什么？"许熙然也跟着紧张起来。

方默转头看向他，片刻后，露出了扭曲的笑容："……然然就要被绝育了。"

他说完开始爆笑，把怀里的猫咪都给吓到了，"喵喵"叫着往一旁躲。

许熙然把猫捞进怀里，眯着眼睛看身边那个笑得前仰后合还猛拍大腿的家伙。

方默笑了一会儿，察觉到不对劲，赶紧收敛。他努力抿住嘴唇，小心地向着许熙然看几眼，又调整了一下坐姿，装出一副正经模样。

"科学养猫。"他说。

许熙然气得磨牙，琢磨着要怎么才能收拾一下这臭小子。还没想出方案，意识到不对劲的方默果断地切换了话题。

"现在问题来了，"方默说，"今天晚上要怎么安排然然呢？"

他们原本以为今天就可以做绝育手术，做完正好把猫咪留在医院观察一晚。明天上午许熙然还有一门开卷考，考完以后两人一同去医院接了猫咪便回家。

现在，小猫咪洗了澡驱虫，干干净净还香喷喷的，再放回去，肯定不合适。可他们的寝室是明令禁止携带宠物入内的。

"要不……"方默把猫抱进怀里，"我们暗度陈仓一下？"

"……这个词是这么用的？"许熙然问。

"能听懂就行了呗，"方默拍他，"怎么说？"

许熙然沉思了片刻，点头："试试吧！"

✦· Chapter 30 ·✦

才刚走进宿舍迎面就撞上了舍管阿姨。

方默买的猫包乍一看和书包很像，两边侧面是黑色的网格，离得远便看不清其中内容。

许熙然性格热情外放，平日里见到舍管阿姨总会主动打招呼，还挺熟悉。他今天做贼心虚，紧张之下头低得快要塞进胳肢窝，生怕引起注意。

可惜起到了反效果。

舍管阿姨笑眯眯冲他吆喝："怎么啦，想假装没看见我？"

"阿姨好！"许熙然气出丹田声如洪钟，"原来你在这儿啊我刚才都没……"他话说到一半，不自然地停顿了一下。

他背后包里的小猫咪被他的大嗓门吓了一跳，转了个身，整个包不自然的晃动了一下。

所幸不太明显，阿姨并未注意。两人打过了招呼，许熙然正想赶紧上楼，包里不安的小家伙响亮地叫了一声。

"咦，"舍管阿姨皱起眉，"是不是有猫在叫？"

许熙然僵在原地，快速地眨巴了几下眼睛，说道："有吗，我怎么没听……"话音未落，身侧又传来了"喵"的一声。

许熙然和舍管阿姨一同转过头，方才一直保持沉默的方默红着脸，轻声说道："我我，我叫的。"

舍管阿姨一脸疑惑。

"哈哈哈，"许熙然大笑，"他这人就这样，幼稚！"

说完，他一把拽着方默便往楼道里走，边走边干巴巴地说道："学的还挺像呢真有你的啊哈哈……"

眼看两人就要过拐角，包里的猫咪一阵乱动，变动变叫，喵得一声比一声大。

舍管阿姨追了过来："这包里是什么东西！"

"你刚才说我幼稚。"方默双手盼着胸，眯着眼盯着许熙然的脸。

"这是重点吗，"许熙然抱着包，包里探出一颗表情无辜的猫头，"现在怎么办？"

"我都那么忍辱负重了，都怪你嗓门大，把它吓到了，"方默说，"你还问我怎么办？"

许熙然发了会儿愁，灵光一闪："要不，让你爸妈过来接一下？"

"你在开玩笑，现在都几点了，"方默摇头，"一来一回要半夜了吧。他们年纪大了，太折腾。"

"……总不能放回去吧，那今天我们这大半天不就白折腾了。"

方默撇了撇嘴，想了会儿："我倒是有个主意。"

"什么？"

"嘿嘿，"方默冲他笑，"出去开个房间。"

大学城附近有不少小旅馆，环境一般但胜在价位低廉。

关了门，他立刻把包放在地上，把被闷了老半天的小家伙给解放了出来。

"然然，饿不饿呀，"方默一边掏猫粮一边指挥许熙然，"别躺了，去找张纸什么的给我垫垫。"

小猫从包里探出了一个脑袋，向着周围来回张望，一脸警惕。

"然然乖哦，不怕不怕，来吃饭饭啦，"方默对它说话时语气温柔无比，一抬头马上变了个人，"你快点啊！"

许熙然不情不愿坐起身来："你怎么也不问问我饿不饿。"

他嘴上虽抱怨，却还是老老实实地下了床，在屋里转了一圈后从一旁的柜子上找了一张打印纸，放在了猫包边上。

方默往上面倒猫粮时留神看了一眼，发现是一张价目表，写着房间里各类消耗品的价格。

闻到香味，小家伙终于鼓起勇气，小心翼翼地钻了出来。

方默又拍许熙然："快，找个装水的。"

"怎么又是我啊！"

许熙然皱着眉头站起身，片刻后从浴室里淘出了放洗漱用品的小盘子，冲洗干净后往里面倒上了纯净水。

"哟，开始吃啦，"他拿着小盘子走了回来，放在了猫粮旁边，"难怪心宽体胖。"

"毕竟是然然嘛！"方默说。

许熙然瞥他一眼。

方默见好就收，及时讨好，从兜里掏出了手机："晚饭想吃什么，我请你！"

许熙然也不跟他客气："我要麻辣烫。"

"行，"方默搜索完毕，把手机递了过去，"你自己点吧？"

许熙然却不接，站起身后径直走进了浴室："你帮我点吧，我洗澡了。"

"我怎么知道你想吃什么？"

"不是吧，"许熙然比他还惊讶，"我们几乎天天一起吃饭，你连我喜欢什么都不知道？"

"你当我是你妈呀！"方默喊。

喊完他很快意识到自己可能说错话了。

苏老师对他的口味了如指掌如数家珍，可许熙然不一样。他跟他的母亲分开生活多年，不见得对彼此还如此熟悉了解。

不等许熙然做出回应，他用更大的音量说道："那我随便点了，到时候你可别挑剔！"

"没事，"许熙然探出个脑袋对他笑，"到时候我们还可以换着吃。"

许熙然走出浴室的时候，麻辣烫还没到。

小猫咪吃了点猫粮，正在屋子里四处转悠熟悉环境。方默跟在它屁股后头，单方面跟它聊天。

"这里不用熟悉，随便看看就好，明天回去了再熟悉也不迟。"

"它又听不懂。"许熙然笑道。

方默叹气："然然真笨。"

许熙然无奈："你够了啊。"

"对了，"方默若无其事地转移话题，"刚才有人打你手机，我按错接起来了，是你舍友。"

"哦，说什么呢？"许熙然不以为意。

"问你几点回寝室，我说你不回去了，"方默说，"他就挂了。"

许熙然点了点头，从桌上拿起手机，拨了回去。

十几秒后，电话被接通了。

"找我什么事儿啊？"许熙然问。

对面不知为何语气显得有些扭捏："然哥，刚才为什么是方默接的电话？"

"我在洗澡啊，今天不回去，有什么事吗？"

"没事，没事，"对面笑得怪怪的，"就这样，早点休息。"

许熙然满头问号。

方默见状，问道："出什么事了吗？"

许熙然放下手机："不知道啊，他奇奇怪怪的，等等！"

"嗯？"方默眨巴了两下眼睛。

许熙然一把把手机重新抓了回去，再次拨打电话，刚一接通立刻大喊："你误会了！"

"什么，我误会什么了？然哥你别激动。"对面声音似笑非笑。

"我们捡了个猫，计划出了点差错明天才能送回家去，"许熙然解释得特别认真，"今天晚上没地方放，所以找个房间暂住一晚。你可别乱想！"

"哦，你平时喂的那只？"他的舍友问。

"对对，就那个，白白胖胖的！"

"是你要捡回去还是他捡回去？"

"是他，他家在本市，"许熙然说，"我要能捡早捡了。"

"……那他一个人住就够了吧，这猫还得两个人陪吗？"

许熙然一愣。

对啊，一个人就够了，为什么他们要两个人一起来呢？

"……"

再次挂断电话，他脸色煞白。

方才听完全程的方默猜到了大概，也是满脸尴尬。

两人大眼瞪小眼，许熙然刚摇了摇头想要表达无奈，房门被敲响了。

吃的来了。

饿肚子的时候有吃的，也就没那闲工夫在意乱七八糟的事了。

"哇，还真都是我爱吃的，"许熙然高高兴兴撩了一根宽粉，"我妈都没这么了解我。"

"……感动吗？"方默问。

"感动，"许熙然笑道，"真不是歪打正着？"

"这都被你发现了，"方默说，"我是打算你要是不喜欢我就抢来吃呢。"

"不可能，"许熙然说，"你只喜欢吃那种最细的粉丝，喏，就是你碗里这种。"

方默甩他一眼，笑了，没再说话。

一旁的小猫咪还在到处转悠嗅个不停，熟悉环境。

方默扭着头，假装自己在认真看它。他确实有点不好意思，可又很高兴。点单的时候他才发现，自己居然完全了解许熙然的喜好和口味。他能吃香菜也能吃葱，只接受微辣，喜欢在汤里加一点芝麻酱，不爱在麻辣烫里加叶子菜，但一定要有白萝卜和青笋。

"主要是，你也不挑食，"方默说，"你还记不记得，我们刚认识的时候你跟我说，我们很适合一起吃饭。"

"不记得了，"许熙然说，"所以你才总跟我一起吃饭啊？"

"是因为你总来找我啊，"方默说，"我勉为其难呗。"

"行吧，都是我贴上来的，"许熙然边说边笑，"你这人啊，脸皮一会儿薄一会儿厚。"

方默没理他。

许熙然第二天上午去考试时精神不振。

主要是晚上关了灯后，小猫咪依旧不安分。它到处走来走去，见屋里那两人不理它，便喵喵叫个不停试图吸引注意。

到了后半夜两人苦不堪言，方默主动牺牲，让许熙然这个还没考完的先睡，自己起来陪猫。

天蒙蒙亮时，小猫终于消停。可惜方默也没太多补觉的时间，他得回去收拾行李，准备好等许熙然考完两人便一同去打车。

把猫暂时寄放在舍管阿姨那儿后，方默刚走到三楼，远远看见了刘小畅。

"你昨晚干什么去了，"刘小畅皱着眉上下打量他，"怎么看起来这么疲惫啊？"

方默神色憔悴脚步虚浮："没什么，陪小猫咪罢了。"

他没提许熙然，生怕又造成尴尬。

可偏偏有人哪壶不开提哪壶："你不是和许熙然一起出去的吗？"

"我们一起……"方默深吸一口气，开始自暴自弃。

"噫……"刘小畅哆嗦了一下，摇着头快步走开了。

收拾完了行李，许熙然也考完回了寝室。

第一次去同学家做客便要留宿过年，许熙然心中免不了紧张。

他为此特地换上方默送他的外套，离开宿舍前还认真照过镜子整理了发型，以确保自己的外表干净整洁又顺眼。

"我帅吗？"他在即将到达目的地时问方默。

方默点头："嗯，帅。"

他的语气不是很有诚意，许熙然发现自己被敷衍，皱起了眉头。

方默见状笑出了声，又重新强调了一次："一看就是个精神小伙，最讨长辈喜欢的那种。"

许熙然很确信，自己被取笑了。见他苦着脸叹气，方默继续安慰他。

"真的不用紧张，我爸妈脾气很好的，一点也不难搞，"他说，"倒是你，看到他们的时候别太惊讶。"

"啊？为什么？"许熙然不解。

　　"我妈生我的时候已经有点岁数了，"方默说，"我中学的时候她有一次来学校找我，被我同学说'哇，方默你的外婆好年轻啊'。"

　　他表情语气都故意夸张化，明显是为了逗许熙然笑，好让他放松一些。

　　许熙然确实笑了。但他心里想的却是，方默的父母性格好又年长，那方默一定是被宠着长大的。难怪方默总是会让他心里暖暖的。

Chapter 31

方默的父母确实就如同方默所说的那样，温和友善、热情友好。有了方默的事先提醒，许熙然对两位长辈的年龄接受度良好。方默的母亲头发花白，脸上细纹明显，尤其眼角，鱼尾纹拖得又深又长。对比许熙然的母亲，完全不像是同一辈人。

但她们只是单纯的外表不像罢了。在许熙然看来，方默的母亲依旧是一个优雅美丽的女人，眼角弯弯的皱纹让她看起来永远在微笑，使人不由得心生好感。

方默在父母面前的样子和学校里不太一样。这个平日里与同龄人相比还算是沉稳的人一推开家门，无论是声调还是肢体语言都立刻变得欢脱起来。他蹦着冲进门依次给了父母一个拥抱，然后兴高采烈为他们和许熙然做介绍。

方默的母亲原本正在烧菜，同他俩寒暄了几句便又进了厨房。留下方默的父亲，带着许熙然去客房安置自己的随身物品。

方默的父亲外表相较之下略显严肃，一本正经的模样，说起话来文绉绉的。他认真地给许熙然介绍，这个柜子可以放东西，这边的衣橱可以放衣物，都有独立钥匙能上锁，就是插在锁孔里的那两把，出门可以随意带走，他们没有留备用。

临时过来做客，老两口竟还想得如此周到，记得要给他留隐私空间，许熙然顿时有些感动。

不仅如此，客房的床铺一看就是新整理出来的，床单被褥新晒过，凑近了闻着有股阳光的香气。为了招待他，方默的父母是特意认真准备过的。

"其实不用那么麻烦的，"许熙然说，"叔叔阿姨你们太客气了，我也没多少东西。还特地给我整理房间，太辛苦……我本来是打算跟方默挤一个房间的，打地铺都成。"

方老先生冲他笑："不麻烦，你阿姨喜欢整理。你跟我们也不用计较那么多，就把这儿当自己家好了。"

安置完了许熙然，接下来便是小猫咪。

小家伙出了包，又是一副紧张兮兮的模样，夹着尾巴塌着耳朵在房间里小心地到处嗅。方老先生见它可爱，想要伸手摸一下，却把它吓得不轻，一骨碌钻进了柜子底下，

方老先生失落又无奈，只能先行离开，好让小猫感到安心，快些熟悉新环境。

他离开不到十几分钟，又回来了，手上还托着一个果盘，里面是刚新鲜切好的橙子和蜜瓜，热情地招呼许熙然来吃。

许熙然诚惶诚恐，到了晚饭时间，被那一桌子的菜给惊到了。距离过年还有一个多礼拜，这一顿的丰盛程度已经可以媲美年夜饭。

方默的父母说，不知道许熙然爱吃什么，所以就多做了点。许熙然简直受宠若惊。一般父母，就算再热情好客，对儿子的同学也很少会重视到这个程度。

方默说，自己的父母脾气好，一点也不难搞。许熙然同他们接触了几个小时，觉得方默完全没把他父母的优点讲明白。

方默的父亲外表看着严肃，其实是个很风趣随和的人。

他之前在许熙然面前提到方默母亲时用的代称是"你阿姨"，席间聊久了，不自觉管自己太太叫起了"苏老师"。

见许熙然好奇，方老先生笑着跟他介绍。他俩以前在同一所学校任职，方默的母亲是学校低年级的美术老师。刚认识的时候互相叫对方"方老师"和"苏老师"，后来谈恋爱了，方默的母亲改口了，方默的父亲却拘谨害羞，竟一直叫到现在。

"你阿姨年轻的时候啊，用你们现在的话说，是我们学校里的女神。我也是好不容易才打动了她的芳心。"

许熙然赶紧拍马屁："叔叔你现在都那么有气质，当年肯定也是学校的男神。你和阿姨一看就登对！"

他旁边的方默乐颠颠地凑热闹："那是，不然怎么能生出我这么帅的儿子呢。"

桌上安静了几秒，气氛依旧和乐融融。

吃完饭回到房间，方默向许熙然老实交代了一件事。

"我妈问我，你是不是跟邹瞬一样家里有什么不方便。我就……大致说了一下。他们应该就是希望你能在我家开心一点。"

他说话时怪心虚的，虽然在笑，却明显是讨好的神色。

许熙然无奈："你好像对我有一点误解。"

"……什么？"方默警惕。

"对我而言这真的不是什么不能提的事儿，"许熙然说，"你拿它开我的玩笑我都不会介意。"

方默撇了下嘴，轻轻地"哦"了一声。

片刻后，又用更小的声音嘀咕："那我还是挺介意的。"

许熙然伸出手，在他脑袋上用力揉了两下，把他的头发弄得一团乱。

"你干什么！"方默挣扎，试图保护自己完美的发型，"头可断发型不可乱！"

"对不起，"许熙然笑道，"还有那个……谢谢你。"

方默一愣。

许熙然并未多做解释，依旧对着他笑。

"莫名其妙，"方默拍开他的手，低头整理头发，"真是的。"

小猫拘谨了两天，很快恢复了活泼，竖着尾巴到处跑，认真巡视领地，在各个角落蹭啊蹭地宣誓所有权。

小家伙嘴馋，骨子里又亲人。方默的父母拿着零食逗逗它，它火速卸下防备，开始对着两位老人卖萌撒娇，给摸给抱，讨了不少欢心。

当他们问方默小家伙叫什么名时，许熙然着实紧张了一下。

方默开口前故意意味深长地看了许熙然一眼，眼神中满是促狭与不怀好意，急得许熙然直瞪他。

所幸，这家伙还保有最后一点良知。

"还没起呢，"他在说话的同时冲着许熙然眨了眨眼，"之前只在医院随便起过一个，你们要重新起也可以的。"

两位老人都是教师出身，颇有文化，苦思良久，决定管小家伙叫"咪咪"。

方默在事后偷偷对许熙然表示了痛心，认为这还不如然然，所以他以后私底下还是要管猫叫然然。

许熙然无言以对。

在方默家留宿比想象中轻松舒适许多。

方默的父母不只通情达理，还很知情识趣，平日很少主动打扰。方默家是个复式楼，他父母的卧室在楼下，方默的卧室和客房在楼上，若非特意，很难打上照面。

放假的大学生没有早晨，每天许熙然也就只有午饭晚饭和下楼打扫卫生时才会跟他们聊上几句。

打扫卫生是他自己给自己找的活儿。吃完饭，方默会主动自觉把全家的碗洗掉。许熙然对比之下怕自己这个闲人显得太不像话，便积极主动提出帮着做点家务。

买菜做饭他毫无基础，但最基本的体力活总能胜任。方默的父母怕不让他干他会不自在，便也不和他争，还夸他手脚麻利有效率。

就这么高高兴兴过了大半个月，宠物医院再次开始营业，小猫咪也到了正式做绝育手术的日子。

手术大约要持续半天时间，宠物医院离许熙然那套房子不远，他便琢磨着趁机回去打扫一下，他有点想念自己收藏的那一柜子宝贝手办了。

方默听说后跃跃欲试，要跟着去长长见识，顺便还能帮上点忙。

两人提前一天做了些准备，最后在邹瞬的建议下请了一个临时的保洁。半年没收拾过的屋子，要整理干净，需要的可不只是体力，还有技巧和生活经验。

邹瞬是过来拜年的。去年过年时他在方默家住过，挂念着方默父母对他的好，趁着还没过十五，特地来看望。

当然了，除了吃饭时间，邹瞬基本都泡在方默的房间里。

对于许熙然的存在，他表现得十分惊讶。才刚跟着方默回到房间，关上了门他立刻大呼小叫。

"他为什么在你家？他也跟爸妈闹翻了？没听你提过啊！"

方默眼神游移："最近都见不到你人，哪有机会说啊。"

"你们现在关系也太好了吧，都超过我了，"邹瞬也不知是不是真的介意，表情语气都特别夸张，"你当初怎么说人家来着，还不到半年，居然就成好兄弟了。"

"还说我呢，你自己整天往学校外面跑，"方默撇了下嘴，硬着头皮逞强，"再说了，你当初来我家住的之前，我也没跟你特别好啊。我这个人善良，懂不懂？"

"不懂，真不懂，"邹瞬说，"你当初还鄙视他来着，怎么，你是真的落入动漫陷阱了？"

方默红着脸狡辩："我当初就是好奇这人到底有什么优点能比我强，结果越观察越发现这人又傻又土，一无是处……"

他音量越说越小，显得没什么底气。还没说完，戛然而止。

因为门外突兀地响起了苏老师的声音。

"许熙然你站门口做什么呀？"

方默瞬间瞪大了眼睛。

房门很快被敲响，苏老师带着水果零食和饮料走了进来，身后跟着表情尴尬的许熙然。她笑盈盈地同几位年轻人寒暄了几句，很快离开了。

许熙然则站在门口，一副不知该不该留下的模样。

纠结了几秒后，他冲屋里两人笑了笑："你们聊吧，我回客房了。"

✦· **Chapter 32** ·✦

第二天带着猫咪去宠物医院的路上，气氛着实有些冷淡。

有过前几次外出经验，小猫咪安安分分的，乖巧极了，不闹腾也不出声。方默有心打破沉默，可惜连跟猫说话的借口都找不到。

他昨天晚上纠结了一晚，隔着一道墙，想要发消息跟许熙然解释，又拉不下面子。

对着手机编辑了许久，他发现自己根本找不到一个合适的切入点。

要怎么说呢？对不起，我当初确实有点看不起你，现在也时常觉得你傻乎乎。这些大实话，说出来，火上浇油。可想到许熙然会因此而疏远他，或者遭受伤害，他心里止不住地难受，也是真实的。

在邀请许熙然来过年时，他想着，要把家的温暖美好分给他一半。可现在，是不是搞砸了呀？

许熙然现在在究竟在想什么呢？

就这么一路安安静静地到了宠物医院，很快两人便办完了手续，可以先行离开了。

方默很紧张，怕许熙然在这时候对他说，自己一个人回去整理就好，不用麻烦他。不安了好一会儿，直到一同上了车，他才松了口气。

"我家不知道有没有多余的拖鞋，"许熙然在车上同他没话找话，"不过既然脏着，我们穿鞋进去应该也可以。"

"我都行啊！"方默立刻应道，"等打扫干净了我可以光脚。"

许熙然看他一眼："今天这么好说话。"

方默抿了一下嘴唇。他从来都是很识时务的，过去每次故意招惹对方，都知道要在许熙然真正介意前见好就收。眼下许熙然可能已经不高兴了，他当然夹着尾巴，乖巧无比。

许熙然盯着他的脸看了片刻，笑了。

方默眨巴了两下眼睛。

看这模样，莫非昨天压根什么也没听见，是自己做贼心虚？方默琢磨了会儿，否认了这个想法。昨晚也好，方才也好，许熙然明显态度与往日不同。

"你说我土是哪方面啊？"许熙然问，"衣着？长相？气质？言谈？"

"……"方默咽了口唾沫。

正当他紧张之际，许熙然却笑出了声。

"我没生气。"他说。

方默心中一动，那句从昨晚便卡在嗓子边的话脱口而出："对不起。"

许熙然看着他，说道："……那还是有点关系的。"

"你刚才说没生气！"方默慌张。

"但我有点难过啊，"许熙然说，"我听到那些，心里不能难过吗？"

方默又怂了，咬了会儿嘴唇，深吸一口气："我错了。"

许熙然又笑了。他抬起手来，在方默脑袋上用力揉了揉，又一次弄乱了他的发型。

"好啊。"他说。

方默缩着脖子，小心地闪躲。

许熙然郁闷了一整晚。

他说没生气，不全是实话。在刚听到方默对他的评价时，他心里自然不爽。可经过了一整夜，原本就并不强烈的怒火逐渐转化成了委屈和别扭。

夜深人静时，他躺在床上，思考方默到底为什么要对他出言羞辱。很快，有了一些答案。

方默这个人，脸皮时薄时厚，却也有迹可循。他在夸奖赞美自己的时候脸皮厚得很，在吐露自己对旁人发自真心的好意时，却会变得羞涩。

若他真那么嫌弃自己，又何必对自己那么好呢？

听其言，更要观其行。方默在听他提起家庭背景时掉下的眼泪，一定比他随口说的话更能代表心意。

他有什么能让方默图的东西吗？既然没有，那方默对他的好，便都是真心实意。

今天一路，方默那副紧张忐忑的模样，更印证了他的想法。

不是没有生气，而是看着他这副小心讨好的样子，实在气不起来。

不仅不气，还受宠若惊。

他是一个让方默非常在乎的人。

方默自恋至极，眼高于顶，这他早就发现了。他想，他应该是方默眼中"愚蠢的凡人"中，比较特别的那一个。

之所以能很快接受这一点，并且为之欣喜，是因为方默在他眼中，也很特别。

许熙然的房子离宠物医院近，只有十分钟的车程，很快便到了。

空置了大半年的房子比想象中的更可怕。

四处都是灰尘，唯一一个受到保护的地方是一个高大的玻璃展示柜，柜子上覆盖着一层落满了灰的布。方默在获得允许后捂着鼻子把布拉开，立刻被眼前的画面惊到了。

数量惊人，精美绝伦。

许熙然的表情扭捏和得意各占一半。

"我多年的收藏，很多都是绝版的，"他为方默介绍，"还有些没拆封的在那边的柜子里。"

方默目瞪口呆。他绕着柜子转了半圈，变换着角度仔细观察其中一个。

就在此时，清洁工人来了。那是一个手脚麻利还有些多话的大妈，整栋屋子在她的辛勤劳作中肉眼可见地变得整洁起来。

大妈打扫到展示柜，一脸稀奇："那么多玩具啊？这种不是应该小妹妹才喜欢的嘛。"

在她看来，这一柜子的手办和芭比娃娃大概没什么区别。

许熙然没开口，方默倒是积极解释起来："才不是玩具，这叫手办，很贵的。是一种很高级的收藏品。"

大妈看着不是很信，但没提出异议。片刻后，她从床底下拖出一个箱子："这些小人书你们还要吗？"

方默一听就知道肯定是漫画。他笑嘻嘻地跑过去："要的要的，给我吧，我们自己收拾。"

许熙然抢在他之前，抱过了那个纸箱，接着飞速移动到了房间的另一个角落，试图立刻把它们收拾起来。

"我看看，"方默跟过去，"正好打发时间。"

许熙然却是不自然闪躲："没什么好看的，没有你喜欢的那种。"

"我口味很丰富的，"方默伸长脖子，一眼看到了最上面那本的封面，"这不是小遥吗？原来恋物语还有漫画？"

他伸手去取，许熙然短暂挣扎了一会儿，没阻止。

他带着疑惑快速翻了几页，呼吸逐渐停滞。

"……这什么东西？"他一脸惊诧看向许熙然。

许熙然羞答答的："本子嘛。"

方默感到不可思议。

恋物语第二季一共十二集，前阵子刚完结。许熙然每集必看，每看必骂。当初两人结识的那个网站有不少相关讨论，方默关注了许熙然的账号，看他写过不少激情洋溢的小论文。中心思想还是那些，制作组根本不懂恋物语，完全是在消耗这部作品的价值，整体创作思路简直低俗不堪，人物尽毁。批评到后来，简直有点吹毛求疵了。

万万没想到，批评恋物语第二季的许熙然，床底下还藏着这种漫画。方默快速地翻动了几页，除小遥外再无第二个完整人物入镜。少数台词都是日语，方默虽看不懂也完全不影响理解。

"恋物语还有这种剧情？"他目瞪口呆。

"怎么可能，同人本罢了，"许熙然红着脸为方默做详细解释，"同人的意思大概就是……非官方的，由爱好者自行创作的作品。"

方默看了看手里的"同人本"，又把视线落在了那个盒子上。那里面至少还垒着十几本。

"你为什么会买这么多？"他问。

"这有什么为什么……"许熙然尴尬，"买就买了呀，很正常嘛。"

方默消化不了："不是，你骂成这样，私底下还看这个？"

"这不一样啊，官方和同人怎么能是一种标准呢。"许熙然说。

方默无法理解，匪夷所思。

"你放在床底下，是不是方便晚上拿出来看？"方默皱着眉头问。

"才不是，"许熙然赶紧解释，"我刚放进去的，怕我爸过段时间带着我妹妹来，他们看到了会笑话我的。"

工程比想象中的来得艰巨，彻底打扫完毕时，时间已经有些晚了。两人火急火燎刚想赶紧去接猫，就接到了宠物医院打来的电话。

因为临时收了一只生命垂危急需手术的小狗，他们家猫的手术时间被迫延迟，估计得再晚几个小时才能完成了。

医院在表示歉意的同时，提出了一个补偿方案，说是可以把猫留在医院里观察一夜，明天再来接它。

猫咪留院观察，本来是需要住院费用的。绝育是小手术，出意外的可能性低，大多数人都会选择当天带走。

眼看时间不早，外面好像还飘起了雨，两人短暂商量了会儿，决定接受这个方案。

这屋子虽已打扫得干干净净，却还是有些乱。

除了那些"本子"，那柜子里也有不少容易被小孩当成芭比娃娃的手办，许熙然想提前收起来。

"这样吧，你先回去，我在这儿住一晚，明天上午我起来以后接了猫就过来。"

方默摇头："我也留下吧。"

"行，那你得帮我的忙，"许熙然一点也不客气地指挥起来，"帮我看看，哪些不适合放在外面？"

终于收拾完毕，已经到了深夜。

现在，整个家看起来井井有条，手办柜子也显得青春活力有朝气。

方默赤着脚盘着腿坐在地上，抬起手来活动筋骨。

"累死了，你得请我吃饭。"

"我刚才不是请过了吗？"许熙然说。

他们晚上叫了韩式拌饭的外卖，拿到后方默嫌弃酱料味道不正宗，只吃了一半便搁置了。

"我又饿了，"方默说，"肯定是太累了！是为了帮你整理才这么累！"

许熙然无奈地拿起手机："现在只有烧烤之类的了。"

"那就烧烤，"方默说着站起身来，"你这儿有热水吧，我去冲一把。"

这剧情有些熟悉，许熙然皱着眉头："你不会要考验我猜你爱吃什么吧！"

"不要香菇！"方默说。

"这我知道，"许熙然问，"还有吗？"

"虾也不行，鱿鱼或者牛羊肉串儿都可以，鱼也行。"方默说，"蔬菜不要蒜薹也不要韭菜。"

"这些我都知道，还有吗？"

"你都知道还问我做什么。"方默说完，一脸无语地走进了浴室。

留下许熙然，对着手机一阵苦恼。方默这个人挺难伺候的，指不定自己随手点了些什么他不爱吃的就会被嫌弃。保守估计，他不爱吃的至少也有千八百样。

许熙然滑动了会儿屏幕，很快释然了。他不吃，那就自己吃呗。

这么看来，方默果然很适合跟他一起吃饭。

二十分钟后，方默在浴室里大呼小叫。

许熙然家浴室里没毛巾，方默一身水，不知所措。还好，他们昨天有准备纸巾，正好派上用场，就是浪费了点儿。

"你好像也没有被子？"方默在回到卧室后皱起眉来。

"有……"许熙然抓了抓头发，"在柜子里，大半年没晒了，估计有味儿。"

"我后悔了，我应该回去。"

许熙然笑："来不及了。"

"谁说的，我现在打车也能走。"方默说。

"别啊，"许熙然拉他，"留下来陪我吧。"

方默做出一副嫌弃的表情，看了他一眼。

许熙然心想，今天上午这人还是一副老实模样，怎么这么快又作威作福，莫不是仗着自己好欺负。

接着，他又想，看来方默不仅适合跟他一起吃饭，也适合跟他相处。

他确实不介意方默折腾。

"我毕业以后就会住到这儿来。"许熙然说。

"嗯？"方默举着床单，"怎么突然说这个。"

"到时候，你要是找的工作离这儿近，也可以住过来。"

方默看了他一眼："……收我房租吗？"

"你可以选，"许熙然说，"要么交房租，要么和我分摊家务。"

方默听着，笑了："我要是交房租，就不用做家务了呗？"

"多少也做点吧？"许熙然同他打商量。

方默并未回答，问道："你想养猫吗？"

许熙然点头："有点想。"

"真巧，我也想，"方默说，"那我就看在猫的面子上，考虑一下吧。"

许熙然笑着点了点头。

片刻后，方默又说道："你学一下做饭吧，我洗碗。"

"那我可真得好好记记，你都有多少忌口了。"

正说着，门铃被按响，他们点的烧烤来了。

"让我来检查一下，你有没有乱点东西。"方默边说边往外走。

就算真的有，他也不会介意。

他现在很开心，因为意识到，原来还有另一种方法，把属于家的温暖分给许熙然一半。

✦ · 番　外 · ✦

方默随手打开网站首页，看到系统给他推荐了一个"你可能感兴趣"的热门问答。

帖子的标题是：对象颜值太高太受欢迎是什么样的体验？

闲着也是闲着，方默随手戳了进去。

被顶到最上方的几个秀恩爱回复都附带了照片，确实都是俊男美女，羡煞旁人，方默看得津津有味。

但稍往下拉一些，回复便开始有了争议性。

一个男生回复说，都说女博士长得不行，但他的女友却是才貌双绝，虽然是单眼皮，但胜在气质出众，充满了知性美，是他在现实中见过最有魅力的女人。和这样的人恋爱，让他感到生活美好，对未来充满期待，心态也变得更积极，整个人幸福极了。

只可惜，他贴出的照片引起了部分人的嘲讽。

照片里的女孩儿绝对算不上丑，但确实不是大众审美中标准的美女。有人点进此人的主页后表示，这女孩儿才应该来发帖，因为比起女友，显然是答主的相貌更为出众。

方默出于好奇也去瞅了眼，小伙长得确实不错，眉清目秀很有精气神，但比起许熙然倒还是差了点让人眼前一亮的帅气。

这对小情侣的恋爱日常挺甜蜜的，女孩儿也确实很有气质看着非常舒服，方默给他点了个赞，继续往下翻。

之后的回帖让人哭笑不得。

一个号称每天都在和觊觎自家男友的女生在做斗争的答主绘声绘色地描述了男友外貌和气质的优越性，最后附带了一张令人感到匪夷所思的照片。

照片里的男人骨瘦如柴，戴着副眼镜，五官只能说是初具人形，笑容中还透出一股猥琐的感觉。

答主对此的解释是：不上照，真人更帅一些。

之后，此人又补充了大堆各路美女如何勾引此男的详细描述，用词低级直白。

鉴于他是匿名发帖，评论区有人大胆猜测，发帖的极有可能就是丑男本人。

方默深以为然。

那照片过于难看，他飞快拉了过去，不想再看第二眼。

再往下，便是一些标准的情人眼里出西施的言论了。

方默看着看着，一个奇怪的标题进入了他的视线。

——不是对象可以说吗？我兄弟长得超帅，特别受欢迎，我每天跟他见面，感悟应该也差不多了。

方默看了一眼答主的账号名，喷了。

这不是许熙然吗？

许熙然在具体回复里说，自己的死党长着一副堪比演艺圈当红顶流的帅气面孔，高个子大长腿，走在路上回头率爆表，无论男女都忍不住要多看一眼。两人一同出门，自己也被迫享受"注目礼"，长时间下来，脸皮都变厚了。

除了容易被人围观，长得帅还会有些一般人想不到的坏处，比如上课总要被点名回答问题，翘课特别容易被发现，可能引来烂桃花等。当然了，好处也不少，帅哥出门在外很轻松能收获陌生人的善意，去店里吃饭服务员都会变得更热情，街边试吃每次都是超大份。

他还说，楼上贴的照片帅哥确实不少，但看了一圈下来，还没有一个能比得上他兄弟的。一定要说的话，别人是"普通级别帅哥"，他那兄弟是"惊为天人级别帅哥"。

这家伙吹得实在太夸张了，虽然方默一贯自我感觉良好，但看得都有点儿不好意思了。

评论区自然有人不买账。大家表示，这帖是说对象的，你乱入也就罢了，吹成这样了连个照片都不放，不合适吧？

方默怀着不祥的预感往下拉，看到了许熙然的回复。

"不是我不想给大家看，是实在太帅了，怕万一引起轰动，明天就上首页后天就有星探找上门来，太麻烦了。"

底下的评论可想而知。

有人翻出了许熙然之前的那个回复，问他"你怎么老是在这类帖子里发疯"。

许熙然依旧一派淡定，答道："不信算了，我说完就走。"

这条之后，他果然一言不发，挥一挥衣袖，留下唾骂无数。

方默总算知道为什么这么个连照片都没有，还跑题的回复能被顶得这么高了，原来是被骂上来的。

他叹了口气，默默点开了和许熙然的聊天对话框，发去了一张较为满意的自拍。

——你可以把这个编辑上去。

片刻后，许熙然回了个电话。

"嚯，你还挺自恋，"他在电话那头笑道，"怎么这么关注我，我发了什么帖子都躲不过你的眼睛。"

"快去，"方默说，"你害我都跟着一起尴尬了！"

许熙然犹豫了会儿，竟拒绝了他："我不，干吗给他们看。万一有人不懂得欣赏你的帅气，我会气死。"

方默彻底无言。

许熙然若无其事地转移了话题："你怎么这么闲，已经下课了？"

"嗯，刚到寝室，"方默说完，很自然地问道，"你现在过来？"

"好啊，马上，"许熙然说，"我还有一站路，等下车了给你发消息，你提前出发去食堂吧。"

升上大四以后，两人对于未来暂时有了些不同的计划。方默想考研，许熙然则开始找工作，每天各自忙得团团转，很难再经常在一块吃饭了。

但既然大家都有时间，饭还是要一起吃的。

"关于上次说的事，你觉得怎么样？"许熙然问。

"什么事？"方默问。

许熙然惊讶："你不会忘了吧？"

方默笑了起来。

他没忘，许熙然指的无疑是下学期搬出宿舍两人合租的事儿。许熙然那房子空着也是空着，住在一块儿能互相照应，又比留在宿舍更自由。

"吃饭的时候再细说吧。"他告诉许熙然。

"也行，那我先挂了。"

"等等，"方默提醒他，"快把照片贴上去！让大家知道你所言非虚！"

"自恋狂，"许熙然笑道，"就不，我自己收着。"

他说完，也不等方默反击，便飞速挂掉了电话。

方默无奈，叹了口气，收拾出门，打算等见了面再教训他。